Meu livro de cabeceira

Meu livro de cabeceira

Raffa Fustagno

Marina Mafra

Desire Oliveira

LeYa mais

Editora executiva
Izabel Aleixo

Produção editorial
Ana Bittencourt, Carolina Vaz e Rowena Esteves

Preparação
Milena Vargas

Revisão
Adriana Fidalgo

Diagramação
Alfredo Rodrigues

Design de capa, miolo e ilustração
Tita Nigrí

Dados Internacionais de Catalogação na Publicação (CIP)
Angélica Ilacqua CRB-8/7057

Oliveira, Desire
Meu livro de cabeceira / Desire Oliveira, Marina Mafra, Raffa Fustagno. – São Paulo: LeYa Brasil, 2022.
304 p.

ISBN 978-65-5643-204-5

1. Contos brasileiros I. Título II. Mafra, Marina III. Fustagno, Raffa

22-1971 CDD B869.8

Índices para catálogo sistemático:
1. Contos brasileiros

LeYa Brasil é um selo editorial da empresa Casa dos Mundos.

Casa dos Mundos Produção Editorial e Games Ltda.
Rua Frei Caneca, 91 | Sala 11 – Consolação
01307-001 – São Paulo – SP
www.leyabrasil.com.br

A meu avô, Laudelino Sá, nordestino, maranhense,
de coração imenso, que me ensinou muito da vida
e de quem sinto muita saudade.
– R.F.

Aos leitores que me incentivaram a escrever mais.
– M.M.

Às mulheres da minha família, cujas
histórias fazem parte de mim e deste livro.
– D.O.

Sumário

A Hora da Estela

Raffa Fustagno

"Ela os ouvia e surpreendia-se com a própria coragem em continuar. Mas não era coragem. Era o dom. E a grande vocação para um destino."

Clarice Lispector, "Preciosidade", *Laços de família*

1

Laços de família

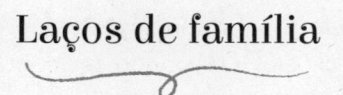

Eu deveria ter saído de casa dez minutos atrás, mas meu cabelo cisma em não ficar do jeito que espero que fique, mesmo com o tanto de creme de pentear que uso, todos os dias. Se minha mãe me deixasse alisá-lo, como várias meninas da minha idade fazem, eu não sofreria tanto por causa do volume.

Ouço os passos pesados dela vindo na minha direção.

– Manuela, você ainda nem tomou café. Vai morar nesse banheiro?

Ela bate à porta seguidas vezes, esperando que eu abra. Faço isso, e ela observa meu cabelo. Não falo nada e tento passar por ela rápido, torcendo para que ela não toque naquele assunto.

– Já ia sair, vou comendo um pão pelo caminho, mãe.

Ela segura meu braço e me faz parar de andar.

– Venha cá, minha filha. Pelo amor de Deus, o que você tacou nesse cabelo? Não exagerou nesse creme de pentear, não? Ainda tem creme cor-de-rosa bem no meio. Por que colocar tanto?

Ela sabe por quê. Porque eu quero que ele fique mais baixo, pra não ser tão notada na escola.

– Se a senhora me deixasse alisar, eu não precisaria gastar tanto assim com cremes... – falo, passando as mãos no cabelo, tentando tirar o excesso.

– Manuela, para que alisar o cabelo? Você é muito linda, minha filha. Acredite. E esses são os cabelos que Deus lhe deu – diz ela pela centésima vez, como se eu já não chorasse havia um ano para que ela me deixasse alisá-lo.

– Mãe, você nunca me deixa fazer o que eu quero, mas reclama de eu ficar muito tempo no banheiro, tentando arrumar esse cabelo. Qual é a lógica? Eu quero ter menos trabalho com meu cabelo! – respondo, me controlando para não aumentar o tom da voz, mesmo que isso não reflita a forma como me sinto por dentro.

– Mas você ainda precisa comer muito arroz com feijão para saber o que quer. Fica aí querendo mudar o que Deus lhe deu para agradar meia dúzia de idiotas da sua escola. Tenha juízo, menina. Se olhe no espelho e veja como você é linda.

Ela me olha como se quisesse entender por que não acredito no que ela me diz. Mas não dá para acreditar quando a mãe da gente chama a gente de linda, dá?

– Ok, mãe, estou superatrasada, falamos depois, acho que nem pão consigo comer direito.

Apressada, coloco a mochila nas costas e olho o relógio, se eu não sair correndo pela rua com certeza pegarei o portão da escola fechado.

– Leve pelo menos a merenda que preparei para você – me diz ela quando passo pela mesa com um pão quentinho me chamando.

Resisto e arranco uma banana do cacho. Vou comendo a banana, encaixo a bolsa térmica no ombro e mando um beijo para ela. Para minha sorte, o elevador está à minha espera, os quatro andares passam rapidamente e Gerônimo, o porteiro, me dá bom-dia quando abro a porta e respondo, apressando o passo. Com a mochila pesando sobre meus ombros e a banana comida, dou uma leve corrida para conseguir chegar à escola no horário.

Só falta uma quadra e respiro mais tranquila, vendo que vai dar tempo de entrar. Passo pelo portão e, em seguida, pela imensa estátua de são Judas Tadeu da entrada. Paro de correr e estou com um metro de língua para fora, ainda me recuperando, quando vejo minha madrinha no final do corredor. Ela ajeita o uniforme dos alunos, conversa com um deles, e eu tento disfarçar para que ela não me veja fora da sala de aula. Infelizmente é em vão, porque ela acaba de me ver.

Caminho sem pressa até minha sala, sabendo que terei que passar por ela, que está conversando com Valentina, minha melhor amiga. O *que será que ela aprontou dessa vez?*

– Manuela, aguarde um instante, preciso falar com você – diz ela assim que dou dois passos naquela direção.

– Boa sorte – sussurra Valentina ao passar por mim, prendendo os cabelos num rabo de cavalo.

– Minha filha, você tem dormido tarde demais. Isso tem atrapalhado seu rendimento nas primeiras aulas. Percebi que, nessas matérias, suas notas não estão tão altas como deveriam – lembra ela.

É claro que ela sabe a hora exata em que durmo, nada naquela casa passa despercebido a minha madrinha, que é a diretora da escola e também a patroa de minha mãe há dezoito anos, ou seja, muito antes de eu nascer. Ela é durona com todos os alunos, e principalmente comigo. Mas minha mãe sempre me lembra de que devo respeito a ela, já que as duas praticamente me criaram juntas.

– Claro, dona Carmem, aos domingos acabo perdendo um pouco a hora, mas não vai mais acontecer. Vou controlar melhor isso para não ter nenhum rendimento abaixo do que a senhora espera no meu boletim – respondo, olhando para baixo e rezando para que ela não diga nada a minha mãe.

– Suas notas em literatura brasileira estão baixíssimas, então inscrevi você na classe de reforço que começa hoje após a última aula. Já avisei a sua mãe. Esteja na sala 3C ao meio-dia.

Ela passa a mão no meu cabelo, provavelmente porque ainda sobrou um resto de creme nele, e sai andando, o barulho do seu salto no piso da escola que eu reconheceria em qualquer lugar do mundo.

Por mais que eu ache que poderia ter tirado uma nota mais alta, sete é na média, está bom. Não mereço participar das aulas de reforço para quem tira notas muito piores ou está repetindo a matéria. Mas nem vou perder tempo me justificando: quando a madrinha coloca uma coisa na cabeça, é difícil convencê-la do contrário. E fui criada para não discutir com ela.

Entro na minha sala, triste por ter que participar de mais uma aula após todas que já tenho, e parece que ouço a voz da minha mãe dizendo que “tenho que levantar as mãos para o céu por estudar na Escola São Judas Tadeu”.

O professor de português interrompe o que estava falando para dar bom-dia.

– Bom dia, Manuela. Pessoal, quero pedir a todos que evitem atrasos, isso atrapalha meu raciocínio. Vamos continuar falando sobre relações semânticas e sua importância...

Nossa, ele puxou minha orelha assim na frente de todo mundo, mas eu só me atrasei porque a diretora me parou no corredor para conversar. Até penso em me defender, mas quanto menos eu chamar atenção, melhor.

– E aí? Levou muito esporro? – pergunta Valentina assim que me sento na cadeira à sua frente.

– Não, só me mandou pra aula de reforço de literatura brasileira hoje. Por causa daquele meu sete – falo para ela, me virando para a frente em seguida, antes que o professor me chame a atenção de novo.

– Essa mulher é doida, não sei como você aguenta morar com ela. Onde que você tirou nota baixa?

Ela fala muito alto, e o professor para a explicação e fica olhando para a gente.

Disfarço, abrindo o livro na página que ele tinha indicado, e Valentina finalmente para de falar e aguarda para conversarmos no intervalo. Nem todo mundo entende, inclusive ela, o quanto a minha madrinha foi, e é, importante na vida da minha mãe, e tem coisas que não me sinto bem em dividir nem mesmo com minha melhor amiga.

Quando meus pais se conheceram, minha mãe já trabalhava aqui no Rio de Janeiro, na casa de dona Carmem. Tinha chegado havia alguns meses de Penalva, estava muito feliz com o trabalho e ficou mais feliz ainda com o namorado. Ela sempre me conta que, com quase quarenta anos, ela achava que nem viveria mais um amor daqueles ou sequer que teria o final que teve. Naquela época, o marido de dona Carmem, seu Aluísio, ainda era vivo. Meu pai e minha mãe namoraram por um ano, e ele sempre falava que eles se casariam, que ela teria dinheiro para visitar meus avós no Maranhão quando quisesse, porque ele estava estudando muito para entrar na faculdade e realizar o sonho de ser delegado. Meu pai tinha quase dez anos a menos do que minha mãe, mas só agora tinha a oportunidade de realizar esse sonho. A diferença de idade entre eles nunca foi uma questão.

Um dia, minha mãe descobriu que estava grávida. Ela nem acreditava mais que isso fosse possível, afinal, todas as suas amigas tinham sido mãe muito mais jovens. Na verdade, ela achava que nem podia ser mãe já que nunca tinha engravidado antes. Então, feliz da vida, ela correu do médico para a casa de meu pai, crente que ele amaria a notícia assim como ela. Mas meu pai reagiu da forma mais insensível que alguém pode reagir a uma mulher grávida. Perguntou se o filho era dele mesmo, a acusou de estragar seus sonhos e pediu que ela tirasse a criança.

Mas dona Irani era forte. Ela voltou para a casa de dona Carmem, certa de que os patrões que já a tinham ajudado tanto não iriam aceitá-la com uma criança. Para minha sorte, minha mãe estava errada. Os patrões não somente a aceitaram como viraram meus padrinhos e sempre me trataram muito bem, acho que sentiam muita falta da casa cheia após a ida do filho para a Alemanha. Então eles não apenas abraçaram minha mãe e lhe deram todo o apoio, como se responsabilizaram pelas despesas extras com a minha chegada. Eu tenho bolsa de estudo na escola porque dona Carmem é a diretora, mas todo o material, uniforme, é ela quem compra. Assim como qualquer outro item de que eu precise. Até meu celular foi ela quem me deu no meu aniversário de treze anos, quatro meses atrás.

Infelizmente para todos nós, seu Aluísio morreu quando eu tinha apenas quatro anos. A casa ficou extremamente triste sem ele, nem Natal dona Carmem aceita comemorar mais.

Do dia da morte de seu Aluísio em diante, minha mãe conta que dona Carmem se apegou ainda mais a mim e a minha mãe. Ela é muito exigente comigo, sempre espera que eu seja a melhor aluna. Mesmo sabendo que tudo é para o meu bem, vivo com medo de desapontá-la. E isso é muito, muito chato.

Eu sei que devo tudo que sou a essas duas grandes mulheres: minha mãe e minha madrinha. Mas só queria... às vezes... poder relaxar um pouquinho e não ter que ser sempre a melhor. Mas não gosto de decepcioná-las. São elas que estão sempre comigo. Meu pai nem me registrou, mas, apesar de tudo, eu ainda sonho com o dia em que ele virá atrás da gente, querendo me conhecer.

– Você vai mesmo aceitar fazer essas aulas? Que loucura, amiga! Ela é muito sem noção. Ninguém lê mais livros que você nesta escola, talvez só a bibliotecária – diz Valentina, rindo.

Eu realmente amo ler, sempre estou com algum livro emprestado da biblioteca.

– Vou. Não é tão ruim assim, e, depois, se isso vai deixar dona Carmem feliz, esse é um bom motivo para eu me esforçar nessas aulas.

– Você é quem sabe. Continuo achando que ela é doida – fala minha amiga, dando de ombros.

– E o que ela queria com você de manhã? Quando passei por vocês e ela disse que queria falar comigo, você me desejou sorte...

Valentina nem espera que eu termine a frase. Abre a mochila e pega uma presilha onde há uma mecha de cabelo azul presa nela.

– Por causa disso aqui. Eu uso essa presilha nos finais de semana porque meus pais não me deixam pintar o cabelo e esqueci de tirar vindo pra escola. Sua madrinha achou que era de verdade e me chamou para conversar. Bem típico dela – diz, revirando os olhos.

– Imagino a cara dela, mas parece de verdade mesmo – falo, segurando a mecha e, em seguida, devolvendo-a para que ela a guarde.

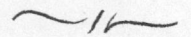

Andamos até o fim do longo corredor, onde os estudantes correm para ir embora e o inspetor apita, chamando a atenção deles a toda hora. Essa escola é tão grande que, mesmo estudando aqui desde os seis anos, ainda me perco.

– Vou comprar um biscoito na cantina já que tenho que ficar até a aula de reforço – digo para Valentina. – Aliás, já deve estar começando.

Aceno em despedida, e ela bate continência em resposta, porque o apelido da minha madrinha é General.

Para meu azar, a fila da cantina está imensa, com um misto de alunos da manhã e da tarde. Olho para o relógio e vejo que vou levar bronca de novo, pois é fato que vou me atrasar para essa aula também.

A fila do elevador também está gigante, a aula começará em dois minutos e a escada me convence de que é a melhor opção nesse momento. Mesmo com preguiça, faço um esforço para subir andar por andar. Minha barriga está roncando já que desisti do lanche, mas é a aula que preciso focar, não quero a madrinha reclamando de mim para minha mãe.

Chego à sala 3C e os alunos estão sentados em círculo. Nunca vi esse professor antes, parece recém-saído do ensino médio. Caminho até a cadeira abraçada à apostila e percebo os olhares de todos, principalmente de João e Thiago, os dois *debochadinhos* da minha sala que vivem implicando comigo. Não têm mais o que fazer e acham engraçado falar do meu cabelo ou me lembrar de que só estou aqui porque "minha tia", como eles dizem, é a diretora.

O tal professor me entrega outra apostila.

– Você deve ser a Manuela Oliveira, certo? Pela minha chamada, só faltava você, os outros nove já estão aqui.

A cadeira estala quando me sento e ouço a gargalhada deles, que para só com o olhar do professor. Hummm... acho que gostei desse professor. Ganhou pontos comigo por intimidar os bobões logo no primeiro dia.

– Boa tarde a todos. Sou o professor de literatura brasileira de vocês e me chamo Carlos Eduardo, mas podem me chamar de Cadu, não me importo, desde que estejam cientes de que não é porque sou jovem e novato por aqui que facilitarei as notas nessa disciplina – diz ele, encarando cada um de nós.

O restante do grupo é composto por mais dois meninos que estão calados, um deles rói as unhas, e, além de mim, há mais cinco meninas com cabelos longos, alguns ondulados e outros lisinhos, nenhum crespo: mais uma vez, sou a única preta da sala. Não as conheço, somente de vista, devem ser de outros anos ou de outras salas, o oitavo ano tem mais quatro turmas no período da manhã.

Abro a apostila que o professor me deu e vejo que há trechos de vários livros e, em seguida, páginas em branco, não entendo muito bem o que ele quer que a gente faça.

O professor segue falando:

– Quero que nossos encontros sejam prazerosos. Alguns de vocês certamente vão dizer que odeiam ler, vão revirar os olhos só em pensar em fazer resenhas dos livros que indicarei. Mas tenho certeza de que, se não conseguir convencer a todos, pelo menos alguns de vocês sairão daqui grandes leitores.

Todos se entreolham, e a menina à minha frente ri como se não acreditasse na fala dele. Eu amo ler e queria ter a grana que certamente alguns deles têm, porque entraria na livraria e voltaria carregada de livros. Mas minha mãe nunca me deixou ficar com muitos livros por causa do pouco espaço que temos no quarto que dividimos.

Fora que raramente consigo ler um livro assim que ele é lançado, tenho que esperar alguma promoção ou as datas comemorativas, que é quando a madrinha me dá algum livro que escolho.

– Como hoje é a primeira aula – diz o professor –, darei uma colher de chá a vocês, quero que leiam o livro indicado na página três da apostila. Vocês têm uma semana para lê-lo e, na página seguinte, encontrarão um espaço em branco para que possam resenhar a experiência que tiveram. Ela ficará eternizada nesse papel, mas o que mais me interessa é vê-los apresentando aqui na frente, com suas palavras, o quanto essas histórias significaram para vocês.

Ele vai andando pela sala enquanto cada um de nós procura a tal página para saber que livro vamos ler. E, quando abro a página da minha apostila, lá está escrito "A *hora da estrela*, de Clarice Lispector". Sei bem quem ela é porque já vi a madrinha chegando em casa com uma edição linda, só de contos dessa autora. Dona Carmem me deixa pegar o livro que quiser na biblioteca dela, mas eu sempre evito fazer isso porque minha mãe vive me dizendo para eu não abusar da bondade de dona Carmem. Às vezes fico meio perdida. Eu gostaria de ter um manual do que devo ou não fazer dentro da casa onde vivo. Porque dona Carmem mesmo nem liga para essas regras que minha mãe inventou na cabeça dela. Uma vez a chamei só de "Carmem" e ela nem ligou, mas minha mãe ficou uma fera comigo e me deu a maior bronca, dizendo que devo saber qual é o nosso lugar. Ué, o nosso lugar não é a nossa casa?

– Nossa, eu nunca li esse livro, deve ser chato pra caramba, que saco! – fala a menina ao meu lado.

– Olhe, de repente nem é. Já me surpreendi com vários autores. E minha madrinha diz que ela é ótima, gostei dessa escolha do professor – respondo, ainda sem saber seu nome.

– Ela? Que ela? Esse mala me mandou ler A *moreninha*, de um tal de Joaquim Manuel de Macedo – diz, apontando para a apostila.

– Ah... Na minha tem outro livro.

O professor nos escuta e avisa:

– Sim, aqui nas minhas aulas ninguém copia ninguém, por isso são dez livros diferentes. Imaginem ter que ouvir dez vezes sobre o mesmo livro?! E informo que todos eles estão disponíveis na biblioteca, então vocês já podem ir lá pegá-los. Boa leitura. Até a próxima segunda! Sim, vocês estão sendo liberados mais cedo, mas não se acostumem.

Ele encerra a aula, pega sua pasta e sai falando ao celular. Levanto-me com a apostila em mãos e comemoro porque a aula só durou quinze minutos.

– Cara mala, hein?! Vou ver se assisto a alguma resenha no YouTube, viajou que vou ler esse livro da época da minha avó.

– Eu vou lá na biblioteca agora, se quiser ir comigo. Me chamo Manuela – digo, tentando ser simpática, ainda que ela não tenha me dado nem um sorriso até agora.

– Eu sei seu nome, o professor disse quando você entrou. Sou a Eduarda, mas pode me chamar de Duda. Valeu pelo convite, mas me recuso a perder uma semana do meu tempo livre com isso.

Ela coloca a mochila nas costas e tira o celular do bolso. Aqui dentro não é permitido usar celular, uma regra sem sentido já que, volta e meia, os professores respondem mensagens na nossa frente, mas acho que ela não é muito de cumprir regras.

Saio da sala e vejo que o corredor está completamente vazio, só escuto as vozes dos professores dando aulas conforme vou passando pelas salas.

Subo mais um lance de escada e vou até a biblioteca, é o lugar que mais amo do prédio. Silencioso, rodeado de tantas histórias e com as bibliotecárias mais fofas do universo. Amo ficar horas conversando com elas. Vou direto até o balcão.

– Boa tarde, Viviane, tudo bem? Você tem esse livro aqui: A *hora da estrela*, da Clarice Lispector? – pergunto, mostrando a ela a página da apostila que informa o nome do livro, edição e editora.

– Sei bem qual é, gatona. Deixe eu ver quantos eu tenho aqui no sistema para indicar a você o corredor.

Ela digita e fica um tempinho olhando para a tela sem me responder. Depois, vira de costas para o balcão, se abaixa, coça a cabeça, tira os óculos e os coloca no balcão.

– Querida, não estou encontrando nenhum dos dez que temos no sistema. Parecem todos emprestados. Estranho, porque tem um tempinho que os professores não pedem leitura conjunta dele.

Ela vai até a Andrea, a outra bibliotecária, e fala algo bem baixinho que não consigo ouvir. Então volta para trás do balcão.

– Não tem nenhum mesmo, e não sei quando vão devolver. Infelizmente, tem gente que devolve os livros com atraso. É muito urgente?

– É para segunda-feira, para a aula de reforço de literatura brasileira.

Pego meu celular e pesquiso o valor dele. Não tenho essa grana nem cartão de crédito para comprar nada. Na minha carteira tem exatos dez reais.

– Manu, eu infelizmente não tenho esse exemplar em casa, senão o emprestaria a você. Mas... você pode ver no sebo aqui atrás da escola, sabe qual é?

– Já passei várias vezes na porta, sempre vejo a vitrine, mas até hoje não entrei. Nunca vejo ninguém da minha idade entrando. Sei lá...

– Bobagem, sebo é lugar para gente de todas as idades. E você pode encontrar esse livro bem baratinho e em ótimo estado. Não custa nada tentar – insiste ela.

– Tudo bem, você pode me avisar caso algum seja devolvido até quarta-feira? Ainda tenho esperança...

– Aviso, mas passe lá no sebo, é um caminho sem volta. Não entendo como uma menina que ama tanto ler quanto você e está sempre aqui na biblioteca nunca entrou num lugar tão especial para quem ama livros.

Viviane não entende por que não está na minha pele, eu nunca tenho dinheiro na carteira. E, além disso, quando eu por acaso entro em alguma loja, vem sempre alguém atrás de mim para ver se estou só vendo ou enfiando o que quer que seja dentro da mochila. Só eu sei como é. Fora que tenho muita vergonha de não ter dinheiro para comprar as coisas.

Saio da biblioteca e desço as escadas, indo em direção ao portão de saída, ainda pensando se passo ou não no sebo, porque o caminho para minha casa é na direção contrária. Hoje, pelo visto, não foi somente a Vivi que quis que eu fosse até lá; hoje meus pés me levaram até o sebo. Na vitrine, livros de Harlan Coben, George Martin, Carlos Drummond de Andrade e, bem no cantinho, A *hora da estrela*. Não acredito na minha sorte, me esforço para ver o valor, mas exatamente a etiqueta dele está virada. Olho para dentro da loja e parece não ter ninguém.

Bato à porta e nada. Leio a placa colada na porta: "Entre sem bater". Então é isso que faço. A parte de dentro não dá fácil acesso à vitrine, então vou andando por entre os livros. Sempre imaginei que sebos cheirassem a mofo, mas aqui o cheiro é agradável, um perfume que eu facilmente usaria. Nem muito doce, nem forte, gostoso de sentir, fresco. Caminho mais um pouco, procurando a estante de literatura brasileira. Aqui é diferente de uma livraria: os livros têm outros tons por causa do tempo de cada um deles, e há edições distintas de um mesmo livro. Não imaginava que fosse tão grande por dentro, do lado de fora é apenas uma porta com uma vitrinezinha.

Olho para as estantes que encostam no teto e penso que são exatamente como as que sempre sonhei ter no meu quarto. Lembram um pouco as do escritório de dona Carmem, mas aqui os livros parecem ter mais colorido nas lombadas. Imagino cada uma das histórias contadas através dessas páginas e quanto tempo eu levaria para ler todas.

Provavelmente não conseguiria fazer isso nem se vivesse até os cem anos.

Ando até o balcão com um computador e uma máquina de escrever antiga, parece uma que a madrinha tem e nunca usa, e que fica de enfeite no escritório dela. Minha mãe, desde que eu era bem pequena, me avisou que eu não poderia mexer nela. Vejo uma campainha. Toco uma, duas vezes, e nada.

Quem tem coragem de deixar uma loja aberta sem ninguém dentro em pleno Rio de Janeiro?

Noto uma luz vindo de uma porta no fundo do corredor, ando bem devagar até lá e bato à porta, que se abre revelando um escritório cor-de-rosa, muito fofo, cheio de livros com etiquetas rosa nas capas. Há uma cadeira, com um casaco por cima, em tom bege com flores bordadas e uma mesa do mesmo tom. Nas prateleiras, mais livros, que parecem ser todos da mesma coleção.

Eu me aproximo e não resisto a tocar em tudo. Como uma criança entrando na Fantástica Fábrica de Chocolate, estou encantada. Noto alguns quadros na parede e me aproximo. Um deles tem a foto de duas mulheres segurando um livro e, por cima da moldura, um autógrafo que não consigo identificar. Como não tem legenda, não faço a menor ideia de quem seja.

Há páginas e páginas de livros autografadas emolduradas: a dona da sala arrancou as páginas e as enquadrou. Chego mais perto para enxergar melhor de quem são e derrubo uma pequena pilha de livros que estava em cima da mesa, fazendo bastante barulho.

Abaixo para pegar os livros e leio os títulos, um deles é *A hora da estrela* numa versão bem diferente das que encontrei na internet. Folheio e vejo que tem um autógrafo para Estela. Seria da própria autora? Procuro o preço, mas não encontro.

Ouço passos arrastados com o barulho de alguma coisa batendo forte no chão. Em seguida, um senhor escancara a porta e, muito nervoso, grita comigo:

– Saia daqui agora, fedelha! Solte isso já! Saia, saia!

Ele arranca o livro das minhas mãos e fico totalmente sem reação.

2

A descoberta do mundo

O nervosismo dele faz com que eu dê uns passos para trás, assustada, o que é ainda pior, pois esbarro na mesa e deixo cair no chão mais três livros que estavam em cima dela. Percebo que a irritação do senhor fica ainda maior, por isso, antes que ele chegue perto de mim, me abaixo para recolher a bagunça que fiz.

Dou um beijinho de longe em cada um deles antes de colocá-los de volta na mesa, como se pedisse desculpas por tê-los deixado cair, uma mania que adquiri desde que ganhei meu primeiro livro. E não entendo por que fazer isso o irrita ainda mais.

– Que sandice é essa, menina? Por que está beijando os livros? – pergunta o homem, me fuzilando com o olhar.

– Eu... bom, eu sempre faço isso, é uma mania minha. Uma forma de pedir desculpas quando deixo um livro cair no chão. Também faço isso quando ganho um. Mas peço desculpa – digo, encolhendo os ombros, constrangida, e sinto meu rosto inteiro pegando fogo de vergonha. Sem saber muito como agir, continuo ajeitando os livros na mesa. – Não tinha ninguém e eu fui entrando...

Ele não me deixa acabar de falar, se aproxima da mesa como se fosse contar os livros que estavam nela, e pega o primeiro, exatamente aquele de que estou precisando.

– Você é muito mal-educada, deve aguardar até que alguém venha, e não sair entrando assim. Esse escritório não é para clientes – resmunga ele, e vou me afastando até ficar bem próxima à porta.

Minha vontade é sair correndo e nunca mais voltar ali, e provavelmente é o que deveria fazer. Entretanto, sem entender por quê, algo faz com que eu permaneça. Talvez seja porque vejo tristeza por trás de toda a raiva que ele demonstra, mesmo que não haja motivos para que seja direcionada a mim.

Algo me diz aqui dentro de mim que ele parece precisar de ajuda, e minha mãe me criou para que eu ajude quem precisa, como forma de retribuir ao mundo tudo que temos, uma espécie de fazer o bem não importa a quem.

– Como o senhor se chama? – insisto, tentando quebrar a barreira de má vontade que ele parece ter construído entre nós. – Eu sou Manuela, mas pode me chamar de Manu. – falo, estendendo a mão na esperança de que ele me cumprimente.

– Menina, o que você quer? Pode sair desse escritório, por favor?

Noto que "por favor" são as primeiras palavras gentis que ele me diz.

– Eu estudo aqui atrás, na Escola São Judas Tadeu – informo, mostrando o uniforme.

– Sou velho, mas ainda enxergo. Sei bem que escola é essa, e conheço os estudantes como você que entram aqui, bagunçam tudo, tiram foto com os livros, mas não os leem, e saem sem levar absolutamente nada.

Nossa, ele parece mesmo odiar gente da minha idade!

– Em minha defesa, eu sei exatamente como eles são e também sofro com isso. Mas eu amo ler e precisava ler exatamente esse livro que está com o senhor. A *hora da estrela*. Ele está à venda, ou o senhor tem outro? – tento me explicar.

– Esse livro não está à venda, e depois você não me engana. Essa escola é uma fortuna, uma garota riquinha como você não precisa vir procurar esse livro no sebo, pode entrar nessas grandes livrarias do shopping e comprar o que quiser.

Ele coloca o livro no lugar e vai me levando para fora do escritório. Quando estamos fora da sala, ele passa a chave na porta.

– Pois o senhor não me conhece – respondo alto, completamente atônita com aquela situação. – Eu não pago a escola, sou bolsista. E quase nunca vou ao shopping. Os poucos livros que tenho ganhei de presente da minha madrinha, que é diretora da escola – completo, ficando irritada por estar sendo ignorada daquela maneira. – Dizem que os mais velhos têm sabedoria, mas o senhor é um poço de preconceito e mau humor.

Desisto de ser gentil com ele.

Ajeito minha mochila nos ombros e, abandonando a ideia de achar meu livro ali, viro de costas com o intuito claro de ir embora e nunca mais voltar. A porta bate forte atrás de mim e a única coisa que quero é ficar bem longe daquele lugar.

Saio pisando forte com lágrimas escorrendo pelo rosto.

Que sujeito ranzinza, como pode tratar os clientes tão mal assim?

Minha mãe sempre diz uma frase: “Onde não quiserem você, não se demore”, e foi isso que fiz. Deve ser por isso que o sebo está vazio, ele deve afastar todos os clientes que pisam ali. E eu só fui a última vítima do péssimo humor dele.

Coloco a chave na porta de casa. Sempre entro pelos fundos, apesar de a madrinha ter me dado a chave da porta da frente. Mas, para variar, minha mãe diz que nós não devemos entrar pela porta da frente. Ainda estou fungando, e isso já é suficiente para minha mãe, que me conhece melhor do que ninguém, saber que chorei.

Mal tiro a mochila das costas e os sapatos, ela se aproxima e segura meu rosto, como se tentasse, de verdade, ler meus pensamentos.

– O que aquele monte de mimadinhos fez com você? Fale, que eu vou dizer umas boas palavras para você jogar na cara deles amanhã mesmo – diz, bufando de raiva.

– Mãe, eles não fizeram nada. Não foi na escola que eu me aborreci – digo a verdade, porque sei que ela sempre sabe quando minto ou não digo algo.

– Então está apaixonada e o garoto não gosta de você? – pergunta ela, querendo adivinhar.

Não podia ter passado mais longe.

– Não, mãe, não é nada disso. Foi o dono do sebo, aquele sebo que fica atrás da escola, um que fica do lado da padaria, sabe qual é?... A senhora já entrou naquele sebo? – pergunto, querendo mesmo saber.

– Muito tempo atrás, quando seu Aluísio faleceu, dona Carmem vendeu alguns livros dele para esse sebo. Eu me lembro de ter um senhor lá, mas não foi ele quem me atendeu, foi a esposa dele. Sabe como minha cabeça é péssima para nomes, não me lembro do dela, mas se tem uma coisa de que eu me lembro é do brilho que ela tinha no olhar, era algo que fazia a diferença logo que a gente entrava. O brilho e o sorriso. Se todo mundo fosse feliz assim no lugar onde trabalha, o mundo seria um lugar melhor. Era isso, ela irradiava uma felicidade contagiante no meio daquele monte de livros – fala, coçando a cabeça, como se quisesse lembrar o nome da mulher.

– Nossa, teria sido ótimo se fosse essa pessoa que tivesse me atendido. Ia amar conhecer alguém simpático assim, bem diferente desse senhor. Fico curiosa.

– Mas o que esse homem fez que deixou você chorando? – pergunta minha mãe, mudando o semblante para o de alguém com muita raiva.

– Eu entrei sem querer num escritório dentro da loja, mas, mãe, não tinha ninguém lá, juro pra você. Só muitos livros, inclusive o que estou procurando, e fotos na parede. Ah, e livros autografados também – respondo, abrindo novamente um sorriso, recordando a sala que tinha achado tão bonita.

– Você entrou na sala sem que ninguém estivesse lá e mexeu nas coisas, foi isso que você fez, menina? – pergunta ela e, pelo tom de sua voz, sei que já não acha mais que o senhor fez nada de errado, e sim eu.

– Mas mãe, eu juro que não tinha ninguém. Só fiquei uns minutos – tento me justificar.

– Não foi essa a educação que dei a você. Se ele se aborreceu, está certíssimo. Aqui mesmo na casa onde moramos, quando foi que permiti que você entrasse nos quartos sem ser convidada? – pergunta ela, aguardando minha resposta.

Abaixo a cabeça, sabendo que errei em entrar sem aguardar que alguém viesse me atender.

– Eu errei, mas ele não precisava ser tão grosseiro. Eu pedi desculpas – falo, olhando para os meus pés, na tentativa de fugir do olhar julgador de minha mãe.

– Pois bem, coloque os sapatos de novo. Nós vamos até lá – diz ela, apontando para os meus pés, e eu não entendo nada. – Vou trocar de roupa e vamos voltar a esse sebo agorinha mesmo. Eu e você, que você não é filha de chocadeira, não.

Ela prende os cabelos no alto, pega o pano de prato que estava no ombro e abre o forno. O cheiro do bolo de laranja invade meu nariz.

– Tá vendo esse bolo? – pergunta, colocando-o em cima da pia.

– Mãe, não estou entendendo nada. Sim, meu bolo de laranja favorito. O que tem a ver com o que a gente estava conversando?

– Vamos para o sebo, ué. Esse bolo aqui era seu. Fiz para quando você chegasse da escola. Mas agora você vai comigo pedir desculpas a esse senhor e entregar esse bolo a ele.

– Mãe, ele me trata mal e ganha bolo?

Não estou achando aquilo nada justo.

– Não, você fez besteira e vai pedir desculpas com o bolo. Foi você que entrou na loja dele e ficou mexendo em tudo que não devia. Não eduquei você dessa forma, vamos voltar lá para explicar tudo, pedir desculpas e dar o bolo de presente. É uma gentileza, achei que já tivesse ensinado isso a você. Eu vou ajudar você a carregar o bolo até a porta, mas quem vai entrar e desfazer a péssima impressão que causou é você, mocinha.

Não respondo nada. Vejo ela indo até o quarto mudar de roupa e lá vou eu levar mais patadas do dono do sebo. Ele é tão amargo que vai ver nem come bolo.

3
Quase de verdade

Minha mãe carrega o bolo com as duas mãos, decidida como um general, e eu a acompanho sem dizer uma palavra.

O cheiro do bolo sobe até minhas narinas e, a cada passo, preciso segurar a vontade de comê-lo. Ainda não acredito que vou dar meu bolo para aquele homem, aposto que vai dizer que não come bolo assim que eu chegar lá. Mas preciso me manter forte no objetivo estabelecido por minha mãe. Mesmo exausta de seu conjunto de regras que, às vezes, não faz o menor sentido, confesso que estou verdadeiramente arrependida de ter entrado naquele escritório sem pedir permissão.

O calor não ajuda em nada, mas o silêncio entre a gente é o que mais me incomoda, odeio decepcionar minha mãe. Sinto um aperto no peito e muita vergonha de ter achado que agi certo. Nada justifica a forma como aquele senhor me tratou, mas eu errei antes, minha mãe sempre me ensinou a não pensar nas atitudes dos outros, e sim nas minhas. Não importa o quanto a outra pessoa aja errado com você, e sim a forma que recebemos e transformamos isso em atitudes positivas.

Quando, enfim, chegamos perto do sebo, minha mãe para, olha para mim, põe o bolo nas minhas mãos e coloca as duas mãos na cintura. É a posição de *lá vem bomba.*

– Pois bem, é ali, não é? Você vai entrar, pedir desculpas e explicar que agiu de forma mal-educada, mas que quer desfazer essa má impressão – diz ela, chegando mais para o canto da calçada, como quem não quer atrapalhar a passagem das pessoas.

– Mãe, eu vou entrar sozinha? Assim, com esse bolo na mão? Faço o que depois? Coloco em cima do balcão e saio correndo? Não sei se vou conseguir pedir desculpas do nada. Tinha que ter ensaiado algo antes. No improviso você sabe que não funciono, sou péssima nisso.

– Minha filha, a resposta é você quem deve saber, confio na criação que lhe dei. Você vai descobrir a melhor forma desse senhor aceitar suas desculpas. Vá lá, ande, eu já fiz minha parte, ajudei você a trazer o bolo até aqui. Você já tem idade para resolver o que faz sozinha. Entre e, em casa, você me conta como foi.

Ela me dá as costas e vai andando, sem olhar para trás.

Respiro fundo para tomar ar e coragem e me aproximo da porta, onde um toldo foi aberto, provavelmente para proteger os livros do sol forte. Espio a vitrine e o vejo novamente ali, o livro que eu queria e que é a razão de toda essa confusão.

Empurro a porta com o cotovelo, equilibrando o bolo, e ouço o sininho tocar de novo, o que me dá uma sensação de *déjà-vu*. Aliás, aprendi essa palavra este ano vendo um filme do Denzel Washington, que minha mãe adora.

Não aparece ninguém, dou um passo, dois, e resolvo me anunciar, antes de cometer o mesmo erro de mais cedo.

– Boa tarde, tem alguém na loja?

Meus braços estão cansados, por isso coloco o bolo em cima de uma mesa, onde repousam alguns livros. Eu me abano com as mãos, tentando espantar o calor, e olho para o teto, notando que a loja não tem ar-condicionado, somente ventiladores que fazem um barulho um pouco irritante.

Encosto meu corpo cansado na mesa e estalo o pescoço de olhos fechados, fazendo movimentos circulares que aprendi nas aulas de educação física. Quando abro os olhos, eu o vejo vindo lá no final do corredor, caminhando daquele jeito dele, arrastando um pouco os pés e batendo forte com a bengala nos tacos de madeira.

Ajeito a postura, coloco as mãos para trás e abro meu melhor sorriso.

– Boa tarde, senhor. Lembra de mim? Sou a Manu.

– Você de novo!

– Eu vim desfazer a péssima impressão que o senhor deve ter tido de mim – digo, ignorando aquele comentário mal-humorado. – Antes de mais nada, mil desculpas. Eu realmente não fiz por mal, mas sei que não deveria ter entrado na loja sem esperar alguém vir me atender, e muito menos ter entrado no escri...

– Tire isso de cima dos livros – me interrompe ele.

Não sei como ele conseguiu andar tão rápido, mas num segundo estava bem pertinho de mim, tão próximo que pude sentir até o hálito de quem acabou de escovar os dentes.

– Tire. Vai deixar marcas. Vamos, vamos! – ordena, apontando com a bengala para o bolo.

Arregalo os olhos, aturdida, e começo a suar outra vez, mais de nervoso do que pelo calor que está fazendo ali.

– Pronto, já tirei, aqui ó.

Eu me afasto um pouco dele, tentando fazer com que se acalme.

– Bom. E o que você quer agora, mocinha? Não tem mais o que fazer à tarde, não? Não tem nenhum dever de casa para fazer em vez de vir atrapalhar o trabalho das pessoas?

Fico furiosa com o que ele me diz e minha vontade é deixar o bolo lá e sair batendo a porta, mas me lembro da minha mãe e sei exatamente o que ela espera que eu faça em situações como essa.

– Senhor... o senhor não me disse seu nome ainda – digo e faço um intervalo, aguardando, mas ele nada responde. – Então, eu vim aqui em missão de paz, pedir desculpas por ter invadido seu escritório sem permissão.

– Ok, desculpas aceitas. Agora pode ir, eu preciso catalogar muita coisa aqui ainda.

Ele sai andando lentamente, agora arrastando os pés e batendo forte com a bengala no chão.

– Isso não é verdade, se o senhor tivesse me desculpado, não teria me dado as costas. Ainda está com raiva pelo que fiz – insisto, seguindo seus passos, carregando o bolo com cuidado e com medo do que ele responderá.

– Me diga, então, mocinha: o que preciso fazer para você ir embora e me deixar em paz? Ande que eu não tenho a vida toda, aliás, pela minha idade, tenho menos tempo ainda a perder.

Ele diz isso e se senta, com alguma dificuldade, numa cadeira atrás do balcão.

– Então... – hesito por um instante, tentando encontrar as palavras –, minha mãe fez esse bolo de laranja para o senhor, e tudo que ela faz é uma delícia, tenho certeza de que o senhor vai amar. Onde quer que eu o deixe?

Chego perto do balcão, esperando a resposta, e apoio o bolo ali.

– Por que sua mãe faria um bolo para mim? – resmunga ele, mexendo, desconfiado, no saco plástico que minha mãe colocou para proteger o bolo.

– Ela tinha feito pra mim, é o meu favorito. Ninguém no mundo faz um bolo tão gostoso quanto ela. Mas então eu agi errado com o senhor, contei a ela e agora estou aqui, pedindo desculpas e dando o meu doce favorito para o senhor – explico, enquanto ele segue com a mesma cara fechada de antes.

– E você, por acaso, já comeu todos os bolos do mundo para saber se esse é o melhor? – pergunta ele, sabendo que eu não tenho a resposta. Mas me recuso a cair na implicância dele.

– Não, mas é o melhor que já comi. O senhor vai aceitar ficar com ele? Juro que foi minha mãe quem fez – reafirmo, com medo de que ele esteja na dúvida, achando que foi obra minha.

– Tudo bem, pode deixar aqui em cima do balcão, as pessoas amam bolo de laranja, minha esposa fazia um excelente, vou provar, mas duvido que o da sua mãe seja tão bom quanto o dela – responde ele, e noto sua expressão irritada se suavizar um pouco.

– Depois o senhor me conta se gostou do bolo, então. Agora que fizemos as pazes, posso fazer uma pergunta? – pergunto com receio.

– E vai adiantar se eu disser que não pode? Você fala o tempo inteiro – reponde ele, batendo a bengala no chão com força.

Com medo de que ele me expulse dali, repenso se devo ou não perguntar a ele sobre o livro que está na vitrine. Quando enfim tomo coragem para abrir a boca, entra uma senhora na loja. Será a esposa de que ele falou?

– Lino, a gente precisa consertar essa máquina, ninguém mais usa esse modelo. Consegui fazer nossos cafés aqui do lado, mas não posso ficar abusando da boa vontade da moça.

Ela entra na loja carregando um copinho de café em cada mão. É uma senhora baixa, que usa uns óculos pendurados por uma cordinha e um vestido florido. O cabelo está preso num coque com um lápis. Entra tão compenetrada olhando para os cafés que não percebe que estou ali dentro.

– Oi, boa tarde, eu sou a Manu – me apresento quando ela enfim olha em minha direção e, diferentemente do senhor que agora sei que se chama Lino, ela abre um sorriso honesto que me faz sentir bem-vinda.

– Boa tarde, Lino já estava atendendo você, ou quer alguma ajuda? – oferece ela, enquanto ele se levanta da cadeira, pega um dos cafés e nem espera que eu responda.

– Essa é aquela jovem que entrou mais cedo aqui e me irritou, lembra que comentei? – diz como se eu não estivesse ali, e sinto meu rosto ruborizar.

– E o que não irrita você? As pessoas respirando irritam você – afirma ela, passando por ele e apoiando seu café no balcão. – Oi, Manu, tudo bem? Sou a Madá, seja bem-vinda. Você precisa de algum livro específico?

– Muito prazer – digo, estendendo a mão, e ela me cumprimenta sorrindo ainda mais. – Voltei para deixar esse bolo de laranja como pedido de desculpas, mas a senhora pode comer também, claro.

– Hummm, que delícia, chegou na hora certa, então. Só não trouxe café para você, mas podemos comer o bolo juntos, deixe eu pegar uma faca.

Ela se dirige até o final do corredor, abre uma portinha e vai desembrulhando o bolo.

– A senhora vai ver como é gostoso. Seu Lino disse que a senhora faz um excelente também – falo isso e percebo que ela lança um olhar estranho na direção dele.

– Eu não disse isso – responde ele, terminando de beber todo o café e jogando o copinho na lixeira.

Tenho certeza de que ele disse, mas não vou retrucar, vai que ele não se lembra mais.

– Manu, venha me ajudar a cortar o bolo. Vou pegar guardanapos – pede Madá.

Eu a ajudo a segurar a travessa do bolo e observo seu Lino se sentando novamente na cadeira.

Madá corta um pedaço do bolo e o entrega a ele.

– Tome, só hoje, hein, pra ver se isso adoça seu humor um pouquinho – diz, olhando para mim e me dando uma piscadinha.

Ele pega o bolo, cheira, morde devagar e não fala nada. Enquanto isso, Madá corta um pedaço para ela e outro para mim. Entrega o meu e lambe os dedos com a calda que escorreu.

– Sua mãe cozinha muito bem, está uma delícia mesmo! Parabéns! Não está ótimo, Lino?

Ela olha para ele, aguardando uma resposta, mas ele devora o bolo sem emitir nenhum som.

Como meu pedaço também, com medo de que alguma parte caia no chão da loja e ele brigue comigo. Madá puxa um banco que estava debaixo de uma das estantes e se senta.

– Minha filha, embaixo daquela ali tem outro banquinho, minhas pernas estão me matando e esse calor não deixa a gente usar meia-calça de compressão, vira um martírio. – Ela mostra as pernas, levantando um pouco o vestido.

Procuro pelo banco e me sento, pedindo licença. O senhor nem está mais me olhando, está concentrado num caderno que pegou, anotando algumas coisas.

– Me conte, Manu, qual livro você veio procurar aqui? Já achou?

Agradeço a Deus por ela ter feito essa pergunta, porque ainda preciso do livro que está na vitrine deles e não estava achando o momento certo de tocar no assunto.

– Na verdade, ainda não. Eu entrei porque vi o livro na vitrine.

– Ah, e qual é?

– A *hora da estrela*, da Clarice Lispector. Preciso porque ele não está disponível na biblioteca da minha escola. É para fazer um trabalho de literatura – explico.

– Esse é meu livro favorito da Clarice. Seu Lino também gosta muito.

Ela olha para ele, que segue compenetrado no caderno, tentando fingir que não está acompanhando a conversa.

– Posso olhar para ver se tenho outro e, se não tiver, tiro o da vitrine pra você.

– Vai bagunçar a vitrine toda! – reclama seu Lino, admitindo, sem querer, que estava ouvindo.

– Qual é o problema? Sou eu que arrumo, e depois o intuito é vender os livros, vou só ter certeza de que não tem outro aqui, aí tiro de lá para você – diz ela, sorrindo, se levantando do banco e indo até o balcão mexer em alguns cadernos.

– Nossa, agradeço muito. Você sabe o valor dele? É que não quero que você tenha o trabalho de tirar o livro de lá e depois eu não ter o dinheiro todo aqui comigo.

Acabo de me lembrar que só estou com o celular no bolso, a carteira ficou na mochila.

– Não se preocupe com isso, deixe só eu ver aqui, porque o computador da gente é muito antigo e está com defeito esta semana. Estamos usando os velhos cadernos de registro enquanto o rapaz da informática não vem consertá-lo.

Ela abre os cadernos e os folheia.

– Acho que vocês deviam usar um sistema para gerenciar o estoque da loja – digo, pensando em como tudo ali seria mais rápido e fácil com um sisteminha básico.

Eles se olham como se eu estivesse falando algo em mandarim.

– Não entendemos quase nada de tecnologia, fofinha – responde dona Madá.

Ela pega o caderno e vem para o meu lado, mostrando as listas de livros anotados. Aponta para a quantidade de livros de Clarice Lispector.

– Hummm, eu só tenho o da vitrine mesmo – diz, fechando o caderno e o colocando no balcão.

Ela se dirige para a vitrine, mas a interrompo antes que retire o livro:

– A senhora sabe o valor de cabeça? – pergunto, querendo evitar que ela estrague inutilmente a vitrine.

Ela pega o livro num segundo, ignorando minhas preocupações.

– Pegue, é um presente pra você – diz, passando, em seguida, a mão em minha cabeça.

– Ficou louca? Virou sebo de doação isso aqui, agora? – interrompe Lino, claramente irritado. – Essa menina entra onde não deve, traz um bolo gostoso e ganha um livro, ela vai achar que a vida é fácil assim.

– Eu agradeço, senhora, mas não posso aceitar. Me diga o valor que trago a quantia daqui a pouco – respondo, devolvendo o livro a ela.

Olho para seu Lino e caminho até onde está. Olho nos olhos dele e tento não aumentar meu tom de voz para não perder a razão.

– Eu sei que errei, seu Lino, e pedi desculpas. Mas não me julgue novamente, o senhor já fez isso mais cedo e está fazendo agora de novo. Se tem algo que sei é que a vida não é fácil. Um dia, se o senhor aceitar minha amizade, conto com detalhes, por exemplo, como é difícil a vida sem uma figura paterna.

Fica claro que ele não esperava que eu respondesse, porque abaixa a cabeça e não fala mais nada, fingindo ver alguma coisa em cima do balcão.

Sinto uma mão em minhas costas. Madá. Está fazendo o mesmo gesto que minha madrinha faz quando quer que eu me acalme.

– Não escute esse rabugento, ele tem um coração bom, mas que ficou congelado em alguma parte da vida e nunca mais voltou a ser o que era. Escute o que estou dizendo, você precisa do livro, esqueceu o dinheiro e não tem mais tempo a perder. Leve, leve e conheça Macabéa. Ela marcou a minha vida, vai marcar a sua também.

Ela me entrega outra vez o livro. Eu o seguro com as duas mãos, dou um beijo nele e olho para seu Lino, que segue sem me olhar, remexendo em tudo que está em cima do balcão, numa clara tentativa de ignorar o que está acontecendo.

– Se é assim, eu aceito, obrigada. Mas posso passar aqui depois e deixar o dinheiro, se a senhora me disser o valor – respondo.

– Minha querida, você é bem-vinda aqui quando quiser. É uma alegria ver pessoas da sua idade entrando e buscando novas histórias. Você alegrou meu dia e faço questão de alegrar o seu. Quanto ao que aconteceu mais cedo, esqueça. Lino já esqueceu e já perdoou. Não é mesmo? – pergunta ela, olhando para ele e esperando que ele responda.

– Se você diz... – responde ele, mantendo a cara fechada.

– Agradeça a sua mãe pelo bolo e leia o livro com calma. Desejo boa sorte em sua apresentação – fala dona Madá, sorrindo e piscando o olho para mim.

– Puxa, muito obrigada, vou ler, sim, e fico feliz de ter um espaço como esse quando precisar de outros livros. É tão pertinho da escola, e eu nunca tinha entrado aqui. Amo ler, virei mais vezes, prometo.

– Volte, sim, vou guardar o bolo lá dentro antes que acabe com ele todo. Vá com Deus e boa viagem – diz ela com o bolo nas mãos.

– Mas eu não vou viajar, moro aqui perto... – respondo ingenuamente, sem entender o que ela quis dizer.

– Eu sei, mas cada livro é uma viagem, e esse que você está levando é daquelas para onde precisamos voltar algumas vezes para entender quão gostoso é estar dentro de cada página.

Ela se vira, e fico pensando na frase que acabou de falar.

Faço que vou acenar para seu Lino, mas vejo que ele está dormindo, pegou no sono. Acho graça.

Caminho pelo corredor da loja com o livro nas mãos e um sorriso imenso no rosto. Minha mãe estava certa como sempre, nada melhor do que desfazer as más impressões, rever nossos erros e ter mais amigos e lugares incríveis como esse para poder visitar.

Às vezes fico cansada das regras da minha mãe, mas a verdade é que não há um dia sequer em que eu não aprenda com ela, com a vida e com os livros que leio.

4
As palavras

Saio da loja e percorro todo o caminho de volta abraçada ao livro que acabei de ganhar. A cada sinal que espero abrir para atravessar, aprecio a beleza da capa, passo a mão pela lombada, observo cada detalhe. Acho que nunca fiquei tão ansiosa por uma leitura assim e fico imaginando o que dona Madá, ou mesmo seu Lino, sentiram com a leitura.

Não quero ser enxerida, como minha mãe gosta de dizer, mas gosto de conhecer as pessoas, por isso pergunto sobre a vida delas, sou curiosa e só me dou por satisfeita depois de saber, tintim por tintim, se tudo que imaginei é ou não verdade. Porém, em relação à dona Madá e ao seu Lino, senti que não era o momento para muitas perguntas. Eu não queria arriscar depois de toda a confusão na minha primeira entrada lá.

Meu pensamento voa longe, bem distante da realidade, e por pouco uma bicicleta não me pega, freando bem em cima de mim. Levo um susto e o livro voa para o outro lado da calçada, caindo todo aberto no chão. Noto que várias pessoas desviam dele, sem nem perceberem o que aconteceu. Antes mesmo de reclamar com o cara da bicicleta, corro para pegar o livro e ver se alguma coisa nele ficou danificada. Apenas uma pontinha ficou amassada, mas nada parece ter se rasgado. Balanço o exemplar, no intuito de me certificar que nenhuma folha se soltou, e vejo um cartão-postal cair de dentro dele.

Visivelmente apressado, o cara é incapaz de parar para pedir desculpas, dá uma olhada para trás e sai na direção que já seguiria. Aqui no Rio é assim, a gente precisa estar sempre de olho porque ninguém respeita nada!

Observo o cartão com cuidado e vejo que, na parte da frente, há uma imagem do Pão de Açúcar, uma foto em preto e branco que parece ter sido tirada há muitos anos. Na parte de trás há uma mensagem:

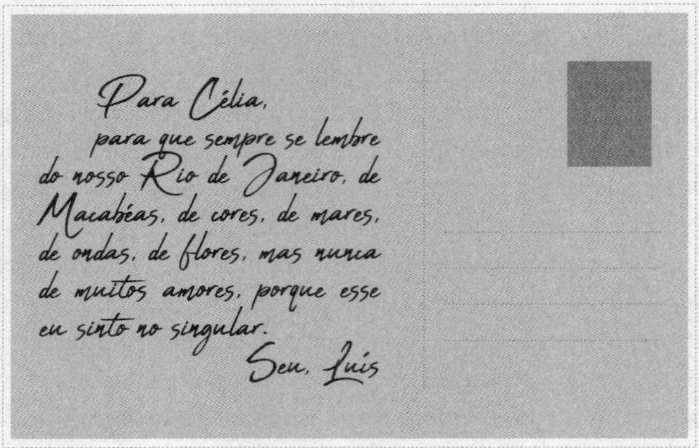

Não há data alguma, tampouco há selo. O cartão não foi impresso com o livro, então claramente a antiga dona dele o recebeu de presente, mas quem é Macabéa? Viro o livro e ali está a sinopse:

> *Último livro escrito por Clarice Lispector,* A hora da estrela *é também uma despedida. Lançada pouco antes de sua morte em* 1977, *a obra conta os momentos de criação do escritor* Rodrigo S. M. *(a própria Clarice) narrando a história de* Macabéa, *uma alagoana órfã, virgem e solitária, criada por uma tia tirana, que a leva para o* Rio de Janeiro, *onde trabalha como datilógrafa.*

Em A hora da estrela, *Clarice escreve sabendo que a morte está próxima e põe um pouco de si nas personagens Rodrigo e Macabéa. Ele, um escritor à espera da morte; ela, uma solitária que gosta de ouvir a Rádio Relógio e que passou a infância no Nordeste, como Clarice. A despedida de Clarice é uma obra instigante e inovadora. Como diz o personagem Rodrigo, "estou escrevendo na hora mesma em que sou lido".*

Macabéa é o nome da protagonista! Encaixo o cartão--postal entre as últimas páginas do livro e o seguro com cuidado para que não caia no trajeto para casa. Eu me pego imaginando quantos livros não têm mensagens e lembranças de pessoas que os venderam para o sebo, quantas histórias há por trás daquelas histórias? Um livro novo vai para a livraria ser vendido sem que tenha passado por nenhum leitor, mas o do sebo não, ele é uma caixinha de surpresas no qual o próximo leitor pode encontrar vestígios. Eu encontrei esse e estou achando o máximo.

Assim que chego em casa, enfio a chave na porta e vejo minha mãe tirando a roupa da máquina de lavar. Sem nem esperar que eu tire os tênis, ela se aproxima.

– Como foi lá? Que livro é esse?

Bem a cara dela fazer perguntas seguidas. Foi daí que puxei a curiosidade e o excesso de questionamentos.

– Foi ótimo. Pra variar, você tinha razão – falo, olhando para ela com aquele jeito de quem reconhece que deve ouvir antes de questionar. Fico olhando para o livro antes de continuar. – Eu ganhei o livro de dona Madá, ela insistiu. É o livro que preciso ler e apresentar na semana que vem.

Mostro a capa para ela, que, agora convencida de que não fiz mais nada de errado, começa a dobrar as roupas que tirou da máquina.

– Ótimo, então fez amizade com o senhor e a senhora de lá. E o bolo? Gostaram? – pergunta ela, me olhando, claramente aguardando uma resposta.

– E tinha como não gostarem? Eles amaram! Obrigada, mãe. Me desculpe.

Chego perto da minha mãe e tasco um beijo na bochecha dela. Sei que ela esperava por isso e que sempre fica com os olhos marejados quando peço desculpas.

– A gente erra, minha filha, a gente erra muito nessa vida, mas o importante é reconhecer nossos erros, fazer de tudo para não repeti-los, e tentar consertar o que fizemos.

Ela para de dobrar as roupas, colocando as mãos sobre meus ombros do jeito que sempre faz quando tem algo importante a dizer.

– Pode ter certeza de que não vou repetir meu erro.

– Fico feliz que me escute e perceba seus erros – diz ela, me encarando.

– Voltar ao sebo foi um acerto, gostei tanto de lá, sabe, mãe? Senti uma energia tão boa vindo da dona Madá, e até seu Lino me parece, mesmo com aquele jeito peculiar, uma pessoa que tem muito para ensinar. Quero poder conhecer novas histórias naquele lugar com gostinho de passado.

– Você é o meu orgulho. Me dá uma alegria tão grande ver você falando assim.

– Eu jamais teria voltado lá. Às vezes a primeira impressão não pode ser a que fica, e isso vale para mim e para seu Lino.

Por um minuto, me vem à mente exatamente o corredor do sebo e o escritório onde não devia ter entrado, mas pelo qual fiquei completamente encantada.

– Escute bem, filha. Você está cansada de saber e de ver o quanto eu trabalho nessa vida. Seguirei trabalhando, é o seu destino também. Mas quero um destino mais leve para você, não precisa ser tão duro quanto foi o meu. Não quero que erre como errei.

Ela segura um pouco mais forte o meu braço, sem machucar, da mesma forma como eu segurei o livro a caminho de casa, sabendo o quanto aquilo era importante e o quanto não queria que se perdesse.

– Sei disso, mãe. A senhora pode ter certeza de que sou muito grata por tudo – respondo.

– Tenho certeza de que é, e a gratidão é uma das maiores virtudes. Preciso que você sempre se lembre do quanto nossas escolhas são importantes e nos moldam.

– Eu entendo, mãe. Temos gratidão pela madrinha, por exemplo.

– Exatamente, sei de tudo que ela e o patrão fizeram por mim. Você veio dois meses antes do esperado, foi apressada. Os patrões não queriam que eu trabalhasse mais, me deixavam deitada no quarto e contrataram uma outra moça, que vinha ajudar três vezes na semana. Mas sabe como eu sou, eles saíam e eu não aguentava ficar sem fazer nada, ainda mais porque nunca achei que essa outra moça limpasse tão bem quanto eu. No dia que as dores do parto começaram, eu tinha ido até o banheiro deles ver se estava do jeito que gosto de deixar, mas não estava. Me abaixei e comecei a limpar tudo, e não deu outra. Você começou a querer sair e eu a gritar de dor. Seu Aluísio e dona Carmem chegaram em casa alguns minutos depois, quando eu mal podia me mexer, me levaram para o hospital e, graças a Deus, você está aqui firme e forte para contar a história.

– Deve ter doído muito né, mãe?

Olho para ela, me lembrando das fotos que já vi dela grávida com uma barriga imensa.

– Parto dói menos do que algumas decepções da vida, filha. E eu sempre fui muito grata aos patrões, tanto que eles nunca queriam que eu voltasse a trabalhar, eu dizia que estava pronta e eles sempre me dando um mês a mais, o que acabou sendo muito bom para eu cuidar exclusivamente de você.

Ela olha para o nada como se estivesse recordando tudo isso.

– Como a senhora deu conta de um bebê?

– Ah, filha, quando a gente é mãe, aprende. A dona Carmem me dava muitas dicas, mas você me ajudou muito. Ninguém acredita quando digo que você não dava trabalho. Pude começar a retomar minhas tarefas aos poucos. Eu não queria ficar aqui dentro sem fazer nada. De certa forma, me sentia invadindo o espaço deles, e não podia voltar para o Maranhão depois de tudo que passei para vir pra cá. Mas fui me sentindo menos culpada quando percebi a alegria que sua chegada trouxe para esta casa, eles insistiram muito para que eu ficasse no quarto de hóspedes dali para a frente, mas nunca aceitei, porque entendo que aí já seria demais.

– Eu sou um amorzinho mesmo.

Sorrio, orgulhosa de mim. Ela me olha, achando graça.

– E, sabe, eu acho que acertei muito em ter ficado aqui e não ter voltado para minha terra, porque consegui ficar com você sempre por perto, aqui debaixo da minha asa, mesmo depois que voltei a trabalhar em tempo integral. Aqui eu sabia que poderia lhe dar mais oportunidades, coisa que não conseguiria lá em Penalva. E, no fundo, eu sempre soube que tudo o que eu estava fazendo acabaria sendo o melhor pra você.

Ela passa a mão nos meus cabelos, ajeitando alguns fios, e depois faz carinho no meu rosto.

– Mãe, eu tenho tanto orgulho da senhora – digo, abraçando minha mãe.

– Eu que tenho de você, minha filha. Como diria sua avó, filho, quando é bom, o povo fala que foi porque Deus quis. Mas, quando o filho é ruim, o povo diz que a culpa é da mãe, que não teve pulso. Pois eu digo, não faltou nada para você. Você é muito especial, e isso é uma bênção de Deus, sim, mas quem fez o molde fui eu – completa ela, e nos abraçamos emocionadas.

Ela enxuga as lágrimas e pega o livro da minha mão.

– O que diz aqui, qual a história desse livro? – pergunta, apertando os olhos para enxergar melhor. Ela nunca sabe onde colocou os óculos, que vive esquecendo pelos cantos da casa.

– Fala sobre uma mulher nordestina que veio tentar a vida no Rio de Janeiro. Me interessei tanto que vou começar a ler hoje mesmo – respondo, enquanto ela segue folheando o livro.

– Nossa, mas essa é a história da minha vida.

Ela solta uma gargalhada daquelas que amo escutar.

Olho para o relógio e vejo que são quase cinco horas da tarde, e ainda preciso fazer muita coisa antes de me deitar.

– Mãe, vou lá tomar um banho e começar minha leitura.

Ela assente e me manda um beijo de longe.

Entro em nosso quarto e coloco o livro em cima da minha cama. Entro no banho para lavar os cabelos. Hoje de manhã, o certo seria ter dividido o creme em quatro partes para fazer a umectação, mas estou sempre pulando etapas ou as invertendo, ou tentando acelerá-las, e isso faz com que eu nunca fique com os cabelos lindos que vejo no YouTube, porque sempre erro alguma parte dos tutoriais.

Saio do banho e, com o cabelo molhado, tento dividi-lo para passar azeite, mas parece bem mais complicado do que eu vi no vídeo. Nessa hora, minha mãe entra no quarto com as roupas para guardar e percebe que estou lutando contra o cabelo, bem a tempo de me salvar. Ela faz umas misturebas que só ela sabe, e depois passa um creme que tem na gaveta.

– Você tinha que aplicar isso com cabelo seco, né? – diz ela, enquanto segura um prendedor com a boca e passa o pente, tentando consertar o que fiz.

– Se você me deixasse alisar, eu não teria metade desse trabalho. Qual é o problema em alisar?

Acho que morrerei insistindo nisso com ela.

– Você faz tudo com pressa. Esse processo tem que ser prazeroso, um carinho no seu corpo. Estou cansada de ver você se comparando com pessoas que não têm nada a ver com a gente.

Eu poderia gravar essa fala porque é a mesma que ela me diz desde os meus três anos.

– Mãe, meu cabelo é ultrasseco, dá um trabalho danado, até o pente sofre com ele – respondo.

Ela levanta minha cabeça e segura meu queixo. Estamos na frente do espelho que tem no banheiro.

– O que você está vendo? Espere, antes que você responda, vou dizer o que *eu* vejo. Vejo uma menina linda que precisa saber que é linda. Que precisa saber que, naturalmente, fica mais linda ainda. Assisto a programas na televisão e sei dessas coisas. Muita gente tenta copiar o que os outros são. Você não precisa disso, minha filha – diz ela, me olhando fixamente e esperando até que eu me observe também. – Aprenda uma coisa, minha filha, sua escola é excelente. Me orgulho muito de você estudar nela. Mas há coisas que você vai aprender em casa, comigo. E, amar o que você é, é uma delas.

Fico calada. Minha mãe quase não estudou, mas tem dentro dela uma sabedoria que me assusta.

– Agora, fique aí sentada. Depois, vai ter que entrar no banho para retirar e passar esse creme aqui, ó – explica ela, me mostrando outro creme. Então me dá um beijo na testa e sai do quarto, provavelmente para começar a fazer a janta.

Eu me desenrolo da toalha, coloco a "roupa de ficar em casa" e saio para estender a toalha no varal. Depois, volto ansiosa para começar minha leitura. Pego o livro de cima da cama e o coloco na minha mesa de estudos e, ainda sem abri-lo, o coloco ao lado do meu laptop, onde decido fazer uma pesquisa antes de começar, de fato, a leitura. Olho para a página de buscas aberta e opto por começar com a vida da autora. É uma mania, assim como quem assiste a um filme e fica encantado pelo artista e quer saber tudo sobre ele, faço isso com os escritores.

Digito o nome da autora: Clarice Lispector.

E, então, aparecem várias fotos dela, e a primeira coisa que vejo é:

Clarice Lispector, nascida Chaya Pinkhasovna Lispector, foi uma escritora e jornalista ucraniana, naturalizada brasileira. Autora de romances, contos e ensaios, é considerada uma das escritoras brasileiras mais importantes do século XX e a maior escritora judia desde Franz Kafka.

Nascimento: 10 de dezembro de 1920, Chechelnyk, Ucrânia

Falecimento: 9 de dezembro de 1977, Rio de Janeiro, Brasil

Abro a primeira foto e me lembro claramente do rosto dela, exatamente igual ao da foto que vi no escritório do sebo. Agora tenho certeza de que é ela segurando o livro naquele quadro em preto e branco com autógrafo, junto a uma outra senhora que não faço ideia de quem seja. Será que Clarice trabalhou ali com seu Lino?

A porta do quarto está apenas encostada, e ouço minha madrinha bater.

– Pode entrar – aviso, e ela, como sempre, abre a porta vagarosamente, mesmo após eu convidá-la a entrar.

– Olá, Manu. Como foi sua aula de literatura hoje? Pronta para gabaritar todas as próximas provas?

Ela vai caminhando pelo quarto, mas não tira os olhos do livro que está em cima da mesa. Percebo que seus olhos brilham com mais intensidade.

– Foi mais legal do que imaginei. O professor me passou *A hora da estrela* para ler, e estou muito animada para começar. Será meu primeiro livro da Clarice Lispector.

Pego o livro e mostro a ela.

Ela arregala os olhos, como se não esperasse aquilo.

– Nossa, mas esse professor sabe em que ano você está? – pergunta ela, aparentemente confusa.

– Claro, por quê?

Não entendo por que ela está agindo dessa maneira estranha.

– Porque Lispector geralmente é algo que indicamos para o ensino médio, e não para o seu ano – esclarece ela finalmente.

– Você acha que não vou entender?

Faço uma cara de desânimo, porque já estou com medo de que ela fale com o professor e ele me mande ler outro livro, afinal já estou animada com esse e lutei muito para consegui-lo.

– Bom, não... só não faz parte do programa. Mas acredito na sua capacidade. Só me prometa uma coisa? Quando ler, se achar que não está entendendo, não force, converse comigo, e eu falarei com seu professor. Nem todo mundo compreende Clarice. Algumas pessoas levam anos para isso – diz ela, me deixando ainda mais curiosa para conhecer a escrita da autora.

Ela faz que vai sair do quarto, mas volta.

– Por que não me pediu o livro? Tenho esse no escritório aqui de casa.

A verdade é que minha mãe sempre fala para só pedir as coisas para ela em último caso, se não as conseguir de forma alguma.

– Eu agradeço, mas não foi difícil encontrar, e já vou começar a ler – minto, porque sei que, se contar que não pediria nenhum livro a ela, dona Carmem vai falar por uma hora que não temos essas frescuras nesta casa, que não preciso ter cerimônia com ela.

– Tudo bem, mas, se precisar, me procure nos próximos. Aliás, eu já disse isso a sua mãe, mas você sabe como ela é teimosa. Este quarto é pequeno demais para vocês duas, temos mais quartos aqui em casa, e posso fazer um do jeito que você gosta, com espaço para seus livros. Que tal me ajudar a convencê-la? – pergunta ela, piscando o olho.

– Vai ser difícil, sabe como ela é, mas podemos tentar – digo, piscando o olho para ela também, que agora sai do quarto. Fico imaginando como seria incrível ter um quarto maior com tudo que amo nele. Que Deus me ajude a convencer minha mãe, que nunca aceita que a gente vá dormir nos outros quartos da casa.

Volto a me concentrar na história do livro e fico ainda mais interessada em conhecê-la. Macabéa é como minha mãe, veio do Nordeste tentar a vida aqui no Sudeste. Amo ouvir as histórias de como minha mãe chegou aqui e de como tudo era novidade. Amo ver como, mesmo com as dificuldades, ela nunca se deixou abater, uma batalhadora.

Fico pensando no que a minha madrinha falou sobre ser difícil entender os livros de Clarice. E constato que este deve ser o dia mais cheio de perguntas sem respostas que já tive na vida.

Abro o livro e começo a leitura. São menos de cem páginas, e as devoro sem sentir o tempo passar. Ainda não acabei quando minha mãe me chama para jantar.

– Nossa, você está aí lendo há horas. Venha comer, antes que a comida esfrie.

Ela deixa a porta aberta e marco o livro na página 52. Não é, de fato, um livro fácil, já parei algumas vezes para reler uns trechos e demorei a entender o sentido de algumas palavras. Mas, mesmo que ainda existam dúvidas na minha cabeça, as palavras dela vão me ganhando e se fazendo entender. Como minha mãe, minha avó, somos todas um pouco Macabéa. Umas mais, outras menos. Mas, em alguns dias, nos sentimos incompetentes? Invisíveis?

Perguntamos menos porque achamos que não merecemos respostas?

Deixo o livro em cima da mesa e me dirijo até a cozinha.

Ainda não sinto fome, o que, para mim, é estranho, já que minha barriga está sempre pensando em comida. Eu me sinto envolvida pela leitura de uma forma única. Ainda nem terminei e é como se tivessem me tirado o ar por alguns instantes, para me fazer pensar, e ainda não o tivessem me devolvido.

É aquele incômodo gostoso que somente as grandes histórias nos dão. Sempre ouvi muito na escola sobre ler um livro que nos desperta, e eu que sempre li tanto achava que já estava acordada para os novos mundos até me sentir imensamente incomodada pelas palavras de Clarice e, ao mesmo tempo, me reconhecer nelas.

Sento-me à mesa, de frente para minha mãe. Ela fez uma macarronada deliciosa. Fazemos uma oração de agradecimento pela comida em nossa mesa antes de comer. Após me benzer, sirvo o suco e desando a falar.

– Mãe, você não tem ideia de como estou enfeitiçada por esse livro – digo, pegando uma boa garfada e colocando na boca.

Como sempre, a comida da minha mãe está deliciosa.

– Que bom que está gostando, filha. Nunca tive muita paciência para ler livros inteiros assim como você. Você sabe que meu negócio é filme, e sem legendas, porque essas legendas sempre passam rápido demais. Fico feliz em saber que você ama tanto ler. Isso você não puxou de mim – diz minha mãe sorrindo, enquanto se serve do macarrão.

– A madrinha já deve ter lido. Quero conversar com ela sobre alguns pontos – digo, enquanto minha mãe para de comer.

– Manu, você não acha que está abusando da dona Carmem? Tudo bem que ela nunca reclama comigo quando vocês conversam. Ela diz que não se importa, que eu sou teimosa, mas sei o nosso lugar. Se bem que, se for para falar de livro, é capaz de ela não parar de falar nunca mais.

Ela fica pensando no que eu disse. Eu tenho certeza de que a madrinha não liga para essas regras que minha mãe cria no mundo dela. Não respondo mais nada, ela sabe o que penso, são anos tentando mostrar como temos abertura nessa casa, mas ela é quem põe uma barreira inexistente em tudo que vivemos aqui.

Termino de comer antes da minha mãe. Peço licença para me levantar da mesa, levo meu prato até a pia e o lavo.

– Vai fazer o quê agora? – pergunta minha mãe.

– Ler mais um pouco e depois entrar no banho para poder fazer o processo certinho. E depois de enxaguar bem, vou usar aquele creme de cachos que você me deu.

– Isso. Quer ajuda com a trança? Ou quer fazer aqueles *twists*?

Fico na dúvida, porque sei que ambos dão trabalho, mas, pelo menos, a trança posso usar amanhã na escola. Não gosto muito de usar os *twists* na rua.

– Trança, mas acho que consigo fazer sozinha. Se precisar de ajuda, grito – respondo, observando ela se levantar da cadeira para ligar a tevê da cozinha e ver a novela que ama.

Volto para o quarto e vejo que em meu celular tem mensagens novas nos grupos da escola, sobre as provas que virão, além de uma mensagem de Valentina.

Valentina:
Como foi tudo hoje? Foi muito maltratada na aula de literatura?

Manu:
Que nada, talvez tenha sido um dos dias mais legais da minha vida ☺☺☺

Valentina:
?????????????

Manu:
Amanhã eu conto tudo na aula. Só digo uma coisa: você precisa conhecer Clarice. Até amanhã. Beijão!

Valentina:
Quem é Clarice? Ok, cheia de mistérios. Beijos. Até!

Eu me despeço dela e volto para a leitura do livro. A cada página, fico tentando pensar como a protagonista, mas também presto atenção no narrador que vai contando a história de uma maneira que eu nunca tinha visto antes.

Como sempre faço, pego um caderno para anotar algumas partes. Não gosto de marcar livros, nem escrever neles, então separo post-its e vou marcando as páginas com os trechos que mais me tocam.

Já há muitas páginas marcadas no livro. Quando o cartão-postal cai novamente lá de dentro, confesso que não me lembrava mais dele. Pego-o e o prendo no painel em frente à minha escrivaninha. Depois, fico olhando alguns segundos, tentando imaginar o que a Célia sentiu ao ler esse livro que ganhou do Luís, e se esse romance deu certo ou não. Acho que nunca saberei, não há um sobrenome para me ajudar numa busca pela internet.

Chego ao final do livro e percebo que passei tanto tempo na mesma posição que sinto meus pés formigarem. Encaro as folhas, ainda impressionada com as palavras da autora, e fico pensando no que falarei para a turma. Ainda tenho uma semana até a apresentação e não quero que a turma não consiga perceber como esse livro é incrível. Gostaria muito que sentissem o quanto esse livro mexeu comigo.

Macabéa e minha mãe não têm o mesmo final, mas há tantas coincidências. E me perco em pensamentos, relembrando partes da obra. O relógio ao lado da cama marca nove da noite. Preciso tomar outro banho e arrumar esse cabelo para amanhã. Mas, se pudesse, pararia o tempo até encontrar todas as respostas que busco depois dessa leitura.

5
Uma aprendizagem

Acordo antes do alarme tocar. O livro está em cima da minha mesinha e o admiro de longe. Só consigo pensar no quanto quero conversar com alguém que também o tenha lido. Por isso, cogito passar pelo sebo após a aula, mas tenho medo de atrapalhar o trabalho de seu Lino e dona Madá.

Sinto um misto de ansiedade e nervosismo para que a próxima segunda-feira chegue logo. Pensar nesse dia faz com que a minha barriga doa e minhas mãos comecem a suar, porque não gosto nada de apresentar trabalhos na frente dos outros alunos. Sempre gostei de passar despercebida, mas não tenho tido muito sucesso nisso, seja porque o tom da minha pele é diferente do padrão daquela escola, seja por ser afilhada da diretora, o que faz com que alguns tenham receio de se aproximar de mim.

Sei que, diferentemente dos outros bolsistas, não pego horas de condução para estar aqui na Zona Sul. Eu já moro ao lado da escola. Reconheço que isso é um privilégio imenso, por mais que já tenha ouvido piadinhas sobre morar no "quarto da empregada".

Não tenho e nunca terei vergonha da profissão honesta da minha mãe: trabalhar é algo que ela ama fazer.

Aprendi desde cedo a me defender dessas "piadinhas". Quando um menino da escola disse na sala de aula que eu tinha os dois pés na cozinha, eu respondi que era mesmo perto da cozinha que ficava meu quarto, mas que isso não me fazia sentir nenhuma vergonha e, sim, orgulho por estar estudando na mesma sala de quem já nasceu usando a porta da frente de casa, mas que não conseguia nem passar de ano. Minhas notas são as melhores da sala, já que o estudo sempre veio antes de qualquer outra coisa na minha vida.

Tanto a madrinha quanto minha mãe me ensinaram que posso ser o que quiser, desde que estude e me esforce muito, e levo isso comigo todos os dias quando me levanto.

Eu me arrumo depressa para ir logo para a escola, não quero chegar de novo em cima do horário de o portão fechar. Passo pela cozinha, onde minha mãe está fazendo café, e o aroma maravilhoso me chama para tomar pelo menos uma xícara.

Minha mãe acorda sempre cedinho, ela vai à padaria, compra pães franceses e prepara o café da manhã. Sento-me à mesa e coloco a mochila ao lado, abro o saco de pães e aquele cheirinho típico de fornada fresquinha invade meu nariz. Passo manteiga e coloco fatias de presunto nele.

– Mãe, depois da escola vou passar no sebo de novo, então, se eu demorar, você já sabe onde estou.

– O que vai fazer lá? Se for só olhar e conhecer outros livros, não vejo problema algum, mas, se for para fazer um monte de perguntas, como sei que é sua intenção, não vejo isso com bons olhos.

– Mas, mãe, eu preciso conversar com alguém que já tenha lido esse livro, até para me ajudar com o trabalho que tenho que apresentar na segunda que vem – respondo, mas não acho que ela vá querer ler para me ajudar a discutir o assunto, minha mãe nunca gostou muito de ler.

– Manuela Oliveira, eu já disse o que penso. Você sabe que odeio repetir as coisas – enfatiza ela.

– Tudo bem, mãe, não vou questionar. Mas posso entrar lá para agradecer e dizer que amei o livro e, se eles falarem algo...

– Se eles falarem algo, você escuta, mas nada de muitas perguntas, ainda mais se tiverem clientes e você for atrapalhar o atendimento.

Ela me olha desconfiada, como se soubesse que as coisas não vão acontecer assim.

A porta da cozinha se abre com um rangido que me lembra que minha mãe vinha me pedindo, desde a semana passada, para que eu colocasse um pouco de óleo nela. Rezo para que ela não se dê conta disso e eu possa evitar a bronca.

– Madrugou hoje? – pergunta minha madrinha, parecendo espantada, ao entrar na cozinha.

– Sim, acordei animada depois da leitura de ontem, madrinha – digo, torcendo para que ela me faça perguntas sobre o livro e para que possamos debatê-lo, mas o celular toca e ela pede desculpas, saindo da cozinha.

Minha madrinha é sempre uma das primeiras a chegar à escola e, pela louça que vejo minha mãe trazendo lá de dentro, como sempre dona Carmem já tomou o café da manhã também.

Tomo o café depressa e me arrumo, tentando me entender com meu cabelo, mas o tratamento de ontem com certeza o deixou mais macio, por isso consigo ajeitá-lo de um jeito que gosto. Quando o dia começa assim, dando certo, é porque ele será maravilhoso, tenho fé nisso.

Pego o livro, coloco na mochila e dou um beijo em minha mãe.

– Vou indo, rainha!

Ela me dá um beijo forte na bochecha enquanto coloca copos no escorredor de louças.

– Acordou de bom humor, não é? Está até me chamando assim, coisa que não faz há tempos... – diz, sorrindo desconfiada.

– Mas eu disse a verdade, você é minha rainha – falo, mandando outro beijo de longe, e fecho a porta.

Na rua, o sol já está mostrando que não teremos trégua e, mesmo cedo, já é possível sofrer com o peso da mochila e sentir o suor escorrendo pelo meio das costas.

Sempre observo, na rua, se há alguém correndo apressado para o trabalho, carregando um livro nas mãos, mas, com esse calor, as pessoas têm segurado seus açaís e copões de mate, o que também gostaria de estar fazendo para me refrescar um pouco.

Chego à escola e o portão ainda está fechado. Olho para o relógio e ainda faltam três minutos para ele abrir. O inspetor vem caminhando devagar. Diferentemente do dia anterior, quando me atrasei, ainda faltam mais de quarenta minutos para a aula começar... Acho que exagerei em madrugar.

Dou uma volta pela escola, que parece outro lugar sem o som dos alunos. O sol da manhã bate nos corredores com portais imensos que levam ao pátio onde costumamos ficar no recreio, também conhecido como o pátio onde tiramos as fotos de turma anualmente.

Subo os andares até chegar à biblioteca, onde, para minha sorte, Viviane está enfiando a chave na porta, sem perceber que estou atrás dela. Com medo de assustá-la, espero que ela se vire e consiga me ver para então falar com ela.

– Bom dia, Vivi!

Minha voz soa alta com o silêncio do lugar.

– Oi, Manu! Caiu da cama hoje? – pergunta ela, enquanto entra na biblioteca e acende boa parte das luzes.

– Mais ou menos. Você se lembra de que eu falei de um livro ontem? E você disse que não tinha nenhum. Até pediu a confirmação da Andrea...

Ela se esforça para lembrar e então fala:

– Sim, sim, o da Lispector, mas a essa hora ninguém vai ter devolvido ainda – avisa.

– Ah, não, tudo bem, na verdade, eu já consegui o livro e vim aqui falar com você mais por curiosidade mesmo. Você já leu A *hora da estrela*?

Aguardo a resposta enquanto ela parece tentar se lembrar do enredo.

– O da Macabéa, certo? Sim, claro. Li uma vez na escola, e também mais tarde para um trabalho na faculdade. Você já leu? – pergunta ela, enquanto liga os computadores.

Vou acompanhando seus movimentos, mas sem passar para trás do balcão.

– Li, sim, Vivi. Ele mexeu muito comigo. Fiquei com a sensação de que deveria falar desse livro para o mundo – falo, toda empolgada.

– É assim mesmo quando lemos um livro de que gostamos. Esse não foi o primeiro e afirmo que não será o último. Mas é sempre bom ver mais uma apaixonada por Clarice. Ela era incrível – diz Vivi, sorrindo para mim.

– Você se lembra com detalhes da história? Conseguiu ler sem procurar os significados de algumas palavras? – faço uma pergunta atrás da outra e, na minha cabeça, vejo o olhar de reprovação da minha mãe. Estou fazendo o que prometi não fazer, falar sobre o livro, mesmo que a pessoa não tenha puxado conversa sobre isso.

– Com detalhes, talvez não, mas uma coisa que fiz foi assistir ao filme. Amo ler o livro e ver o filme depois. Se gostou tanto, pode procurar. É bem antigo, mas vale a pena conferir. Quanto ao significado das palavras, sim, é comum, Clarice usa palavras poéticas, mas não se importe de ter que parar para descobrir novas palavras nos livros, isso aumenta seu vocabulário. Aliás, acho que isso é o mais fantástico nessas histórias.

– Uau, eu não sabia que tinha um filme! Preciso assistir, sim – me empolgo ainda mais. Olho para o imenso relógio no meio da biblioteca e vejo que agora falta pouco para o início da minha aula. – Obrigada pela dica, Vivi. Preciso ir, mas passo aqui mais tarde, se der tempo.

– Tudo bem, Manu. Boa aula.

Ela pisca para mim, e me lembro de fazer mais uma pergunta.

– Só por curiosidade, quantos livros dessa autora temos aqui na escola? – pergunto.

Sei que sou ansiosa, acabei de ler esse e já quero outros, mas não pude parar de pensar nele nem um segundo.

Ela acessa o computador, que parece lento.

– Manu, vou ficar lhe devendo essa. O computador está bem lento, mas acho que temos mais de vinte obras da Clarice cadastradas. Se quiser, depois eu passo a lista para você, pode ser? – me informa ela, e me espanto com a quantidade.

– Nossa, são muitos. Muito obrigada, e desculpe atrapalhar o seu trabalho, Vivi. Acho que agora preciso descer, deve estar quase na hora da aula começar. Falamos depois, bom trabalho – me despeço, ajeitando a mochila nos ombros e acenando para ela.

– Tchau, Manu. Boa aula.

Desço as escadas e sigo para minha sala, onde já encontro uns dois alunos sentados. Aos poucos, todo mundo vai chegando, inclusive a professora de matemática. Valentina chega e se senta atrás de mim.

– Não sei nada dessa matéria. E não sei como você consegue tirar aquelas notas altas, quase durmo assistindo à explicação da professora – fala, simulando um bocejo.

– Posso estudar com você, se quiser. Gosto dessa aula. Aliás, gosto de todas, acho que é legal aprendermos tanta coisa.

– Aposto que vai ser diretora de escola igual a sua madrinha, ela tem cara de quem também gostava de todas as matérias e vivia lendo – diz, fazendo com que eu me vire na direção dela.

– Se eu tiver um futuro como o dela, serei muito feliz. Já pensou coordenar uma escola desse tamanho? – falo, sorrindo, orgulhosa de dona Carmem.

– Prefiro ser a primeira em outra área – responde Valentina.

Ela não entende como posso gostar tanto de estudar, e eu também acho complicado entender como alguém pode não se interessar por nenhuma matéria e achar tudo na escola um saco.

A aula de matemática termina, e Valentina pede que eu conte em detalhes o que aconteceu ontem.

Conto tintim por tintim, mas ela parece discordar de tudo que falei.

– Amiga, às vezes acho que você não tem treze anos, tem cinquenta e três – diz ela após eu contar quão animada estou em voltar ao sebo hoje.

– Não entendi. Porque eu gosto de ler? – pergunto, curiosa.

– Porque você quer ser amiga de um cara com idade para ser seu bisavô e que ainda por cima é grosso! E se empolga com a leitura de um livro que não tem nada de interessante. E agora você ainda quer voltar lá todo dia?! – pergunta ela, achando seriamente que sou meio doida.

– Valentina, qual o problema? Você fala de um jeito... como se amar os livros e querer voltar ao sebo fosse algo fora do comum. Aliás, por que não vai lá comigo hoje quando a aula acabar? – ofereço.

– Deus me livre! Tenho alergia – diz, revirando os olhos.

– Não tem cheiro de mofo, lá é tudo limpinho. Bom, enfim, acho que para você tudo que estou fazendo é perda de tempo, certo? – pergunto, mas já sei a resposta. Valentina sempre foi minha amiga, apesar de tantas diferenças entre a gente.

Às vezes eu gostaria que ela se encantasse com algum livro e isso despertasse nela o prazer que sinto ao ter uma história nova nas mãos, ao não saber, antes de iniciar a leitura, se aquele livro me marcará para sempre ou não. Mas sei que devo respeitar o momento dela, talvez ainda seja cedo, talvez ela nunca seja como eu, e amizade é isso, respeitar os gostos do outro, ainda que ela tenha dificuldade em aceitar os meus.

– Tudo bem, amiga, depois eu conto para você como acabou essa história, já vi que não vamos chegar a um acordo – encerro, sorrindo, antes que acabemos discutindo por bobagem.

– Ok, mas, se quiser comer pizza naquele lugar que fica grudado no sebo, me chame que eu não penso duas vezes. Livros não abrem meu apetite, mas pizzas, sim – responde ela.

Para minha tristeza, ela não entende que livros são alimentos, mas da alma. Ouvi isso uma vez na aula de português e sempre repito, porque acho muito verdadeiro.

As aulas que vêm a seguir são de física e de inglês. Depois, temos o recreio, quando converso com Valentina sobre como estou atrasada e preciso colocar minhas séries em dia. Ela ama séries coreanas e quer me convencer a ver também, mas eu tenho medo de ficar viciada nelas, assim como ela, e deixar de estudar para ficar assistindo aos episódios o dia inteiro, então sempre invento uma desculpa e acabo optando por ver séries antigas, como *Friends* e *Diários de um vampiro*.

Nem acredito quando o sinal toca, indicando a hora da saída. Eu me apresso e chego o mais rápido que consigo ao sebo, dou uma olhada pela vitrine e vejo dois clientes lá dentro.

Entro com cuidado, pisando devagar e, mesmo assim, o barulho do sininho ao entrar é bem alto, de forma que logo percebem a minha presença.

A dona Madá me abre um sorriso lindo e para de organizar os livros na estante para me dar atenção. É só a terceira vez que entro no sebo, mas parece que passei toda a infância ali, porque me sinto à vontade com o sorriso dela e com o cheiro dos livros, um aroma único, que inspira tantas lembranças.

– Bem-vinda de volta ao sebo A Hora da Estela! Em que posso ajudá-la hoje? Gostou do livro de ontem?

Ela se aproxima, mostrando todos os dentes. Está com um batom vermelho nos lábios, e usa os cabelos grisalhos presos num coque e um vestido que deixa suas pernas inchadas à mostra.

– Amei, mas... esse é o nome deste sebo, dona Madá?

Eu me espanto porque se parece muito com o nome do livro que acabei de ler.

– É sim. Estela é o nome da falecida dona, minha grande amiga, que Deus a tenha. Ela era muito fã de Clarice – responde ela com os olhos marejados.

– A senhora e o seu esposo compraram o sebo depois?

Lá vou eu entupi-la de perguntas.

– O dono é o Lino, eu nunca fui casada. Quando a esposa dele morreu, Lino assumiu o sebo. Eu já trabalhava com a minha melhor amiga desde a abertura – explica ela, fazendo com que o que imaginei vá por água abaixo.

Então a senhora nas fotos com a Clarice Lispector deve ser a esposa de seu Lino...

– Me desculpe, aguarde um instantinho.

Ela caminha até o caixa e atende um homem que segura uns oito livros. Eu me aproximo, curiosa, disfarçando para que ele não perceba que quero ver, pelas lombadas, quais são os autores escolhidos. Mexo nuns marcadores em cima do balcão e olho disfarçadamente para as mãos dele. Todos os livros que ele carrega são da Agatha Christie. A madrinha ama essa escritora, mas eu nunca li nada dela.

Assim que dona Madá termina de atender o rapaz e ele sai da loja, outra cliente se senta e fica lendo um livro. Dona Madá passa por ela e se aproxima de mim.

– E então, não vai me contar da sua leitura? – pergunta ela.

– É exagerado dizer que foi o melhor livro que li na vida? – pergunto, sem saber se o que digo parece infantil demais.

– Não, não é, minha querida. E pode ser que esse livro, de fato, deixe uma marca em você para o resto da vida, mas tenha certeza de que muitos outros virão. Quer um exemplo? Qual era seu livro favorito antes de ler esse? – pergunta ela, me deixando em dúvida, porque amo muito dois.

– Bom, *O pequeno príncipe* foi o livro que mais pedi para lerem para mim quando era pequena, e guardo com carinho as edições dele que ganhei da minha madrinha e de uma amiga da escola. Mas... – hesito antes de completar, e dona Madá se apoia numa das estantes, aguardando.

– Mas... tem outro, não tem? – pergunta, curiosa.

– Tem, sim. *A marca de uma lágrima*, do Pedro Bandeira, que amo muito também e li na escola no ano passado – falo com um sorriso, recordando da história que foi mais fácil de entender, mas, definitivamente, é um livro que poderia ler muitas vezes ainda.

– Viu, sempre teremos mais. Vou contar uma coisa: na escola, eu não gostava muito de ler. Até lia bastante, mas não era essa paixão toda que tenho hoje, não. Quem me incentivou foi a Estela, ela sempre me dava livros, sempre fazia clubes de leitura com as amigas da escola e da faculdade. Ela mudou minha vida através do amor dela pelos livros.

Percebo que ela sempre se emociona quando se recorda da amiga. Queria que Valentina fosse uma amiga que gostasse de ler assim também, para eu dividir com ela as minhas leituras.

– Deve ser muito bom poder falar de livros com as nossas amigas. Minha melhor amiga não gosta nada de ler, e ainda fica me criticando por causa disso – digo, triste.

– Olha, não se importe com isso, vocês são muito novas, ela pode mudar de opinião em breve, ou pode mesmo ser alguém que nunca vai gostar de ler como você. Alguns encontros podem inspirar as pessoas a lerem mais, sabia? – diz ela, me deixando curiosa em relação a quais encontros seriam esses.

– Encontros como os nossos aqui? Eu ter entrado neste sebo e amado tudo? – digo, apontando para as estantes onde estão os livros. Fico admirando cada detalhe.

– Também, mas os encontros aos quais me refiro são, por exemplo, os clubes de leitura. Eles são uma ótima oportunidade de falarmos sobre o que amamos e de conquistarmos mais adeptos.

Ela abre um sorriso, me deixando com mais vontade de fazer perguntas.

– E onde eles aconteciam? Aqui mesmo? Como funcionava? – faço uma pergunta atrás da outra e paro para que ela possa me responder.

– Bom, aqui no sebo sempre fazíamos clubes de leitura antigamente, para que quem curtisse ler tanto quanto a gente tivesse um lugar para dividir e discutir essa paixão. Era uma delícia. A gente colava cartazes e uma pessoa ia avisando à outra. Quando víamos, tínhamos poucas cadeiras para tanta gente.

Ela olha para as estantes e, depois, para uma cadeira próxima a elas, o pensamento longe, claramente se lembrando desses momentos.

– Clubes de leitura parecem legais. Nunca participei de nenhum. Por que não tem mais?

– Porque o Lino não quis. Eu ainda tento mudar a cabeça desse velho turrão, mas é difícil. Ele não é uma pessoa má, mas, no dia que Estela se foi, o pouco de humor que ele tinha foi junto.

Ela balança a cabeça, como se não concordasse com algo, e sai andando pelo corredor do sebo, dando de cara com seu Lino.

– Vocês duas devem achar que estou surdo e que não escuto vocês falando mal de mim, não é?

Ele bate forte com a bengala no chão, me assustando. Por mais que queira sua amizade, nunca sei direito qual será a reação dele ao que direi, mas como não sou de guardar palavras, respondo.

– Eu não queria atrapalhar vocês, só passei mesmo para dar um oi e agradecer porque amei demais essa história.

Na verdade, eu também queria falar sobre o livro, mas já descobri tanta coisa sobre a história do sebo que acho melhor deixar isso para um próximo dia.

– Você já leu mais alguma coisa da Clarice? – pergunta ele, chegando bem perto.

Por um segundo, acho que prendo a respiração de tanta ansiedade, sem saber o que ele dirá. Da minha boca saem somente duas palavras num tom baixo.

– Ainda não.

Eu o vejo caminhando até a estante que fica atrás de mim. Assim como eu, a dona Madá parece surpresa.

– Minha Estela também amava os livros dela. Uns mais que outros. Dava gosto vê-la falar dos livros com as amigas e comentar comigo...

Por um segundo, acho que ele vai chorar, porque a voz dele começa a ficar embargada.

– Eu teria amado conhecer sua esposa. Se ela gostava de ler assim como eu gosto, imagine o quanto não poderíamos conversar? Só com *A hora da estrela* eu aprendi tantas palavras, e amei que a história da protagonista lembra a da minha mãe, que também saiu do Nordeste para tentar a vida no Rio de Janeiro. Nossa, eu poderia falar a tarde inteira desse livro.

Paro para observá-lo ajeitar os óculos e mexer na estante procurando algo. Ele tira uns livros do lugar, arruma novamente e puxa um deles, segurando-o.

– É mágico, não é? Você se pergunta como pôde não conhecer aquela história até agora e, quando acaba a leitura, quer dividir com todo mundo como se sentiu. É o poder de um livro, ele muda vidas, ele transforma as pessoas.

Não esperava ouvir dele uma frase inteira que não fosse para reclamar comigo e fico estática, olhando enquanto ele só balança a cabeça afirmativamente. Ele segue falando:

– Já leu esse? *Laços de família*, acho que vai gostar dele também.

Ele deixa o livro na mesa ao meu lado e já muda o semblante, como se lembrasse que saiu da personagem que criou para si mesmo. Passa por mim, me dando as costas e pigarreando, e vai para trás do caixa, ignorando minha presença.

Pego o livro e vejo a capa, que parece ser da mesma coleção do anterior. Curiosa, eu o abro, folheio suas páginas, vou até o seu Lino e o devolvo.

– Ainda não li mais nada dela, mas primeiro vou ficar só com *A hora da estrela*, por causa do trabalho que preciso apresentar na segunda-feira. Depois, acho que vou gastar toda a minha graninha por aqui. Vocês não vão se livrar de mim tão cedo.

Sorrio. Seu Lino apenas dá de ombros, mas dona Madá me responde.

– Tudo bem, é sempre bem-vinda aqui. Para fazer o trabalho, sugiro que releia *A hora da estrela*, sempre fazia isso na escola. E anote os pontos mais marcantes – diz ela, resignada.

– Já fiz as marcações, mas ainda vou reler. É uma resenha feita em formato de apresentação e quero que todo mundo na sala se interesse em descobrir essa história também.

– Deus abençoe sempre meninas como você.

Ela passa a mão na minha cabeça e vai atender a cliente que acabou de ir até o caixa com um livro de Maquiavel. Não faço ideia de quem seja.

– Volto aqui assim que apresentar meu trabalho, e depois conversamos mais sobre outros livros da Clarice – digo, animada.

Seu Lino segue fingindo que não estou mais ali.

– Combinado! Não espero menos que um dez desse trabalho, querida!

Ela ajeita os óculos e pega o cartão da senhora que está pagando pelo livro.

Já estou quase na porta quando ouço o barulho inconfundível da bengala do seu Lino, que sai de trás do balcão e vem na minha direção. Ele aperta os olhos, como se tentasse me enxergar melhor, e resmunga.

– O que que é isso? No meu tempo, quando a gente ganhava um presente, a gente aceitava. Fazer desfeita é feio demais, sua mãe não lhe ensinou?

Acho que ainda não amoleci o coração de pedra dele. Seu Lino estende o braço com o livro na mão, esperando que eu o aceite. Aceito, pensando no que minha mãe diria se eu me negasse a receber um livro dele. Acho que devo recebê-lo de bom grado.

– Obrigada, seu Lino. Vou ler e volto para comentar minhas impressões com o senhor – digo, me aproximando mais da porta com medo de sua reação nem sempre previsível.

Ele não fala mais nada. Bufa e sai andando, para apenas para ajeitar alguns livros na estante. Dona Madá está ocupada com a cliente e acho que não ouviu nossa conversa, se é que podemos chamar o que acabou de acontecer de conversa.

Antes de colocar a mão na maçaneta, eu até penso em responder que ele não deveria tratar os clientes assim, mas repenso meus atos e me lembro de que fui criada para não reproduzir indelicadezas, e sim para retribuir da forma com a qual gostaria de ser tratada. Respiro fundo e não falo mais nada.

Saio do sebo mais uma vez feliz por tê-lo visitado e sabendo que tenho uma dura missão pela frente: ressuscitar o humor do seu Lino. Hoje, quase consegui.

6

Para não esquecer

A madrinha sempre fala que a semana não voa, que é a gente que passa por ela sem prestar atenção em nada por conta da pressa, em vez de aproveitarmos melhor cada segundo. Hoje, por causa do meu nervosismo, não sei se concordo com ela. Reli o livro três vezes, preparei o material para a apresentação e fui dormir achando que já estava tudo gravado na minha cabeça, mas acordei uma hora depois e não consegui dormir mais.

Fico virando de um lado para o outro e, por mais que tenha repassado mentalmente tudo que estudei esses dias para a apresentação, minha barriga dói só de pensar que falarei do livro para a turma inteira. E se eu esquecer alguma palavra? E se rirem de mim? Não me sinto bem em falar para uma turma que não é a minha, para pessoas que só vi uma única vez.

Cogito passar mais uma vez no sebo antes da apresentação, mas como minha mãe sempre tem razão, tive medo de atrapalhar o trabalho deles. Já entupi dona Madá de perguntas, querer debater o livro com ela não seria bacana, e fico imaginando a cara de seu Lino ao me ver conversando com a funcionária dele no meio do expediente. Não, não rola mesmo.

Relembro de alguns trechos e sinto minhas mãos começarem a suar. Além disso, o barulho do relógio ao lado da cama está me deixando ainda mais nervosa. Minha mãe tem sono pesado, mas sei que vai acordar daqui a pouco quando o despertador da mesinha de cabeceira der o primeiro alarme. Ela nunca o deixa tocar outra vez, ao contrário de mim, que enrolo para levantar. Mas hoje vai ser diferente. Hoje, já estou acordada.

Olho para o teto e para as estrelinhas que colei ali quando era mais nova. Mesmo depois de tantos anos, ainda ficam fluorescentes. Não posso mais ver estrelas que me lembro do livro. Eu me lembro de que não sei se o professor vai gostar do que escrevi. Ai, que nervoso!

– Bom dia, não dormiu não, minha filha? – pergunta minha mãe, olhando para mim logo após desligar o despertador que acabou de tocar e acender o abajur.

– Bom dia, mãe. Dormi mal, estou nervosa com a apresentação de hoje – respondo, me sentando na cama, de frente para ela.

– Deixe de besteira, que vi você estudando esse livro de trás para a frente. Deve saber até a fala dos personagens. Está com medo de quê?

– Mãe, tenho medo de esquecer a fala, de trocar nomes, não sei, não gosto de falar lá na frente. Se fosse só para entregar o trabalho... – digo, lamentando.

– Pois levante essa cabeça, vá se banhar e deixe de bobagem que você sabe mais do que qualquer gabola da sua escola.

Firme como sempre, dona Irani não permite que eu baixe a cabeça para minhas inseguranças.

Vou para o banheiro, repetindo em voz alta o que pretendo dizer. Erro, me corrijo, respiro fundo e entro no banho. A água caindo em minhas costas me acalma. Queria não ter nada para fazer e ficar aqui o dia todo, mas sei que não posso. Então me lavo o mais rápido que posso e saio do banho tentando gostar do meu cabelo.

– Até que o creme de dona Irani deu um jeito em você, né, rebelde? – falo para meu cabelo, observando minha imagem no espelho.

Minha mãe bate à porta.

– Vai morar aí dentro? Cuidado, não é possível que toda segunda você se atrase.

– Já acabei – respondo, me enxugando.

Ela tem razão, a madrinha vai ficar bem irritada se eu chegar atrasada de novo. Coloco o uniforme, enfio na mochila o livro que está em cima da mesa e recolho todas as anotações que fiz sobre o que falar hoje.

Vou até a cozinha, onde minha mãe está preparando um café com leite.

– Mãe, eu acho que não vou comer nada agora, estou sem fome – aviso, já sabendo que ela vai me mandar comer alguma coisa.

– Hein?! Não, senhora, mas não vai sair sem comer mesmo. Filha minha não fica brocada.

Sento-me à mesa e me esforço para engolir pelo menos um pedaço do pão. Minha mãe coloca a mão nas minhas costas.

– Fique calma, respire fundo que o resto vem. Vai dar tudo certo, amo você, filha.

Ela me abraça e dá um beijo no topo da minha cabeça.

– Também amo você, mãe. Que Deus ouça a senhora. Preciso ir, para andar com calma.

Eu me levanto da mesa e vou até o banheiro escovar os dentes. Ajeito o uniforme e me encaro no espelho.

– Força, garota. Clarice estará lá com você – digo a mim mesma, e não sei de onde tirei que a autora que nunca conheci estará lá me acompanhando durante essa apresentação. Sabe-se lá por quê, eu me sinto mais confiante. Coloco a mochila nas costas, calço os tênis e dou tchau para minha mãe.

– Boa sorte, vá com Deus, filha! – diz, me mandando um beijo de longe.

Eu retribuo.

As lojas ainda não abriram, exceto as padarias e farmácias pelo caminho. Sinto alguém puxar minha mochila quando falta apenas uma quadra para chegar à escola. Levo um susto e quase me desequilibro.

– Manuuuuuuuuuuu... fez o que no final de semana?

É Valentina. O pai sempre a deixa de carro na escola antes de ir para o trabalho. Ela me abraça forte.

– Estudei, estava relendo o livro e preparando a resenha para enviar pro professor de reforço de literatura.

Mal acabo de falar, ela finge que está bocejando.

– Que caído, hein, Manu? Não fez mais nada? Ia mandar mensagem para ver se queria ir comigo a um encontro de k-pop, mas desisti, você não conhece nenhuma música. Aliás, sou sua amiga e nem sei o que você ouve.

– Escuto as mesmas músicas que a minha mãe, ela ama sertanejo e forró. Acabo ouvindo porque a gente divide o quarto. Mas, esse fim de semana, ela não ligou nem a tevê para eu poder estudar. Até saiu com uma amiga para eu ficar sem nenhum barulho no quarto – digo, sorrindo.

– Tudo bem, um dia vou levar você a um show de algum grupo, aí você vai ficar apaixonada como eu sou pelos meus *favs*.

– Ok, amiga, mas hoje o foco é o meu trabalho de literatura.

– E você vai tirar nota máxima, porque sempre é a melhor da sala. E vamos comemorar tomando sorvete, porque esse calor tá pedindo.

Gostei da ideia dela.

– Agora sim, combinado.

Andamos até a sala. É óbvio que passo a manhã ansiosa, querendo que chegue logo a hora da apresentação, e o tempo hoje parece estar demorando o dobro para passar. No recreio, reviso tudo que escrevi, faço mais anotações no caderno e rezo outra vez para dar tudo certo.

Meu WhatsApp sinaliza uma mensagem de um número que não estava nos meus contatos.

Oi, Manu. Aqui é Lino. Desejo-lhe boa sorte hoje!

Leio e acho que tem o dedo da dona Madá nessa mensagem, já que foi com ela que troquei o número do celular noutro dia, mas fico muito feliz só com a possibilidade de que ele tenha se lembrado de mim. No mesmo instante, minha barriga dói de nervoso quando penso que, se algo der errado e minha nota não for boa, não conseguirei olhar para a minha madrinha nem para eles, que me ajudaram tanto.

O último tempo chega e se vai sem que eu note. Estou com as pernas travadas debaixo da carteira. O sinal toca e não me mexo.

– Vai ficar aí sentada pra sempre? Levante, Manu!

Valentina tenta me animar ao ver que não mexi um músculo desde que o sinal tocou.

– Eu... eu não consigo. Estou muito nervosa. Tiro notas boas escrevendo, entregando trabalhos, mas não apresentando para uma turma de pessoas que nem conheço. Tenho certeza de que vou gaguejar – falo, abaixando a cabeça, querendo sumir.

– Pare de besteira. Levante, venha cá, respire fundo que você vai tirar de letra. Ninguém nessa turma sabe mais de literatura do que você. Duvido que alguém tenha se esforçado tanto para apresentar esse trabalho. Você se cobra demais. Olhe, vou fazer o seguinte: vou para casa almoçar, mas na hora que acabar sua aula estarei aqui na porta para tomarmos sorvete, tudo bem?

Ela me abraça em sinal de apoio. Por mais tensa que eu esteja, aquilo me faz bem.

– Tudo bem, vamos lá.

Finalmente me levanto, coloco a mochila nas costas, ajeito a camisa do uniforme e tomo coragem. Não guardo o caderno com minhas anotações, eu o agarro como se guardasse um segredo.

Quando chego à escada onde temos que nos separar, agradeço mais uma vez:

– Obrigada por tudo, amiga – e subo sem olhar para trás.

– Vá com tudo, Manu! O mundo é seu! – exagera ela, e eu espero que ninguém tenha ouvido aquilo, principalmente algum aluno que vá assistir à apresentação.

Chego à sala e vejo que boa parte das pessoas já estão sentadas, mas o professor ainda não chegou. João e Thiago estão ouvindo alguma coisa em seus celulares, usando fones, o que não é permitido aqui na escola. Provavelmente, vão esperar o professor chegar para desligarem os aparelhos.

Eu me sento no mesmo lugar da outra vez e, assim que o faço, Duda chega, jogando a mochila no chão. Em seguida, ela se senta toda largada na cadeira.

– É hoje! Achei poucos vídeos no YouTube, tive que decorar mesmo, se bem que anotei tudo no caderno. Qual será o próximo livro chato que ele acha que eu vou ler? – diz ela, como se já tivéssemos nos visto hoje.

A verdade é que a escola é tão grande que raramente encontramos alguém de outras turmas ou de outras séries.

– Eu gostei do livro – digo, mas ela já não está mais prestando nenhuma atenção em mim.

Quando o professor Cadu entra na sala, todos já estão sentados com os cadernos no colo.

– Boa tarde, meus alunos. Alguém se voluntaria a ser o primeiro? – pergunta ele, olhando para todos, inclusive para mim, que baixo os olhos sem responder, torcendo para não ser escolhida.

Como ninguém diz nada, ele mesmo escolhe quem vai lá na frente começar a falar dos livros.

– Você, Maria Eduarda, parece que está bem descansada, sentada dessa maneira. Você começa.

Ela revira os olhos e reclama baixinho para ele não ouvir, mas algo me diz que ele a ouve, porque cruza os braços e continua:

– Sou chato, sim, mas você pode ir se levantando e vindo até aqui na frente para que outros alunos possam ouvi-la.

Duda se levanta e pega o caderno.

– Sem caderno, Maria Eduarda. Você teve uma semana para ler e reler o livro – diz ele, para desespero dela, dos outros alunos e meu também.

Ela coloca o caderno na cadeira e vai até ele.

– Pode começar.

– Bom, eu li A *Moreninha*, um livro de Joaquim Manuel de Macedo. Esse livro retrata os costumes da sociedade carioca do século XIX. Publicado originalmente em 1844, A *Moreninha* narra o cotidiano de três jovens amigos, Augusto, Filipe e Leopoldo, que fazem uma aposta durante um feriado numa pequena ilha. Augusto, considerado volúvel e inconstante, maravilhado por todas as moças, escreveria um romance caso conseguisse se apaixonar até o fim da viagem. Durante sua estada, conhece dona Carolina, a quem chamam de Moreninha, por quem se encanta, mas não se deixa envolver para não quebrar uma promessa de fidelidade feita a uma menina de quem pouco se lembrava. Mas a jovem vai envolvê-lo, e o feriado na ilha trará muitas surpresas. E é isso.

Ela olha para o professor como se perguntasse se podia se sentar agora.

– E mais o quê? Você leu a sinopse apenas, ou melhor, a decorou. Eu preciso saber como se sentiu lendo o livro. Literatura é experiência, não há consenso. Há sentimentos, você pode gostar ou odiar, mas eu preciso que me diga os motivos. Então, o que achou?

Ele aguarda que ela fale, e eu fico ainda mais nervosa com a sabatina que ele vai fazer comigo.

– Não tenho mais o que dizer, professor. Não lembro, só li uma vez. Precisaria do caderno. É um livro confuso. Só isso – responde ela, sem jeito.

– Ok, Maria Eduarda, volte para o seu lugar, o livro da semana que vem para você será O *mistério do cinco estrelas*, de Marcos Rey.

Ela resmunga, virada de costas para ele.

O professor vai chamando um a um e faz críticas à apresentação dos trabalhos. É evidente que uns, de fato, leram, mas poderiam ter falado mais a respeito do livro. João e Thiago leram a sinopse como Duda, e teve gente que, sem o caderno, falou apenas uma linha. Até agora, acho que ele gostou apenas da apresentação de uma menina alta, chamada Milena, que leu O *cortiço*, de Aluísio Azevedo. Inclusive, depois da apresentação, fiquei com muita vontade de ler essa história também.

Toda a turma já apresentou, não falta mais ninguém, sou a última, minhas pernas tremem e não tenho como escapar, é a minha vez.

– A última, mas não menos importante, Manuela Oliveira. Vamos lá, seu livro foi A *hora da estrela*, certo?, de Clarice Lispector. Pode vir para cá, sem o caderno.

Minhas pernas estão tremendo. Ao me levantar, deixo o caderno na cadeira e fecho os olhos antes de me virar, lembrando do rosto da minha mãe me dando força, de Valentina e até de seu Lino, nem sei por qual motivo o rosto dele vem à minha mente. Demoro mais do que os outros, e o professor percebe.

– Está tudo bem com você? – pergunta, preocupado.

– Sim, estou bem, obrigada – respondo, caminhando até seu lado.

– Ótimo, pode começar.

– Oi, gente. Bom, o livro que li foi *A hora da estrela*, da autora Clarice Lispector. A primeira frase que me marcou nesse livro foi "Sou um monstro ou isso é ser uma pessoa?". Não é um livro de leitura fácil. Não é narrado pela protagonista, que se chama Macabéa. Quem narra é um escritor chamado Rodrigo. E ele narra a história de uma jovem que veio do sertão de Alagoas, portanto nordestina, tentar a vida no Sudeste, aqui mesmo no Rio de Janeiro.

"A história de Macabéa me lembrou muito a da minha mãe, que também veio do Nordeste tentar a vida aqui na cidade. Lendo sobre ela, percebi que todos temos um pouco de Macabéa, e algumas pessoas podem ter muito. Ela é tímida, faz poucas perguntas, se contenta com o pouco que a vida lhe deu por achar que já é muito para alguém como ela.

"As palavras da autora me envolveram, me vi questionando e muitas vezes me intimidando por achar que o que tenho é só o que mereço, e a cada palavra do narrador, que é ninguém mais, ninguém menos do que a própria Clarice, me entreguei e percebi que esse livro não merece ser entendido, e sim sentido.

"Macabéa sou eu, minha mãe, as mães de vocês, todas nós mulheres em doses maiores ou menores. Me disseram que esse livro não era para alguém da minha idade, porque muitos adultos não conseguem entendê-lo. Eu confesso que li mais de uma vez e que precisei pesquisar umas palavras para dar sentido a algumas linhas dele. Mas isso não diminuiu a minha experiência, o que vivi lendo, e as amizades que fiz por causa dele. Quem diz que a leitura é solitária é porque nunca entendeu como podemos conhecer novas pessoas só por causa de um livro. Mas entendi que nada é por acaso. Descobri uma autora de quem já quero ler mais coisas e fiz amigos novos. Somos todos estrelas, e a hora da gente é só Deus quem sabe."

Olho para o professor para sinalizar que acabei. E espero que ele diga algo. Ele começa a bater palmas e enxuga os olhos, visivelmente emocionado comigo.

– Muito bom, Manuela. Parabéns. Eu gosto quando vocês se envolvem com a história assim. Para a próxima semana, já que gostou tanto de Lispector, vamos falar de A *legião estrangeira*, ok? Mas não se acostume, ainda quero que descubra novos autores. Sua nota estará no portal do aluno.

Faço que sim com a cabeça e fico feliz com a reação dele.

– Não sei o que você tá fazendo nessa sala, você sabe mais que ele – diz Thiago, quando passo por ele para me sentar.

A aula acaba e agora tenho mais um livro para procurar. Os alunos somem da sala e só sobramos eu e o professor, que acabou de atender o celular. Espero ele acabar a ligação.

– Oi, professor. Eu queria agradecer – digo com o livro em mãos. – Gostei muito desse livro.

– Você não imagina como é bom ouvir isso, Manuela. Percebi pela sua apresentação, mas ver o brilho nos seus olhos ao me agradecer são momentos que marcam qualquer professor. É para isso que trabalhamos todos os dias – diz, sorrindo de orelha a orelha.

– Espero gostar dos outros livros que vou ler nessa matéria, mas esse já valeu muito a pena. Obrigada! – falo, sorrindo de volta.

Vou me afastando enquanto ele acena para mim.

Ao sair da sala, parece que tirei um peso das costas após a apresentação. Falar para todo mundo de algo que amei foi incrivelmente mais fácil do que achei que seria.

Acho que está aí a diferença, sempre me pergunto como os professores conseguem falar tão bem para tanta gente, e acredito, cada vez mais, que exista um diferencial em se trabalhar com o que se ama. É visível como o professor ama discutir cada trecho conosco, como presta atenção em nossas impressões, os olhos dele chegam a brilhar quando percebe que, assim como ele, nos encantamos com aquela história que ele indicou.

Curiosa para saber mais sobre o novo livro que ele me pediu para ler, ando em direção ao corredor procurando por Valentina, mas não há nenhum sinal dela. Pego o celular para verificar se ela mandou alguma mensagem.

> **Valentina:**
> Miga, tive que ficar em casa. Me perdoa? Aposto que arrasou nessa apresentação. Meus avós estão aqui. Podemos comemorar amanhã? Amo você!

> **Manu:**
> Tudo bem, amiga. Superentendo! Foi incrível! Amanhã tem sorvete, então. Amo você!

Se por um lado fico triste porque queria muito abraçá-la, por outro resolvo ir direto para o sebo, louca para contar como foi tudinho para dona Madá e seu Lino. Mando um áudio para minha mãe, avisando que fui bem e que passarei no sebo. Ela me manda uma linha de resposta.

Mamãe:
Se estiverem atendendo, não atrapalhe.

Manu:
Eu sei, pode deixar. Confie em mim. Hoje é só felicidade ☺

Guardo o livro na mochila e ando o mais rápido que posso até o sebo. O calor está de matar, mas a minha alegria é tanta que nem ligo para o suor que odeio molhando meu uniforme.

Quando chego ao sebo, seu Lino está de pé arrumando a vitrine. Entro e ele me observa com um livro numa das mãos e a outra apoiada na bengala.

– Oi, boa tarde! Como o senhor está?

Ele me olha e não responde, só balança a cabeça como quem diz que está tudo bem. Não esboça nenhum sorriso.

– Dona Madá está aqui? – insisto. – Queria falar com vocês dois.

Nem dá tempo de ele me responder, o sebo está vazio e dona Madá, que tinha se abaixado para buscar algo atrás do balcão, aparece saindo de trás dele.

– Estou aqui, Manu. Já estava com saudades de você. Apresentou o trabalho? – pergunta ela, o melhor dos sorrisos estampado no rosto, caminhando em minha direção.

Seu Lino coloca o livro na vitrine e anda para o centro da loja.

– Então, ainda não recebi minha nota, mas o professor me elogiou muito. Eu amei tanto o livro que falar dele foi mais fácil do que imaginei. Acho que a turma toda prestou atenção e eu preciso muito agradecer a vocês – digo, na esperança de que ele fale alguma coisa. Mas, como sempre, apenas dona Madá demonstra entusiasmo.

– Sabia que você amaria essa história, Manu. Sabia que essa era a preferida da minha Estela? A gente sente muita falta dela, mas quem pode contar quão incrível foi o encontro dela com a autora é meu amigo aqui – fala dona Madá, apontando para seu Lino.

– Agora não é hora de ficar relembrando histórias antigas, agora é hora de trabalhar, precisamos catalogar os livros. Ainda nem achamos metade das fichas deles – resmunga ele, me dando as costas e batendo com a bengala bem forte nos tacos.

Eu jurei para mim mesma que iria ganhar essa amizade. Não vou desistir agora, não é possível que ele não me dê parabéns.

– Seu Lino, desculpe, mas talvez eu possa ajudar.

Assim como ele me olha atentamente, dona Madá também aguarda para saber o que falarei.

– Criança, aqui é um local de trabalho, pode ficar por aí olhando as estantes, mas coloque esse treco barulhento que vocês amam carregar no mudo. Isso já ajuda muito – responde ele, sem nem esperar que eu termine de falar.

– O que você quer nos dizer, querida? – pergunta dona Madá.

– É que percebi que vocês catalogam manualmente, e eu posso fazer uma planilha pra vocês, vai ser muito mais fácil achar os livros: é só procurar no computador e pronto. Não precisa de tanto papel que é mais fácil de perderem.

Abro um sorriso imenso, mas ele parece não ter entendido.

– Não gostei da ideia. Venha, Madá, vamos continuar – responde ele, me dando as costas novamente, mas não me dou por vencida.

– Seu Lino, por que o senhor foge tanto de tudo que é novo, inclusive de mim? Me deixe ajudar. Acho esse lugar tão maravilhoso!

Vou andando atrás dele, que se vira com uma cara de poucos amigos.

– Fico feliz que seu trabalho tenha sido um sucesso, mas aqui não é lugar para criança trabalhar. Por favor, não insista – diz ele, fechando o semblante e quase me convencendo de que não se importa tanto com minha nota no trabalho.

Sem saber muito o que dizer, olho para dona Madá como quem pede ajuda, afinal, ela o conhece muito melhor do que eu.

– Lino, espere um minuto. Vamos pensar. A ideia dela parece ser boa. E nós dois estamos muito velhos. Até acabarmos de cadastrar tudo isso, já teremos morrido – diz, encarando-o.

Acho engraçado o jeito que ela fala e tento não rir.

– Ok, mocinha. Me explique sua ideia.

Ele puxa uma cadeira e se senta.

– Vocês me ajudaram tanto com o livro, a descobrir essa história, que terei muito prazer em ajudar vocês agora. Se o computador daqui for muito velho, eu tenho um laptop, posso trazer ou levar as fichas para casa e catalogar uma a uma. Isso ajudaria vocês a encontrarem os livros com mais facilidade e até a vender pela internet.

Quando falo isso, parece que falei um palavrão.

– Não, não vendemos pela internet – responde ele.

– Mas deveríamos, afinal, não estamos cobrindo as contas só com os clientes que têm entrado aqui ultimamente – revela dona Madá.

– Posso fazer um plano, verificar sites de confiança, ou até mesmo podemos criar uma lojinha. Isso facilitaria muito a vida de vocês e ainda ajudaria nas vendas – me animo.

– Manu, só tem um problema. Você é muito novinha, está estudando, você está sendo gentil, mas não queremos colocá-la para trabalhar pra gente, por mais bonita que essa sua atitude possa parecer. Não podemos atrapalhar seus estudos

– diz ela, e percebo que, de fato, a madrinha e minha mãe não iriam apoiar se eu ficasse o dia todo ali.

Se tem uma coisa que sempre fui, é alguém que pensa rápido, então acho que encontrei uma saída.

– Seu Lino, alguma chance de o senhor contratar alguém só por um tempo para poder ajudar com isso? Porque posso planejar tudo e a pessoa trabalharia, assim tenho tempo para estudar e para passar aqui de vez em quando e ajudar vocês – pergunto, mas ele faz cara de quem não gostou muito da sugestão.

– Não sei se é boa ideia, menina. Preciso conversar com meu contador. Um temporário só para catalogar tudo isso e colocar os livros à venda? – pergunta ele.

– Sim, se der certo o senhor pode manter essa pessoa para sempre – falo, animada.

– Para sempre é muito tempo. Olhe a minha idade, qualquer pessoa que venha trabalhar comigo já é algo temporário.

Quando ele responde isso, parece que tem alguma data programada para morrer, me benzo três vezes.

– E então, posso ver como se anuncia uma vaga e começar a planejar? Posso procurar algum vídeo no YouTube que ensine, deve ter, aposto.

Fico aguardando a resposta dele.

– Você nasceu de seis meses? Eu disse que vou pensar, conversar com a Madá e com o contador. Quem sabe...

A dona Madá o interrompe.

– Pode sim, Manu, apresenta pra gente certinho o que pensou e como seria o anúncio e em quais lugares podemos vender os livros. Mas ainda preciso do telefone da sua mãe, para ter certeza de que não estamos atrapalhando seus estudos e de que ela aprova tudo isso – pede ela, e eu pego meu caderno e uma caneta de dentro da mochila e anoto o telefone da minha mãe. Rasgo a folha e entrego pra ela.

– Está aqui. Vou falar com ela antes, e tenho certeza de que ela não vai se importar. – Sorrio. – Amanhã passo aqui com o plano e aí conversamos.

– Ok, vamos nos falando, gostei da sua ideia, mas para envolver mais você, a sua mãe precisa dizer que está tudo bem, ok? – diz ela.

– Estou muito animada! Vai ser demais ajudar vocês. Bom, vou indo porque ainda nem contei para minha madrinha e para minha mãe como fui no trabalho. Estava ansiosa para contar tudo para vocês, meus mais novos amigos.

Chego perto da dona Madá e a abraço. Depois fico pensando se não exagerei, mas ela retribui.

– Amamos ter você aqui, não é, Lino? – pergunta ela, claramente esperando que ele responda que sim, mas ele me faz uma pergunta.

– Vamos empregar alguém e você vai fazer o plano. E você quer quanto por isso? – pergunta, parecendo desconfiado.

– Não quero nada, quero vir aqui sempre, quero manter esse local mágico, quero que mais pessoas assim como eu descubram a magia de um sebo. Dentro desses livros, muitas vezes há mais de uma história, nunca sabemos o que vamos encontrar nos livros que já foram de outros leitores. Acho tudo isso tão mágico.

Fico olhando para tudo ao redor, relembrando a primeira vez que entrei ali e o cartão-postal que encontrei dentro do livro.

– A minha amada Estela fala sempre isso – responde ele, abrindo pela primeira vez um imenso sorriso, com o pensamento longe.

Ele vai andando e falando sozinho, ou com sua esposa, não sei bem. Sem se despedir de mim, vai a caminho do escritório, onde outro dia entrei sem pedir. Percebendo a estranheza do que ele fazia, a dona Madá diz bem baixinho:

– Às vezes ele fala dela no presente, diz que é para esquecer que ela não está mais aqui. Esses dois se amavam muito – explica ela.

– Deve ser duro perder alguém que amamos.

– É uma saudade que não tem fim. A gente não esquece, minha querida, a gente aprende a viver com a dor. Estela era uma ótima amiga. Ele vai acabar contando as histórias dela com os livros, e você também vai se encantar com tudo que ela viveu através e por causa dos livros.

– Não vejo a hora de poder conhecer essas histórias. Aliás, sem querer abusar, eu trouxe dinheiro hoje, você tem o livro A *legião estrangeira*, da Clarice? É minha próxima leitura para apresentar na aula.

– Tenho sim, e mais uma vez você não vai pagar, aliás, fica aqui um livro de agradecimento por toda a juventude que estava faltando neste lugar e pela energia que já não temos mais para fazer nosso sebo dar certo novamente. Obrigada, Manu.

Ela caminha até uma estante, fica na ponta dos pés e retira o livro da prateleira para me entregar.

Eu seguro o exemplar entre as mãos e o abro para ver se também tem um cartão-postal, mas só encontro uma dedicatória numa letra difícil de entender na primeira página.

Filha.

Mais um livro para sua coleção.
que você seja uma escritora de
sucesso.
Clarice tem uma frase que amo
que diz que "Não gosto do que

acabo de escrever, mas sou obrigada a aceitar o trecho todo porque ele me aconteceu".
Se deixe ser.

Te amo,
Sua mãe

– Eu nem sei como agradecer, amo poder achar tantas mensagens carinhosas de pessoas que presentearam alguém com esses livros.

Seguro o livro, abraçando-o, e em seguida dou um beijinho na capa.

– É mágico mesmo, minha querida. Daria para escrever outro livro somente com essas histórias – responde ela.

– Preciso mesmo ir agora. Obrigada, até amanhã.

Dou dois beijinhos nela e saio da loja, pensando na possibilidade de tirar fotos e fazer um Instagram do sebo para ele bombar nas vendas. Sou um poço de ideias, só preciso planejar tudo certinho, seu Lino vai sentir orgulho de mim, ele vai ver!

7

De corpo inteiro

Assim que chego em casa louca para contar como foi a apresentação, vejo a esposa do porteiro, a dona Maria, parada na porta de casa, conversando com minha mãe. Elas me observam, mas não param de falar, até que peço licença.

– Boa tarde, dona Maria. Oi, mãe – falo e passo rápido pela porta.

– Essa menina vive assim, com pressa, fazendo tudo ligeiro para o dia acabar logo. – comenta minha mãe como se eu não estivesse ouvindo.

– Desculpe, mãe. Não foi minha intenção, só não queria atrapalhar a conversa de vocês – me justifico.

A dona Maria me olha dos pés à cabeça antes de falar.

– Tá ficando uma moçona linda, parece que foi ontem que você era um bebê. O tempo nem deixa a gente pensar. Everton já vai fazer dezenove anos! – comenta ela sobre o filho.

– E ele entrou na faculdade que queria? – pergunta minha mãe, enquanto vou chegando um pouco para trás e tirando a mochila dos ombros. O suor escorre no meio das minhas costas.

– Anda estudando, mas sabe como é, quer fazer uma faculdade muito concorrida, inventou de trabalhar com computadores, disse que quer ser programador. Ano passado não passou, vamos ver este ano se vai melhor no Enem – responde ela.

Gosto muito do Everton, ele sempre foi educado comigo e, quando eu era criança, guardava os balões que sobravam das festas no salão do prédio e me dava para brincar. Sempre tive paixão por balões coloridos e, nessas ocasiões, inventava várias brincadeiras no quarto, até que conseguia voar com eles.

– Esse ano ele passa, em nome de Jesus! E o trabalho? Está gostando de trabalhar na livraria?

Minha mãe costuma ralhar que eu faço perguntas demais, mas por suas conversas sei muito bem a quem puxei. Penso em sair da cozinha e ir para o banho, mas sei que vou tomar bronca, então sigo ouvindo a troca entre as duas.

– Mulher, nem me fale. Ele estava todo alegre, amando ter o dinheirinho dele, mas sabe como estão as coisas... A livraria fechou mês passado. Ele está desempregado, louco para arrumar algo, mas só trabalhou com isso por enquanto.

Assim que ouço a dona Maria contando aquilo, me dá um estalo. Ele trabalhou numa livraria, seu Lino precisa de alguém para trabalhar no sebo, catalogar os livros e atender na loja virtual.

– Meu Deus, eu sou uma gênia, seria perfeito – digo em voz alta, batendo palmas, animada, e as duas me olham sem entender.

– Manuela, minha filha, posso saber por que você se animou com isso? – questiona minha mãe.

Olho para o rosto da dona Maria, que também parece intrigada.

– É que, por coincidência, hoje no sebo de seu Lino, aquele que fica perto de onde estudo, na rua Senador Vergueiro, ao lado da sorveteria – explico para dona Maria –, conversamos sobre eles precisarem contratar alguém para ajudar a catalogar os livros e enviar as compras feitas pela internet – explico.

– E eles têm uma vaga aberta? – se anima dona Maria.

– Olhe, eles ficaram de ver, parece que precisam ver com o contador, foi isso que entendi. Mas acho que vai dar tudo certo, e pensei em falar do Everton. O que acham? – pergunto e fico aguardando uma reação das duas.

– Nossa, ele vai adorar. Se puder ver com eles, ele tem currículo e pode começar quando quiserem. Posso deixar o currículo dele com você? – sugere dona Maria.

– Claro, minha amiga! Deixe sim, tenho certeza de que, se essa vaga tiver que ser dele, será. Esse seu filho é ótimo, rapaz educado e esforçado – responde minha mãe.

Dona Maria se despede e diz que vai passar aqui mais tarde para deixar o currículo do filho. Minha mãe fecha a porta e enxuga o suor da testa.

– Essa cozinha está um forno hoje. Cozinhar qualquer coisa no Rio de Janeiro no verão é pedir pra pressão baixar.

Ela vai andando em direção à mesa da cozinha.

– Mãe, a senhora não esqueceu de me perguntar nada? – pergunto, sorrindo, esperando que ela se lembre da apresentação que fiz mais cedo.

A porta da cozinha se abre com um rangido e minha madrinha entra dizendo:

– Manuela! Assim que ouvi a porta batendo sabia que era você. Vim dar os parabéns, o professor Cadu disse que sua apresentação foi inspiradora.

Ela caminha em minha direção, me abraça e me dá um beijo no topo da cabeça.

Olho para minha mãe, que está emocionada, ela sempre fica quando alguém da escola me elogia, se bem que, quando eu fazia balé, ela também chorava a cada apresentação.

– Obrigada, madrinha. Eu realmente gostei muito do livro da Clarice Lispector. Foi meu primeiro livro dela e não vejo a hora de ler outro! – digo, animada.

– E qual o próximo livro dela que você escolheu? – pergunta a madrinha, curiosa.

– A *legião estrangeira*. A senhora já leu? Aposto que sim. Acho que não conheço ninguém que tenha lido tantos livros como a senhora – respondo, demonstrando minha admiração de sempre por ela ser o que chamam de “rata de livraria”. Não pode ver um livro, uma novidade, que já corre para se informar.

– Já sim, Manu, e você vai gostar. Sabia que é um livro de contos? Tenho aqui no meu escritório, é um dos meus favoritos de Clarice. Pode pegar lá na estante para ler. Às vezes empresto os livros e não sei com quem estão, mas acho que esse não está emprestado – oferece ela.

– Agradeço muito, madrinha, mas já tenho o meu. Meus amigos do sebo me deram.

Vou até a mochila que deixei na área e volto com o exemplar para mostrar a ela.

– Manuela, você ganhou outro livro? – pergunta minha mãe. – Não está abusando deles não, menina?

Eu sabia que ela ia achar isso.

– Mãe, eu juro que quis pagar, mas como vou ajudar na reestruturação do sebo, eles me agradeceram muito e me deram o exemplar. Juro que quis pagar e eles não deixaram.

– Manuela, e como você vai ajudar nessa tal reestruturação? – pergunta minha madrinha. – Por acaso você sabe como um sebo funciona?

– Sei, sim, madrinha. Eu sei que, quando uma empresa precisa atrair clientes, ela tem que fazer um plano para que os clientes a vejam. Para isso, precisa montar uma estratégia. Isso é reestruturar, não é? – pergunto, e fico esperando que ela confirme.

– Adoro como você me mostra a cada dia como cresceu e está cada vez mais inteligente. Sim, Manu, e você tem um plano para ajudar o sebo? – diz ela, olhando para minha mãe, que arregala os olhos, também curiosa.

– Ainda não tenho um plano concreto, mas vou montar e apresentar ao dono. E aí ele vai poder estudar e ver como colocá-lo em ação – digo, confiante.

– Acho tudo lindo, minha filha. E fico feliz que o dono agora seja seu amigo. Mas preciso lembrar que sua prioridade é estudar. Você pode ajudar, claro. Mas se atrapalhar suas notas, já sabe.

Dona Irani é direta.

– Pois as duas podem ficar tranquilas, as horas que pretendo ficar ajudando não vão me atrapalhar, não. Por isso que quero que contratem o Everton. Ele entende de livros e é ótimo com computadores. Só falta o senhor cabeça-dura aceitar.

– Eita, Manuela, e isso é jeito de tratar as pessoas? – me repreende minha mãe.

– Desculpe, mãe, mas é que o seu Lino é cabeça-dura mesmo, e eu quero muito transformá-lo numa pessoa mais feliz. E vou conseguir – respondo.

As duas acham graça. Acho incrível como sempre são cúmplices quando se trata de mim. Não sei se elas percebem, mas esses anos todos uma nunca discordou da outra.

– Fico feliz de verdade, Manuela. Mas faço coro com sua mãe. Estudo em primeiro lugar e aí, se sobrar tempo e não for atrapalhar suas notas, você ajuda o sebo, ok? Bom, preciso fazer umas ligações.

Ela se despede e minha mãe se vira na minha direção, ralhando.

– Manuela, você não acha que, antes de se comprometer com algo, devia me consultar? – pergunta, séria.

– Eu ia, mãe. Mas não deu tempo. Eu mal cheguei da rua, a senhora estava com a dona Maria, aí falamos do emprego, e agora quando ia contar sobre o trabalho que apresentei e o plano para o sebo vender mais, a madrinha entrou – me justifico.

– Ok, vamos ver como vai ficar esse seu plano todo. Às vezes acho que você esquece que o dia só tem 24 horas e que precisa dormir pelo menos oito.

– Não esqueço, não, e vai dar certo, mãe. Sinto que eu preciso fazer isso. E depois, pode ficar tranquila porque a própria dona Madá disse que eles só aceitariam minha ajuda com sua autorização. E como sei que tenho a melhor mãe do mundo, a senhora não vai criar caso de eu ir, né?

– Eu crio caso, Manuela? – pergunta ela, irritada.

– Maneira de falar, mãe. Me desculpe – tento consertar.

– Hum, ok, vá lá se banhar que eu tenho muita coisa para fazer ainda. E esse livro precisa ler até quando?

– A apresentação é na próxima segunda. Mas ele é curtinho e, como são contos, vou ler rapidinho.

Vou até minha mochila novamente e pego A *hora da estrela*. Coloco os dois juntos e me encanto com o nome da escritora na lombada. Será que um dia eu terei um livro com meu nome? Acho tão legal.

Encaro minha imagem no espelho do armário e acho que, pela primeira vez em anos, começo a não achar meu cabelo tão feio. É até estranho pensar nele assim, sempre lutei contra o jeito como ele cresce. Pode ser que, por já estar ficando na hora de lavá-lo, ele esteja bonito, cabelos sempre ficam mais bonitos quando chega a hora de lavar. Nunca entendi isso, mas é um fato.

Protejo-o com uma touca e entro no banho. Enquanto a água bate em meu corpo, tenho várias ideias, sou assim desde pequena, o momento do banho sempre me faz refletir. Enquanto fico pensando em tudo que vivi hoje, me lembro da dedicatória escrita no livro A *legião estrangeira*. E também do cartão-postal em A *hora da estrela*. Fecho o registro do chuveiro e saio ainda sem me secar totalmente, direto para a mesa do computador, e anoto nele duas ideias que tive. Depois volto para a cozinha e bato um prato da comida deliciosa da minha mãe, sem parar de pensar um segundo sequer no plano.

Volto para o quarto, pego A *legião estrangeira* em cima da escrivaninha e esqueço um pouco do plano para me concentrar no livro novo da Clarice. Decido começar a ler hoje e estudar química amanhã, não fui muito bem na última prova, pelo menos não para os padrões de nota que a madrinha espera de mim.

O celular tem mensagens da Valentina.

Valentina:
Como foi tudo hoje?

Valentina:
Meu dia foi incrível!

Valentina:
Não vejo a hora de contar tudinho pra você amanhã.

Nessa hora, me vem um estalo. Valentina mexe melhor do que eu em redes sociais, principalmente em vídeos, porque ela ama postar tudo que faz, e minha conta no Instagram é bem caída.

Manu:
Quero saber de tudo, me conta!

Manu:
E, amiga, preciso dos seus conselhos para um plano que estou bolando.

> Manu:
> Se prepare que, na hora do recreio, vamos falar sobre ele. A semana promete!

Coloco vários emojis e figurinhas de coração e bonequinhos animados. Ela retribui.

Abro o livro e me concentro. O primeiro conto chama-se *Os desastres de Sofia*. As palavras de Clarice são duras, incômodas, mostrando o relacionamento de uma aluna e seu professor, aquela coisa não correspondida, impossível, que acredito que toda menina já viveu. Quando eu tinha dez anos, minha mãe me inscreveu nas aulas de natação e, logo no primeiro dia, eu achei o professor lindo. Óbvio que ele nunca me viu como outra coisa além da aluna que sempre dava uma desculpa para presenteá-lo com algo. Eu guardava os bombons que ganhava para dar para ele, fazia cartões nas aulas de arte e levava para casa, depois não os assinava e colocava na mochila dele sem que ele percebesse. Claro que, quando minha mãe descobriu, conversou seriamente comigo que ele era velho demais para mim e que, um dia, quando eu tivesse idade para namorar, apareceria um rapaz ótimo e da minha idade, o que ela fez questão de frisar, lembrando-se de que a sua própria experiência amorosa com um rapaz bem mais jovem também não tinha dado certo.

A verdade é que, depois disso, eu caí na real. Existia mesmo uma diferença muito grande entre o que eu gostava e o que ele gostava, nunca daríamos certo. Aí cheguei a gostar de um menino da escola, mas ele implicava tanto comigo que, no fundo, acho que me confundi, minha vida não era como esses filmes de adolescentes, em que sempre quem implica termina junto. No meu caso, ele não gostava mesmo de mim e, durante muito tempo, eu tentei assimilar que as brincadeiras não eram bobas, mas, sim, preconceituosas por minha mãe ser empregada doméstica. Peguei pavor de gostar de outra pessoa desde então.

Clarice nos faz refletir de uma maneira deliciosa sobre o que sabemos e o que ainda podemos descobrir, percebo isso a cada página, até mesmo o que não tem conexão com o agora, sinto que fará sentido algum dia em minha vida.

Pego meu caderno para anotar algumas coisas que acho importantes, a leitura flui bem, até que chego em O *ovo e a galinha*. Primeiro, o título parece engraçado, depois caminho pelo estranhamento para então me perguntar se, de fato, entendi o que ela quis dizer. Que vontade de conversar sobre isso com alguém. Acho que iria amar participar de um clube de leitura. Mais uma ideia para apresentar a seu Lino. As páginas vão passando, minha mãe me chama para o jantar, mas eu digo que estou sem fome porque quero continuar a ler, e, quando me dou conta, o livro chega ao fim.

Levanto-me para colocar o livro na cabeceira junto com meu bloco de notas. Preciso lê-lo novamente. Nessa experiência, parece que o livro acabou de conversar comigo, como um amigo faz, se abrindo, contando suas experiências, e agora é minha vez de digerir o que aprendi. Ouço minha mãe batendo à porta.

– Achei que já estivesse deitada. Esse relógio está certo? – pergunta minha mãe, parada na porta, segurando um copo de leite e apontando para o despertador, que marca dez minutos para as dez.

– Acho que sim, deixa eu ver no meu celular.

Vejo que, na verdade, o relógio está quase meia hora atrasado.

– Preciso comprar outro relógio, esse aí é do tempo do ronca, já está pedindo para se aposentar. Bora deitar, senão amanhã nem com o meu despertador nem com o seu celular tocando, você consegue levantar – diz ela, enquanto pega o relógio e fica analisando.

Minha mãe ama esse relógio. Peço para ela usar o celular como despertador, mas ela nunca aceita.

Vou até o banheiro escovar os dentes e meus pensamentos se dividem entre o que acabei de ler e os planos para o sebo bombar.

Quando deito a cabeça no travesseiro, abro um sorriso, não vejo a hora de colocar meu plano no papel e apresentá-lo ao seu Lino e à dona Madá. Adormeço empolgada com o que está por vir.

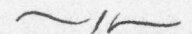

No dia seguinte, separo um caderno para fazer as anotações do plano de ação do Sebo. Pego o livro A *legião estrangeira* e coloco na mochila. Tomo café o mais rápido que posso e me despeço de longe da minha mãe. Se demorar um minuto a mais, já corro risco de chegar atrasada à escola.

O tempo nublou e eu não trouxe guarda-chuva. Que sorte a minha, agora é torcer para não chover. Passo pelos portões e vejo Valentina de costas.

– Amigaaaaaaaaaa!

Ela se vira, abre o melhor dos sorrisos e sai falando à toda.

– Você não tem ideia do que aconteceu ontem, eu fiz um vídeo com a minha avó dançando uma música do Shinee, aquele grupo de k-pop, e bombou muito no TikTok, ganhei MUITOS seguidores. Amiga, você não está entendendo, *todo mundo* se apaixonou por ela.

– Sua avó é um arraso, claro que ela ia fazer sucesso. E já vou dizendo que você precisa me ajudar muito com uma missão, que vou chamar de Missão Felicidade Clandestina.

– Hahahaha, ai, amiga, não aguento. Que nome é esse? – pergunta ela, achando graça.

– É o nome de um livro da Clarice Lispector, que ainda não li, mas pretendo. E tem tudo a ver com a minha missão, que é ajudar o sebo e fazer o seu Lino voltar a sorrir, porque amo aquele lugar e tenho um carinho por ele que não sei explicar. E é clandestina porque... minha mãe e dona Carmem deixaram que eu me envolva nisso desde que não atrapalhe meus estudos. Mas, você sabe, né?, estou tão animada que acho que vai ser difícil me controlar. Então... elas não precisam saber de tudo, certo? – explico.

– Nossa, se elas vissem minhas notas me proibiriam de tudo, porque basta eu respirar para atrapalhar meus estudos – brinca ela.

Seguimos juntas até a sala de aula. A sensação do ar-condicionado ligado é sempre bem-vinda. Mesmo sem sol, o calor castiga desde cedinho. A professora de inglês entra na sala e surpreende a todos com um teste surpresa. Minha sorte é que treino assistindo a todos meus seriados favoritos sem legenda, então melhorei muito no idioma.

Valentina quase chora pedindo ajuda, mas ela sabe que não sei passar cola, me atrapalho toda, fica escrito na minha testa, para quem quiser ver, que estou fazendo uma coisa errada. Então nem posso ajudá-la, porque, se me pegam passando cola, vou parar na sala da diretora, que é a minha madrinha. Deus me livre.

O teste não é pequeno. Tem textos grandes e muitas questões. Fico mais de uma hora respondendo. A professora avisa que quem terminar pode ir para outra sala, onde será exibido um documentário. Nosso próximo tempo é de história, sou a terceira da sala a entregar o teste. Pego minha mochila e aviso baixinho à Valentina que estou indo para outra sala.

Ela demora muito para vir também e, quando nos encontramos, está bem para baixo.

– Oi, amiga. Acha que foi tão mal assim? – pergunto.

– Não sei, odeio testes surpresa. Eu sei inglês, canto o refrão de todas as músicas dos *idols*, mas não me lembro de quase nada quando me testam dessa forma, acho que fico nervosa – lamenta ela.

Abraço Valentina querendo que ela volte a ficar animada como estava pela manhã. Quando o professor de história entra na sala e avisa que assistiremos a um documentário sobre "O dia D", aí mesmo que Valentina quase chora.

– Eu não mereço isso, eu odeio esse colégio – exclama, fazendo drama.

– Amiga, como vamos conseguir realizar o nosso sonho de estudarmos na mesma faculdade também se você não quer estudar nada que tem na escola? Eu entendo que algumas matérias a gente gosta e outras nem tanto. Mas se esses assuntos estão na nossa grade curricular, é porque faz sentido a gente aprender. Como você vai ser veterinária sem estudar muito? – pergunto, tentando convencê-la, já que o sonho dela é trabalhar com os animais que ela tanta ama.

A exibição começa e puxo meu caderno para fazer anotações. Se o conheço bem, o professor vai mandar fazermos um resumo daquilo a que assistimos depois. Eu sempre acho bacana o que aprendemos na escola, saber sobre o que foi a Operação Overlord, entender o que aconteceu na Segunda Guerra Mundial é muito necessário. A madrinha sempre fala que precisamos conhecer os erros do passado para nunca mais os repetirmos.

Quando o sinal do recreio toca, me animo toda em me sentar com Valentina para discutirmos meu plano, que praticamente consiste em:

1. Contratar um funcionário para inserir num sistema todo o acervo da livraria;
2. Cadastrar o acervo do sebo nos sites de venda de livros usados;
3. Fazer redes sociais para o sebo com postagens interativas, dar descontos e contar curiosidades do lugar;
4. Voltar com o clube de leitura. Ir a esses encontros pode fazer com que as pessoas encontrem algo pelo qual se interessem, sem ir embora de mãos abanando.

Explico cada parte do plano para Valentina, que me olha de boca aberta.

– Me fala que você vai fazer marketing na faculdade em vez de letras, porque pra mim esse plano está perfeito. Mas você esqueceu do senhor rabugento. Ele já sabe de tudo isso? Porque ele precisa topar.

Valentina tem razão, o mais difícil será fazer ele topar, mas não desisto fácil.

– Sei que vai ser difícil, mas não vou desistir, não, e preciso muito da sua ajuda com as contas das redes sociais. O que acha que temos que fazer para bombar?

– Comece com o Instagram e talvez uma *fanpage*, tem que saber a idade do público-alvo. De qualquer forma, Instagram é foto boa. O que você acha que eles têm de diferente das outras livrarias?

Reflito um pouco sobre a pergunta. Levanto-me, ando de um lado para o outro e então tenho uma ideia.

– Amiga, então. Livros qualquer livraria tem, certo? Mas livros que já foram de alguém, que têm cartões, cartas ou dedicatórias dentro, a gente só encontra no sebo! Imagina que MARA poder mostrar isso para todo mundo? Eu fiquei encantada, todo mundo vai ficar – arrisco dizer, se bem que Valentina não parece tão entusiasmada.

– Manu, achei sua ideia maravilhosa, mas para isso você vai precisar reservar um dia só para as postagens... e separar material. Se bem que eles vão catalogar tudo, e com isso você pode pedir para separarem os livros para você tirar fotos.

Valentina me dá várias dicas que vou anotando. Eu me empolgo tanto com o planejamento que, assim que todas as aulas acabam, saio correndo para o sebo.

Quando chego lá, apesar de aparentemente não ter ninguém, ele está aberto. Olho para as prateleiras, imaginando quais livros podem ter dedicatórias incríveis, cartões esquecidos com mensagens especiais e outros itens que possam ser interessantes. Se um livro fechado já me deixa curiosa, um aberto me faz viajar longe junto com ele.

Recordo do primeiro dia que entrei aqui e que descobri cada uma dessas estantes. Em pouco tempo tanta coisa já mudou, como pude demorar tanto para descobrir esse espaço mágico pertinho da escola? Caminho mais um pouco, passando a mão pelos livros até chegar ao fim da última estante antes do corredor que leva ao escritório.

Não vou até lá, ando com cuidado até perto do caixa e tiro a mochila das costas. De dentro dela, retiro o caderno com minhas anotações. Ouço duas pessoas conversando, o som parece vir do escritório, mas não arrisco confirmar. Basta de broncas por entrar onde não devia.

Os minutos se passam e a conversa entre as pessoas vai ficando mais alta. O sebo segue vazio e tento disfarçar que não estou extremamente curiosa para ouvir a conversa. Parece a voz do seu Lino e de outro homem, mas não escuto a voz de dona Madá. Ouço a porta se abrindo. Agora escuto claramente a conversa.

– Vai falir. Vai ter que fechar as portas. Era isso que minha prima queria? Estela ficaria arrasada, meu amigo... Você precisa modernizar isso aqui, chamar mais gente para trabalhar. Não pode achar que dá conta de tudo com essa idade e sem acordar para o mundo lá fora.

A voz parece irritada, mas menos que a de seu Lino, que praticamente grita com a pessoa.

– A Estela ia preferir que tudo ficasse como ela deixou. Não vou colocar estranhos aqui. Era o lugar dela, a loja dela. Eu não quero que a presença dela saia desse lugar. Quero que ela fique viva aqui dentro. Não ouse me dizer que sabe o que sinto. Você não vai entender isso nunca.

Ele parece estar chorando agora, sua voz está estranha.

– Meu amigo, todos nós sentimos falta dela. Estela era uma prima mais velha que me tratava como irmão. Era ela que estudava comigo, que me apoiou quando quis fazer faculdade. Ela era um ser de luz e segue sendo. Jamais iria querer que este lugar fechasse, me deixe ajudar. Você está no vermelho. Algo precisa ser feito.

– Heitor, não é porque você era primo dela que pode chegar aqui e me dizer o que fazer – responde seu Lino.

Pelo barulho, os dois parecem caminhar na direção de onde estou. Agora sinto um medo imenso de que ele ache que ouvi a conversa toda. Tiro a mochila de cima do balcão e a encaixo nas costas com rapidez, mas, para meu azar, esbarro no porta-lápis, que cai no chão, espalhando canetas, lápis e clipes de papel. Eu me abaixo para pegá-lo e, quando me levanto, dou de cara com seu Lino.

– Achei que tivesse aprendido que não é educado entrar onde não deve, e muito menos ouvir a conversa alheia.

Meu Deus, ele não me dá trégua. Estou tremendo, mas preciso me defender.

– O senhor pode não acreditar, mas acabei de chegar e só ouvi essa última parte. E acho que foi o destino, porque vim até aqui apresentar meu plano de reestruturação do sebo – falo, segurando o caderno, orgulhosa.

Ele me olha e gargalha com deboche, o que me dá raiva, mas mantenho o bom humor. O senhor que está ao lado dele se apresenta.

– Boa tarde, sou o Heitor, contador e primo da esposa desse velho mal-humorado – diz ele sorrindo, tentando me deixar mais à vontade.

– Contador? Prazer, Manuela – cumprimento e me dirijo em seguida a seu Lino. – Era com ele que o senhor tinha que conversar sobre contratar alguém, certo? Então, meu plano consiste na contratação do Everton, filho de dona Maria e de seu Geraldo, que mora no meu prédio e é super de confiança, para catalogar os livros e cadastrar o sebo nos sites de vendas enquanto eu cuido das redes sociais – resumo bem rápido tudo que preciso antes que ele me expulse.

– A ideia da pequena Manuela parece ser muito boa – diz Heitor. – Vou deixá-los conversar. Por favor, salve este lugar antes que ele precise fechar as portas.

Ele sai sem se despedir direito, como se estivesse com pressa. Quando coloca a mão na maçaneta e abre a porta, dona Madá aparece.

– Já vai? Ia fazer um café pra gente, trouxe pão de queijo. A cada visita você aguenta menos tempo com nosso amigo rabugento, não é mesmo?

Seu Heitor não concorda nem discorda. Acena para todos e vai embora.

Dona Madá entra e coloca tudo o que comprou no balcão.

– Chegou em ótima hora para ouvir as abobrinhas da sua amiguinha – fala seu Lino, dando as costas para mim sem nem ouvir o meu plano completo. Não sei de onde tiro coragem, mas passo à sua frente e o encaro.

– Olhe, desculpe, mas a verdade é que vim aqui, toda animada, para apresentar um plano incrível que vai salvar este lugar com o qual você diz se importar. E tudo que o senhor faz é menosprezar minhas ideias e, para variar, mal me dá atenção. Eu não sei do que o senhor tem mais horror: se é de mim ou de que meu plano dê certo – digo isso e ouço o silêncio no sebo.

Certamente minha mãe diria que fui dura demais e que jamais deveria falar com alguém mais velho dessa forma. Mas estou cansada de ser menosprezada por ser jovem.

– Você acha que sabe muito da vida, mocinha, mas não sabe, não. Por mais que ame livros e queira manter o sonho de minha amada esposa, tudo custa dinheiro, e eu não tenho mais como investir em nada. Então pare de ver filmes de animação onde tudo se resolve amarrando balões a uma casa e saindo por aí feliz e saltitante, porque a vida real é muito cruel.

Não desisto de mostrar para ele que não sou essa bobona que ele pensa.

– Seu Lino, o senhor não me conhece direito, mas me deixe lhe dizer nem tudo são flores na minha vida. Tudo bem que tenho uma vida boa, minha mãe dá o maior duro e ela e minha madrinha não deixam faltar nada para mim, estudo numa escola de elite, um grande privilégio neste nosso país, mas não sei se o senhor sabe que algumas pessoas não me veem como igual a elas só porque sou preta. Teve muita festinha da escola para as quais todos eram convidados, mas meu convite acabava "não chegando", ou colegas de turma que não gostavam de se sentar do meu lado, isso sem contar as piadas e xingamentos que escutei a vida toda sobre a cor da minha pele e sobre o meu cabelo. Não generalize, eu já sei que o mundo e as pessoas podem ser bem cruéis – termino, e dos meus olhos escorrem as lágrimas que não consegui segurar.

Seu Lino parece mudar sua postura e me olha de um jeito diferente. Mesmo sem dizer nada, ele encosta a mão no meu ombro.

– Manu, perdoe este velho estúpido. Por favor, não chore. Vamos nos sentar para você me explicar melhor seus planos, não foi minha intenção diminuir você. É que o mundo é muito cruel – desabafa ele.

– O mundo é, sim. Mas cabe a nós reagirmos da melhor forma e nos inspirarmos em outras histórias semelhantes para, um dia, inspirarmos outras pessoas que passarão por algo parecido com o que vivemos. E é por isso que eu amo ler. Me desconectar da realidade não é me alienar, mas, sim, me preparar para batalhas que ficam mais leves se conhecemos lugares mágicos como este sebo, e pessoas tão especiais como o senhor e dona Madá.

Ele se emociona, mas não diz nada. Aos poucos sinto que vou quebrando essa rocha que ele construiu por saudade da esposa. Então ele pega meu caderno e pede que eu continue as explicações. Fico feliz que ele analise cada uma das minhas ideias e as discuta com dona Madá, que me dê parabéns por tudo que pensei. Quando termino a apresentação e eles acabam de conversar, minhas unhas já estão roídas de nervoso, ansiosa com o que vão dizer.

Seu Lino se levanta, me entrega o caderno e faz uma cara não muito animada, o que me faz lembrar de uma frase da madrinha: a vida é feita de muitos nãos, mas um sim faz tudo mudar. Nunca quis tanto ouvir um sim quanto agora.

– Peça para seu amigo procurar um de nós dois aqui amanhã cedo. Não posso pagar muito por enquanto. E, quanto ao seu plano, se der tudo certo com a contratação, vamos colocá-lo em prática esta semana mesmo. Prometi à minha Estela que esta loja ficaria de pé até meu último suspiro e irei cumprir minha promessa. Ninguém fechará o sebo A Hora da Estela, ninguém.

Sorrio e lhe dou um abraço. Ele demora a retribuir, mas coloca uma das mãos em minhas costas. Eu tinha certeza de que seríamos amigos. Dona Madá se aproxima e nos abraça também. Esse é um momento que eu queria tanto que nem precisa ficar registrado em foto para eu saber que me lembrarei dele para sempre. Já está gravado na minha mente e no meu coração.

8

O tempo

Termino de escrever o último parágrafo de minha apresentação de amanhã na escola, quando falarei de A *legião estrangeira*. Reli o livro mais três vezes e mudei de opinião em relação a algumas coisas que pensei da primeira vez.

É tão mágico como as palavras de Clarice nos levam a questionar o que acabamos de sentir minutos antes. Fecho o laptop e respiro fundo, ainda absorvendo tudo que escrevi. Olho para o relógio e vejo que já passa de uma da tarde e nem almocei ainda. Estou muito atrasada!

– Não vai comer não, minha filha? – pergunta minha mãe, entrando no quarto. – Tem pão de massa grossa, ou francês como se diz aqui, que eu trouxe hoje cedo, mas também tem um risoto de frango que ficou muito gostoso, modéstia à parte.

Ela vai ajeitando tudo que deixei bagunçado pelo caminho.

– Acho que não vai dar tempo, mãe. Acabei agora o trabalho de amanhã, acho que ficou muito bom! Combinei com seu Lino e dona Madá de ajudar hoje com as fotos para o Instagram que vou criar para o sebo.

– Domingo, filha? Eles abrem hoje? – pergunta ela, confusa.

– Eles vão abrir pra agilizar, o Everton também vai, ele combinou comigo aqui na portaria.

Coloco um short jeans, tento ajeitar melhor o cabelo, trespasso minha bolsinha, enfio o celular nela e pronto.

– A mãe dele ligou para agradecer. Fico muito feliz, ele é um rapaz ótimo, espero que dê tudo certo com o sebo e que eles não precisem fechar – diz minha mãe, e por um instante fico pensando se havia comentado com ela sobre essa possibilidade, mas tenho certeza de que não.

– Como sabe que eles estão correndo o risco de fechar? – pergunto, curiosa.

– A Maria me contou, seu Lino explicou que não podia pagar muito para o Everton por isso, mas que, se desse tudo certo com a loja na internet, ele poderia até ganhar comissão. Achei justo.

Ela se senta na cama, me observando.

– Vai dar sim, mãe. Tenho um pressentimento bom sobre tudo isso, eu não quero nem imaginar outra possibilidade, não quero. O sebo fechando logo agora que descobri esse lugar tão especial? – digo, fazendo voz de choro.

– Não vai fechar não, sangue de Cristo tem poder e vou rezar muito para esse sebo vender mais que água no deserto. Vá lá, e cuida, cuida que o Everton deve estar esperando.

Adoro quando minha mãe usa essas expressões do Maranhão. Ela me abraça e me dá um beijo. Calço meus tênis e ouço a voz dela novamente

– Vai demorar por lá? – pergunta ela, indo comigo até a porta.

– Não tenho como saber, mas juro que aviso, aliás, vou mandando mensagem de lá. Beijo, mãe.

Saio em seguida e noto que estou com sorte, já que o elevador está parado no nosso andar. Assim que saio dele, vejo Everton mexendo no celular, ele abre um imenso sorriso quando me vê.

– E aí, Manu, pronta para trabalhar muito? – pergunta ele.

– Pronta e animada, um dia vou ter um trabalho igual ao seu – digo, confiante.

– Trabalhar em sebo é incrível mesmo. Desde que comecei a trabalhar lá na semana passada, tenho curtido e visto que tem umas diferenças interessantes entre o sebo e a livraria onde trabalhei. Meu foco é a faculdade, mas preciso concordar que nada pode ser melhor do que trabalhar rodeado de livros – responde ele, enquanto vamos caminhando rumo à saída do prédio.

– Como você decidiu? O que quer ser? Deve ser difícil, né? Eu quero ser três coisas: professora, bibliotecária e escritora – falo animada, e ele dá uma risada, deve ter achado graça de algo que eu disse.

– Manu, você precisa focar uma delas. Bom, você pode ser professora e escritora. Bibliotecária e escritora. Muita gente aqui no Brasil tem uma profissão além da escrita porque são poucos escritores que conseguem se manter na profissão sem precisar trabalhar em outra coisa.

Já gostei de saber que posso ser duas das minhas profissões favoritas, pelo menos.

– Você sempre quis trabalhar com computadores? – pergunto, curiosa.

– Quando era criança queria ser policial, mas depois vi que minha mãe infartaria com isso, e fui me apaixonando pela computação. Então quem sabe um dia eu trabalhe para a polícia na área de tecnologia da informação? – revela ele.

– Seria ótimo! Eu queria trabalhar no sebo enquanto estivesse na faculdade, e depois trabalhar no que me formar, porque ainda vou decidir qual faculdade vou fazer – respondo.

– Ainda falta um bocado, mas você pode ir pensando. Mas... para você trabalhar no sebo, precisamos salvá-lo. Preparada?

Ele para na porta do sebo, que está com um aviso de “Fechado” pendurado e toca a campainha, que eu nem sabia que existia. Vejo dona Madá vir em nossa direção.

– Preparadíssima – respondo.

Ela abre a porta e nos recebe com aquele sorriso lindo de sempre.

– Boa tarde, meus queridos.

Reparo que seu Lino não está à vista.

– Seu Lino está no escritório? – pergunto, curiosa.

– Não, ele está dormindo em casa, essa soneca pós-almoço é sagrada para ele. Mas logo estará aqui. Vamos colocando a mão na massa enquanto isso.

– Everton, o site já está no ar?

Eu tinha deixado meu plano com ele, mas, como ele é muito melhor que eu em criação de sites, só palpitei sobre a venda dos livros on-line. O formato seria ele quem definiria.

– Sim, Manu, e acho que podemos somar as duas ideias. Eu já estou colocando no site os livros que temos conforme vou catalogando, e separei os que achei que seriam interessantes você postar as fotos porque têm mensagens ou alguma curiosidade.

– Ah, que ótimo. E você achou que a forma como montei o plano foi fácil de entender, ou precisou criar muitas coisas ainda?

– Consegui entender, sim, você foi muito esperta. Mas tem coisas que não sei, porque comecei a trabalhar aqui agora, então acho melhor você conversar com dona Madá ou com seu Lino para eles contarem melhor sobre como os livros chegam aqui. O site está no ar com os que já incluí – explica ele, ligando o computador e me mostrando onde estão os livros separados.

Eu me assusto porque são muitos, imaginei que fossem menos.

– Ok, vou conversar com eles... Olhe esse livro! – falo, abrindo um livro e me viro para que ele veja a página que quero mostrar. – Tem uma dedicatória linda de um professor para uma aluna.

É A *revolução dos bichos*, de George Orwell, nunca li esse autor e vou folheando, lendo o que o professor de português escreveu.

Sento-me próxima aos livros e tiro o celular da bolsa, escolho o local com a melhor luz que encontro para fotografar. Tiro a primeira foto dele aberto, onde aparece bem a dedicatória.

Que você, querida aluna, aprenda a se questionar sempre e saiba que o oprimido nunca deve virar o opressor. Com carinho, professor Paulo.

Fico com muita vontade de ler esse livro. Parece muito interessante. Enquanto mexo no celular para criar a página, a porta do sebo se abre. Pelo barulho inconfundível, é seu Lino e, pela primeira vez, ele sorri quando me vê. A alegria que sinto é algo que eu não consigo explicar. Ele vem andando pelo corredor na minha direção, batendo forte a bengala, como se quisesse andar mais rápido do que conseguia.

Ele se aproxima, e eu aguardo que diga algo.

– Vou ser preso por trabalho infantil? – brinca ele, o tom de sua voz é de quem quer quebrar o gelo de antes.

– Não, porque estou como voluntária, sou tipo uma jovem aprendiz. E depois sempre posso receber em letras – respondo.

– Letras? – pergunta ele, aparentemente confuso.

– Sim, letras. Normalmente as pessoas são pagas em números, eu prefiro ser paga em letras, com livros. Tem muitos aqui que gostaria de ler, se o senhor não se importar, claro – deixo a sugestão no ar e aguardo a reação dele.

– Pois bem, que fique registrado que será paga em letras, Madá combinará melhor esse pagamento.

Ele dá um tapinha na minha cabeça, bem de leve, assim como seu Aluísio fazia. Eu era bem pequena quando ele morreu, mas consigo me lembrar disso nitidamente.

– Seu Lino, aproveitando que o senhor está aqui e dona Madá está ali, ajudando a catalogar com o Everton, pode me ajudar com a página do Instagram? Porque, além de fotos, eu queria colocar legendas que chamem a atenção, para que as pessoas sintam o quanto é diferente ter livros de sebos... o quanto isso é especial.

Ele se senta, puxando um banco com dificuldade. Faço que vou ajudá-lo, mas ele gesticula com a mão, mostrando que não é necessário. Aguardo então que ele consiga se acomodar perto de mim.

– Pelo que Madá me explicou, você precisa colocar fotos das dedicatórias e aí, de alguma forma, os clientes veem essas fotos como uma vitrine e conseguem comprar os livros pela internet, é isso? – resume ele.

– Sim, chama-se Instagram. E é um perfil do sebo. Precisamos de um nome bem bacana e postar todo dia para não perdermos o engajamento – respondo.

– O nome do sebo é A Hora da Estela. Pode ser esse? – pergunta ele, esperando que eu responda.

– Huumm, pode, mas acho melhor colocar "sebo" antes de A Hora da Estela, acho que consigo – falo, já testando para ver se cabe e se o nome já existe. Por sorte, somos os primeiros.

– Então?

– Consegui! Agora, por favor, me fale um pouco sobre as dedicatórias dos livros, histórias inusitadas. Vou gravar aqui no celular o que o senhor responder para eu poder ir separando e montando as postagens, ok?

– Histórias inusitadas... – diz ele, coçando a cabeça, ajeitando os óculos e apoiando as duas mãos na bengala em seguida, como se fizesse um esforço para se lembrar. – Bom, não são todos os livros que chegam aqui com dedicatórias, mas os que chegam são interessantes porque o ser humano é curioso por natureza, e ler dedicatórias de afeto é, além de ter a história do livro, também levar para casa um pouco de vidas anônimas que leram aquele livro, ou que o tiveram nas suas mãos antes de o livro vir parar aqui.

Impressionada com as palavras dele, peço que continue.

– Existe algum gênero que tem mais chance de vir com dedicatórias? – pergunto, curiosa.

– Ah, minha filha, eu nunca fiz uma contagem, mas arrisco dizer que são mais comuns em livros de literatura estrangeira, infantojuvenis e em autoajuda.

Ele olha para Madá, que parece concordar.

– É mais comum dedicatória de marido para esposa, ou de esposa para marido, ou de outro familiar?

Já fico pensando nas datas festivas em que posso usar esses modelos para fazer propaganda.

– Difícil dizer. Tem muitas que são de filhos para pais, ou de pais para filhos, há dedicatórias entre amigos, às vezes entre namorados. Também acabamos recebendo muitos livros autografados também. As pessoas morrem e os parentes vendem a coleção completa para a gente, e acaba que muitos têm autógrafo do próprio autor.

– Eu não tinha pensado nisso, nos livros autografados. Acho que só tenho dois livros autografados, de autoras que foram à minha escola. Deve ser incrível comprar um livro de alguém que você admira e ver que ele veio com autógrafo sem você saber.

Quanto mais converso com seu Lino, mais me impressiono. E isso me dá mais uma ideia para postar fotos desses autógrafos também. Acho que isso pode atrair mais compradores para o sebo.

– Tem algum livro que chegou aqui que tenha marcado mais o senhor? Com alguma mensagem especial?

Assim que faço essa pergunta, vejo que o seu semblante muda. Parece triste, olha para o teto, depois para as prateleiras, numa tentativa frustrada de mudar o rumo da conversa.

– Eu... eu não estava aqui quando o sebo foi inaugurado. Isso tudo aqui... – diz ele, apontando para as estantes –, tudo isso só existe porque minha esposa amava ler, ela chegava a dar beijos nos livros, assim como você. Ela respirava esse sebo, amava os clubes de leitura com as amigas, que ela fazia aqui nesse espaço.

Vejo dona Madá correr para pegar um copo d'água para ele, não sei se minha pergunta foi inconveniente. Seu Lino faz uma pausa e aceita o copo d'água, bebe-o rapidamente e agradece a dona Madá.

– Se não quiser continuar, eu sigo com a Manu para o que ela precisar – oferece ela.

– Não, obrigado minha amiga, a saudade não vai doer menos se eu não contar. Vai continuar aqui dentro, me corroendo. Eu prometi a Estela, vou manter isso aqui vivo até quando eu conseguir – diz com as lágrimas escorrendo, e eu me emociono também.

Aliás, acho que nós quatro estamos chorando agora. Everton tenta disfarçar, mas até ele dá uma fungada, escondendo o rosto atrás da tela do computador.

– Se o senhor quiser parar, eu espero e vou tirando as fotos – ofereço.

– Não, vamos lá. Você foi muito gentil de vir aqui hoje. Se fosse qualquer outra pessoa, nunca mais teria voltado, mas você veio e, se estamos tentando salvar este sebo, é porque um dia você entrou por aquela porta para procurar um livro de Clarice, que também era a autora favorita da minha amada esposa.

Ele sempre se emociona quando fala dela.

– Ela devia ser uma pessoa incrível.

– Ela era, sim. Gostava tanto de Clarice que me fez esperar horas até ela acabar de dar uma entrevista para conseguir um autógrafo, é aquela foto que você viu no escritório – explica ele, e começo a me recordar de tudo que vi por lá, fico com uma imensa vontade de tê-la conhecido.

– Aquele espaço é muito bonito. Foi ela quem decorou? – pergunto, curiosa.

– Foi, o papel de parede, a escrivaninha, as estantes com flores, cada livro ali dentro. Ela se sentava ali para ler, para refletir e, quando eu precisava viajar a trabalho, sabia que iria encontrá-la ali dentro na volta. Por isso nunca mudei nada, mantenho do jeito que ela deixou.

– Ela tinha muito bom gosto.

– Às vezes me engano falando dela no presente para fingir que ela ainda está por aqui. Ela amaria conhecer você, ela era diferente de mim, sempre sorridente, sempre disposta a doar um livro para quem não podia comprar, sempre lendo para quem não podia ou não sabia ler. Estela era a luz deste lugar – diz ele, o olhar longe como se recordasse de tudo que me falou.

– Ela também gostava de ler as dedicatórias?

– Sim, ela amava. Uma vez me fez vir aqui só para mostrar tudo o que tinha achado numa semana. E era muita coisa. Das mais curiosas... Eram cartas de amor, postais, fotos antigas que tinham ou não a ver com o livro. Às vezes a pessoa os colocava dentro do livro para não amassar e nunca mais os tirava, e depois acabava se esquecendo disso, até que o livro chegava a nossas mãos. É engraçado, e curioso – conta ele.

– E havia uma obra que era mais marcante para ela? Ou para o senhor?

– Ela nunca aceitou vender uma obra em especial, está no escritório até hoje, era uma obra com dedicatória de Jorge Amado para um amigo, se não me engano é um *Capitães da areia*. Estela amava esse livro também, mas nunca conheceu Jorge Amado, um sonho dela. Então guardou o exemplar com carinho, como se o autógrafo fosse para ela – diz ele sorrindo, recordando.

– E para o senhor? – insisto.

– Ah, para mim foi um livro, não lembro o nome, onde havia dinheiro e um cheque. Sim, isso mesmo. Uma avó escreveu uma dedicatória para o neto, dizendo que, a cada capítulo lido, ele encontraria um tesouro. Então capítulo sim, capítulo não, havia uma graninha escondida. Acho que o neto nunca leu o livro todo, porque sobraram várias notas não achadas e, no final, também tinha um cheque. Não era algo valioso, só a história valia mesmo. Quando o livro chegou aqui, o dinheiro já valia menos que uma bala e o banco do cheque nem existia mais – conta ele, dando uma gostosa gargalhada.

– Quer falar mais alguma coisa que eu possa usar nas legendas? – pergunto, achando fofo como ele se tornou visivelmente mais divertido.

– Sim, tenha em mente que livros são tesouros incomuns que atiçam nossa curiosidade sempre e, quando eles vêm com mensagens de anônimos ou mesmo de quem os escreveu, são ainda mais especiais, porque queremos saber quem eram aquelas pessoas, como eram suas vidas e o que acharam daquele livro. No fundo, nunca saberemos, mas só o fato de pensar na possibilidade já torna todo o ambiente de um sebo um lugar onde a gente fabrica sonhos na nossa cabeça.

Tento assimilar tudo aquilo e estou ansiosa para fazer a primeira postagem.

– Se precisar de mais alguma coisa, estou ali no escritório – avisa ele, antes de se levantar vagarosamente.

Seu Lino caminha até lá, parecendo finalmente deixar de lado sua resistência.

– Acho que vou comprar uns pãezinhos de queijo para a gente petiscar, vou ver se entregam hoje – diz dona Madá, me animando muito porque não tinha conseguido almoçar.

Everton está concentrado catalogando, e aproveito para tirar algumas fotos. A cada livro aberto, encontro uma novidade maravilhosa. Reparo que muitos têm desejos de Feliz Natal, outros não trazem dedicatórias de uma pessoa para outra, mas anotações de quem os leu e do que achou ao fim de cada capítulo.

Acho curioso ver como as pessoas se relacionam de maneira diferente com os livros. Eu, por exemplo, nunca escrevi nos meus, tomava um cuidado enorme para não fazer nem um risquinho de caneta. Mas agora estou começando a achar que um livro merece conter todas as nossas impressões sobre ele, ou a dedicatória de um amigo ou de um parente.

Preparo a primeira postagem e a legenda fica maior do que imaginei. Explico sobre o sebo, falo da dedicatória do professor para a aluna e coloco uma dúvida embaixo: "Será que a pessoa que ganhou ou que deu esse exemplar verá esta foto?"

Pronto: foto postada. Tiro fotos de mais uns quatro livros para postar durante a semana. O pão de queijo chega e nos reunimos para comer. Seu Lino aparece, animado.

– Ninguém faz um pão de queijo tão gostoso como minha amada Estela fazia – comenta seu Lino, sem conseguir disfarçar o quanto era difícil viver aquela história sem ela.

Fico pensando em quão incrível ela era, e como é triste dividir a vida com alguém por tantos anos e, de repente, ter que seguir a vida sem essa pessoa. Por isso ele lembra dela a cada instante.

– Pois eu estou achando uma delícia esses pães de queijo, não é, Manu? Claro que Estela era uma cozinheira maravilhosa, mas nossos pãezinhos também estão muito gostosos – diz dona Madá enquanto devora mais um.

De barriga cheia e com preguiça, nos entreolhamos.

– Falta muito, Everton? – pergunta seu Lino.

– Olhe, como comecei a catalogar na quarta, acho que levarei mais de duas semanas para terminar, se for antes será um milagre. Se tiver alguma categoria que o senhor queira que eu agilize, me avise – diz ele.

– Não, só preciso ter tudo certinho, atualizado e claro para a venda no site, para ver se agitamos um pouco esse caixa – diz ele, olhando para a pilha de livros a seu lado.

– Lino, já vendemos cinco livros desde que colocamos o nosso acervo para a venda na internet. Pedi para o Everton colocar um aviso de que nossos envios pelos Correios acontecem uma vez por semana, assim o comprador não fica ansioso e conseguiremos entregar tudo certinho – avisa dona Madá.

– Cinco? Huumm, isso é bom, ainda nem somos conhecidos e já nos encontram? Foi o tal site de fotos que a Manuela criou? – quer saber ele.

– Não, a Manu postou a primeira foto hoje, então deve demorar um pouco para termos seguidores. Quando colocamos os livros para venda nos sites, geralmente a pessoa busca o livro na internet e aparecem os locais de venda. Acho que estamos começando bem – avalia Everton.

– Bom, bom. Quanto mais vendas, melhor – diz seu Lino, sorrindo para todos.

Enquanto tiro mais fotos, percebo que a hora passou voando e já são quase cinco da tarde. Minha mãe e a madrinha vão procurar por mim em breve.

– Eu tirei muitas fotos e vou postando aos poucos. Essa pilha aqui, Everton, você já pode colocar no lugar, porque já fotografei. Amanhã, depois da aula, venho tirar mais. Acho que preciso ir, porque amanhã acordo cedo e ainda quero revisar minha apresentação – digo.

– Antes que vá, pode me acompanhar até o escritório, Manu?

Quase não acredito, mas seu Lino me chama para ir com ele até lá. Faço que sim com a cabeça. Ele espera que eu vá até ele, e caminhamos no ritmo dele até o escritório.

– Posso entrar? – pergunto.

– Claro! Por favor, sente-se aqui – diz ele, apontando para a poltrona linda que reconheço do outro dia.

Sento-me com cuidado e ele puxa outro banco que está logo à frente. Observo o lugar novamente, como sempre encantada com os detalhes, com as fotos na parede e com o perfume que me chama a atenção.

– Vou pedir que use essas luvas aqui, porque gosto de manter tudo como ela deixou – diz ele.

Calço as luvas descartáveis que ele me entrega. Sem que eu faça nenhuma pergunta, ele começa a falar.

– Estela inaugurou esse sebo em 1978. Capaz de nem sua mãe ser nascida nessa época. Madá sempre foi a fiel amiga de minha esposa, estudaram juntas no que antes chamávamos de ginásio, hoje tem outro nome. Elas fizeram faculdade juntas. Biblioteconomia. E foi por intermédio de Madá que conheci Estela, porque pegávamos sempre o mesmo ônibus para voltar da faculdade, e acabamos ficando todos amigos com o tempo – diz ele, olhando para as estantes, visivelmente fazendo um esforço para não chorar.

Ele faz uma pausa grande, não fala mais nada, então resolvo puxar conversa.

– Você se formou em quê? O senhor sempre trabalhou aqui também? – pergunto.

Duas perguntas de uma vez só.

– Não, a vida toda trabalhei para uma empresa de Engenharia Civil, me formei um pouco antes delas. Com o tempo, me tornei sócio da empresa, já estava querendo me aposentar quando Estela foi ficando doente. Quando ela se foi...vendi a minha parte da empresa e sigo cumprindo a promessa que fiz a ela.

Ele se levanta, vai até a estante e me entrega um livro: *Olhai os lírios do campo*, de Érico Veríssimo.

– Estela gostava muito desse autor também, esse exemplar era dela, vou ver se consigo um outro para você, se ainda tiver em estoque, acho que tenho.

Folheio o livro e o viro para ler a quarta capa. A capa é verde e não chama muita atenção, o protagonista se chama Eugênio e é um médico que tem vergonha de seu passado. Paro de ler porque seu Lino volta a falar.

– Espero ter tempo para mostrar muita coisa ainda a você, Manuela. Estela amava Clarice Lispector, como lhe disse. O dia em que conseguiu tirar essa foto foi um dos dias mais felizes da vida dela. A autora morreu meses depois. Sempre me pergunto se Estela teve chance de rever seus escritores favoritos lá, para onde ela foi.

Ele agora deixa escorrer algumas lágrimas.

– Minha mãe diz que a gente um dia reencontra todo mundo que não está mais por aqui. Ela disse isso quando o meu padrinho morreu, e acho que gosto de acreditar nisso – falo, me levantando e colocando o livro em cima da mesa com cuidado. Encosto minhas mãos ainda enluvadas nas mãos dele. – A gente precisa acreditar para seguir vivendo, seu Lino.

– Você tem razão, Manu. Quando o coração aperta, as lágrimas acabam saindo, nem sempre conseguimos segurar – responde ele.

– Minha mãe também fala que chorar faz bem – respondo.

– Faz sim, mas faz bem também agora você ir para casa. Amanhã é sua apresentação, não é? Segundo livro de Clarice, daqui a pouco vou chamar você para dar palestras sobre ela no sebo – brinca ele.

– Ainda não estou sabendo tudo, mas quero ler mais livros dela, sim, e com meu pagamento em letras, já vou pedir para o Everton separar alguns outros livros dela. Isto é, se o senhor autorizar.

– Claro que pode, você alegrou este lugar. Eu lhe agradeço muito.

Agora é ele que enche meus olhos de água, e me seguro para parecer forte, mas acabo sentindo uma lágrima escorrer.

– A gente mudou a vida um do outro, é para isso que servem as amizades, eu, você, o Everton, a dona Madá... juntos somos invencíveis. Ninguém vai fechar o nosso A Hora da Estela – digo, confiante.

– Isso. Manu, ninguém!

Ele me abraça.

Quando saímos do escritório, dona Madá está com um sorriso gigante.

– Parabéns, Manu. É a primeira pessoa em muito tempo que coloca um sorriso no rosto desse velho turrão. Se não fosse por você...

Seu Lino não deixa Madá terminar a frase.

– Ela já sabe, acabei de agradecer a ela, estou velho, perdi os dentes, mas não a educação – diz, soltando outra gargalhada gostosa.

Despeço-me deles e deixo os três trabalhando. É hora de revisar a minha apresentação de amanhã na escola e de programar as postagens da semana. Sempre achei os domingos meio chatos, mas, com o sebo, acho que serão bem animados.

9

Um sopro de vida

Duas semanas depois...

Acordo ao som das notificações do celular. Logo hoje que não tenho aula e posso dormir até mais tarde. Pego o aparelho e vejo marcações e mensagens no Instagram. Esfrego os olhos sem entender muito bem o que está acontecendo.

Quando entro no perfil do sebo, o número de seguidores aumentou muito, e uma das fotos tem tantas curtidas que não consigo nem verificar todos os comentários dela. Caramba, o perfil *hitou*!

Olho para a mesa de cabeceira para conferir o horário: dez da manhã. Ao lado do relógio, vejo o livro que li para apresentar na próxima semana, *Olhai os lírios do campo*, de Érico Veríssimo. Tenho tirado notas boas na aula de reforço, o que fez com que a madrinha e minha mãe não implicassem tanto com minhas idas até o sebo para ajudar. E a verdade é que já estamos praticamente com tudo catalogado no sistema e já tirei muitas fotos que servirão de material para uns três meses de postagens.

Ainda estou sonolenta, então caminho até o banheiro para lavar o rosto antes de tentar descobrir o que está rolando. É aí que ouço batidas urgentes na porta.

– Quem é?

– Abra essa porta, garota! Você não responde minhas mensagens!

Uma Valentina animadíssima, que parece ligada no 220, já entra, pulando na minha cama e pegando meu celular.

– Amiga, é sábado. Acordei com as notificações no celular, ia olhar tudo agora.

– Não acredito, Manuela! Você ainda não olhou os *stories*? Ai, amiga! Deixe comigo que eu vou fazer tudo isso agora! A Velma, a última ganhadora do BBB! Ela descobriu no sebo um livro que o avô dela deu para a avó e ela sempre quis guardar, mas acho que se perdeu em alguma mudança – explica Valentina.

– Amiga, o livro da foto, esse eu vi, era *As três Marias*, da Rachel de Queiroz, será que está esgotado assim? – questiono.

– Manu, acorda! A questão não é o livro ser raro, e sim a foto da dedicatória dentro dele, aliás mais de uma! O avô da Velma fez uma verdadeira declaração de amor para a avó dela, que também se chamava Maria. Entendeu agora?

– Nossa, então minha ideia deu certo! As vendas vão aumentar, o sebo está salvo! – respondo, me sentando ao seu lado na cama e pegando meu celular de sua mão.

– Dá pra ver que você não assistiu a nadinha dos *stories* dela, Manu. Amiga, tome um café, se arrume bem lindona e torça para que o livro não tenha sido vendido, porque a Velma disse que vai lá no sebo hoje pegar o livro!

A primeira coisa que faço é mandar uma mensagem para Everton, para que reserve o livro. Ele demora um pouco para responder. Valentina ri da minha ansiedade porque sabe que agora percebi quão importante é a presença de uma ex-BBB no sebo. A visibilidade que ela trará para o local pode tirar o sebo do vermelho e, acima de tudo, imagine a alegria que foi para ela descobrir o livro da avó lá.

Everton responde minha mensagem dizendo que o livro não foi vendido e já o deixou reservado.

– Vai tomar café? Tem pão de massa grossa fresquinho que eu trouxe. Quer também, Valentina? – oferece minha mãe para a gente.

– Mãe, a senhora não vai acreditar no que aconteceu! Parece até sonho mesmo, eu preciso sair muito rápido, acho que só vou tomar um leite rapidinho – respondo, tentando me arrumar.

– Calma, amiga, ela só vai a uma hora. Acho que você consegue comer, pelo menos.

– Uma das duas pode me explicar aonde vão e o porquê dessa pressa toda?

Como sempre, minha mãe coloca as mãos na cintura, esperando uma boa explicação.

– Mãe, sabe a Velma, a que ganhou o BBB?

Eu sei que ela sabe quem é porque ela assiste sempre ao programa e vota em todos os paredões.

– Claro, filha. Minha campeã, aliás, a avó dela era minha conterrânea. O que tem ela? – pergunta, curiosa.

– Então, o Instagram que criei para o sebo... Eu postei várias fotos de livros com dedicatórias, pra chamar a atenção, porque achei que seria interessante. E um desses livros era da avó da Velma. Não sei como, mas ela viu a foto e divulgou a loja – conto, tentando resumir tudo que entendi nos últimos minutos.

– Eu me lembro de quando ela estava no programa e falou que a avó dela amava ler e que ela sentia falta de ter um livro lá na casa, mas não sabia que a avó dela morava no Rio de Janeiro. Ela mora aqui?

Minha mãe fala de mim, mas ela sempre faz um monte de perguntas que eu nunca sei responder.

– Bom, mãe, tantos detalhes assim eu não sei. Mas, pelo que a Valentina entendeu, ela vai ao sebo a uma da tarde pra comprar o livro e eu preciso chegar lá antes e explicar pro seu Lino e pra dona Madá como é importante essa divulgação.

– E você ia sem me levar, menina? – pergunta minha mãe, indignada, ajeitando os cabelos e dizendo que vai com a gente.

– A senhora quer ir mesmo?

– Claro! Vou perder a oportunidade de conhecer uma campeã do BBB? – diz ela toda animada.

Tomo o café da manhã e saímos as três para o sebo. Valentina, animadíssima, se divertindo respondendo aos clientes no Instagram e repostando os *stories* na conta do sebo.

O mormaço carioca nos faz suar no caminho, sinto um frio na barriga porque não sei como lidar com uma situação dessas, nem o que esperar de uma visita tão ilustre. A verdade é que tenho medo da reação de seu Lino ao saber que uma pessoa famosa visitará a loja. Sei que ele demora a confiar nas pessoas, foi assim comigo e, de acordo com dona Madá, é assim sempre.

Minha ideia é chegar antes exatamente para prepará-lo para essa visita. Quando entramos no sebo, Everton está ao telefone e no computador, tentando dar conta de tudo, e mal percebe que entramos na loja. Dona Madá atende umas três pessoas ao mesmo tempo, cerca de dez clientes estão na loja tirando fotos das prateleiras e aguardando para serem atendidos. Não vejo seu Lino.

– Oi, gente, bom dia! Querem ajuda? – ofereço.

– Manu, você pode atender o telefone enquanto Everton recebe os pagamentos? – responde dona Madá.

Passo para trás do balcão, ainda à procura de seu Lino. Everton desliga o telefone e pede que eu segure o celular para responder aos clientes pelo WhatsApp.

– Separei o livro que você pediu, mas acho melhor você conversar com seu Lino sobre a vinda da celebridade. Ele está muito nervoso com tanta gente na loja, se enfiou o banheiro e não saiu de lá até agora.

– Valentina, corre aqui, amiga. Pode atender o telefone e ir anotando os pedidos e passando para o Everton? Já venho.

Saio de trás do balcão e vou até a porta do banheiro. Minha mãe aparece do meu lado.

– Espere ele sair. É indelicado chamar alguém num momento tão privado, minha filha. Vou ajudar o Everton a embrulhar os livros no caixa.

Ela segue para o caixa e vai auxiliando a diminuir a fila. Algumas pessoas querem saber que horas Velma virá, minha mãe desconversa e diz que não sabe dessa informação. E me impressiona com sua capacidade de sempre conseguir ajudar todo mundo.

Seu Lino sai do banheiro parecendo meio atordoado com a barulheira da loja. Ele demora a perceber que estou na frente dele, até que dá uns três passos e finalmente me enxerga, o olhar dele é um pouco de espanto.

– Oi, Manu, não sabia que viria hoje. Você viu o movimento? Pelo jeito, as pessoas acordaram com vontade de comprar livros usados – resmunga ele, passando por mim batendo a bengala no chão.

– Na verdade, seu Lino, precisamos conversar. Tem dedo meu nessa situação, mas o senhor precisa estar de coração aberto para receber essa novidade, promete?

Estamos no meio da loja, então ele coloca as mãos nas minhas costas para indicar que é melhor a gente ir em direção ao corredor, onde o barulho é menor.

Eu fico estalando os dedos o tempo todo e me esforço para não roer as unhas porque prometi a minha mãe que não roeria mais. Quando finalmente paramos num canto mais silencioso, ele começa falando:

– Bem que imaginei quando vi a loja lotada, o telefone tocando sem parar e um monte de gente perguntando de uma pessoa que eu não faço a menor ideia de quem seja. O que você aprontou, Manu? – pergunta ele, desconfiado.

Seu rosto não parece irritado, mas ainda assim estou nervosa. Seu Lino agora puxa um banco e se senta no meio do corredor, demonstrando que não tem pressa para ouvir a explicação, posso falar em detalhes o que fiz para a loja dele estar cheia.

– Não fiz nada de propósito. Mas o destino quis que a ideia que eu tive viralizasse. O perfil no Instagram que criei com as fotos dos livros do sebo com dedicatória... bom, o senhor sabe. Uma delas, em *As três Marias*, era para a avó da campeã do último BBB, aquele programa famoso e que todo mundo vê – respondo.

Quero explicar que foi pura coincidência, eu teria que ser uma especialista em marketing para prever tudo isso, mas temos pouquíssimo tempo para ele aceitar que, daqui a pouco, uma celebridade vai deixar o sebo ainda mais cheio do que já está.

Não para de chegar gente na loja, a fila não para de aumentar e ele parece atordoado com tanta gente indo e vindo. Acho que não conseguiu assimilar nada disso ainda. Após um longo suspiro, ele responde:

– Eu nunca vi esse programa – diz ele, daquele jeito dele que parece, como sempre, um pouco desinteressado. Seu Lino segue me encarando, aguardando que eu fale.

– Mas o senhor já ouviu falar? – pergunto.

– Claro, eu leio jornal. Aquela gente presa numa casa, em quem depois as pessoas votam para ficarem ou saírem. Quem vence ganha um bom dinheiro. Essa moça soube do livro como? É sua amiga? – questiona ele.

– Não – respondo, achando graça. – Ainda não sei, mas talvez hoje a gente descubra, porque ela divulgou muito o sebo nas redes sociais dela, que têm milhões de seguidores, e vai vir aqui hoje à tarde para comprar o livro da avó. Muita gente vem aqui vê-la, então precisamos nos preparar...

– Calma, Manu... – corta ele –, como assim muita gente vem aqui? Somos dois idosos e o Everton. Como você espera que a gente atenda tantas pessoas? Não podemos dar conta de tudo isso, sinto muito. Vamos fechar a loja ao meio-dia, então. Avisarei a Madá – diz ele, se levantando lentamente do banco apoiado na bengala e indo em direção a ela.

Antes que ele consiga chegar até onde dona Madá está, duas pessoas o abordam, perguntando se ele trabalha ali. Ele responde que sim, elas então perguntam sobre um livro, ele as ajuda, vai até a prateleira, pega o exemplar e entrega a elas sorrindo, o que me faz ganhar tempo para passar à frente dele.

Espero que ele termine o atendimento e digo:

– Seu Lino, por favor, confie em mim. Minha mãe está aqui, ajudando no caixa, olhe lá! – digo, apontando para minha mãe, que conversa com duas clientes enquanto dona Madá recebe o pagamento. – Minha amiga Valentina está ajudando o Everton e eu também vou ajudar o dia todo. Vamos ficar aqui até atender o último cliente.

– Tudo bem, Manu. Vamos nos unir e atender até o último cliente. Mas precisamos nos organizar. Acho melhor dona Madá ficar no atendimento comigo, você e sua mãe no embrulho, sua amiga no telefone e o Everton no caixa, o que acha? – pergunta ele.

Antes de responder, observo uma mulher indo para o caixa com um livro de Clarice e rapidamente passa um filme na minha cabeça. É por causa dela, Clarice, que tudo isso está acontecendo. É para que mais pessoas possam ter esse espaço que precisamos que tudo dê certo. Respiro fundo antes de responder.

– Acho que nossa equipe vai conseguir atender todo mundo e o sebo vai bombar muito hoje!

Emocionada, seguro suas mãos e nos olhamos enquanto percebo que ambos estamos com lágrimas nos olhos. Assim como faço com os livros, dou um beijinho em sua mão direita, agradecendo a confiança e a amizade. Ele retribui, beijando a minha e me abraçando em seguida. Poderíamos ficar assim por horas, mas a loja está lotada e há muito trabalho a ser feito.

Não para de entrar gente no sebo. Então, conforme se aproxima a hora da chegada de Velma, eu combino com minha mãe de limitar o número de pessoas na loja para que possamos atender a todos. Começa a se formar uma fila do lado de fora e, como brasileiro ama uma fila, muita gente que nem sabia que Velma viria ou que o sebo existia passa em frente e vai parando.

Dona Madá me pede para ir até a padaria da rua de baixo para comprar uns sanduíches, de forma que possamos comer mais tarde, porque pelo movimento não vamos conseguir almoçar tão cedo. Estou tão ansiosa que minha barriga ainda não roncou.

Quando volto com os sanduíches e começo a pedir licença na fila para entrar no sebo, vejo Velma saindo de um carro com mais duas pessoas. Ela é muito mais alta do que eu tinha imaginado, os cabelos dela são crespos e volumosos e têm um brilho que nunca tinha visto na vida, parecem uma coroa, tão brilhante quanto a roupa que está usando. Ela vai abrindo caminho pelo corredor, comigo logo atrás dela. Sua pele é da cor da minha e fico me perguntando se um dia chegarei a ter a altura dela, mas minha mãe é bem menor do que Velma, então acho que o máximo que terei é a altura de dona Irani mesmo. Mas ter o mesmo tom de pele dela já me faz sentir especial, como se um dia eu também pudesse brilhar por onde passasse. Não tem ninguém que não olhe para Velma quando ela passa, o estilo e a segurança ao caminhar me inspiram e me emocionam ao mesmo tempo.

Impressionada com sua beleza, sigo-a até dentro da loja. Minha mãe pega os sanduíches da minha mão.

– Feche a boca, menina. Olhe a educação – diz ela, e coloca a mão no meu queixo para fechar minha boca, mas reparo que ela também está impressionada com a beleza de Velma.

Difícil alguém na loja ainda se concentrar em algo com todo o carisma dela, não é à toa que a apelidaram de "a protagonista". Minha mãe finge estar acostumada, ajeita a postura e segue atendendo, um olho no cliente e outro no que está acontecendo.

Velma entra gravando um vídeo, mostra o sebo, diz que sempre procurou o livro em que seu avô escreveu uma dedicatória para sua avó e que agora veio até o lugar onde ele foi parar. Ela entrega o celular para uma das pessoas que está com ela e caminha até o balcão.

– Boa tarde, gente. Eu sou a Velma. Falei muito de vocês hoje nas minhas redes sociais e queria primeiramente agradecer a quem postou no Instagram a imagem da página com a declaração que meu avô fez para minha avó no livro *As três Marias*. O *social media* de vocês está aqui no sebo? – pergunta ela.

Olho para seu Lino e para dona Madá, os clientes esperam que a gente responda algo, um deles pega o celular e começa a gravar a Velma, eu penso em falar, mas a timidez fala mais alto e, com tantos celulares apontados, nada sai. Felizmente temos Valentina, que quebra o gelo e sai de trás do balcão, pedindo licença aos clientes ao passar por eles na fila, e responde:

– O *social media* é a Manuela, é ela quem atualiza as redes – diz, apontando para mim, que estou completamente sem palavras. Valentina é infinitamente mais descolada do que eu.

– Que gracinha! Como você é linda, Manu. Amei seu cabelo! Olha, você me emocionou muito com a postagem, agradeço demais. Vim aqui por causa dela, para buscar esse livro tão importante pra mim – diz Velma, vindo em minha direção e segurando minhas mãos.

Tento não tremer e ainda estou tentando digerir a frase "amei seu cabelo", não acredito que a Velma disse isso para mim.

– Obrigada! Fico feliz em saber que gostou. Como você achou a postagem? – pergunto, tentando me recompor.

– Eu procurei pela hashtag do nome do livro e, depois de uma centena de fotos, a sua apareceu nos "mais recentes". Tinha sonhado com a minha avó na noite anterior. Parece que foi um sinal, sabe? – continua ela, a voz embargada. – Quando ela faleceu, alguns livros, incluindo esse, foram para uma caixa de doação por engano. Fiquei supertriste. Quando achei o perfil do sebo A Hora da Estela foi como se reencontrasse meus avós.

Quando coloquei o perfil do Instagram no ar, jamais imaginei que poderia ter essa conexão com as pessoas, os livros nos conectam a uma gama imensa de lugares e pessoas, estou impressionada e, claro, muito emotiva com tudo que a Velma sentiu ao reencontrar algo com um valor sentimental tão grande para ela. A história dela não mexeu somente comigo, reparo que os clientes também se emocionam. Tomo coragem e continuo a conversa.

– Preciso apresentar você ao dono do sebo e à pessoa responsável por manter esse lugar tão especial aberto para que livros tão importantes como esse possam seguir encontrando as pessoas. Esse aqui é seu Lino, o dono do sebo A Hora da Estela – falo, apontando para o seu Lino, que se levanta da cadeira e anda em nossa direção, estendendo a mão para Velma.

– É um prazer imenso conhecer o senhor. Meus avós sempre me ensinaram a viver rodeada de livros – diz ela, sorrindo, cumprimentando seu Lino e apontando para as estantes. – Quando vieram do Maranhão para o Rio de Janeiro, meu avô Claudio e minha avó Maria trouxeram mais livros que roupas na mala. Sempre brincavam com isso nas reuniões de família.

Velma passeia pelas estantes como se recordasse dos avós. Passa as mãos nas lombadas dos livros e olha para eles com o mesmo encantamento com que, minutos antes, eu olhei para ela quando saiu daquele carro e entrou na loja. A loja, antes barulhenta, que atordoara seu Lino, ficou silenciosa para ouvi-la contar sua história. Todos os clientes escutavam atentos o que ela dizia, assim como seu Lino, que sorria para Velma, pois ela o ganhou contando de sua paixão pelos livros herdada da família. Sigo com minha apresentação:

– Essa é dona Madá, que trabalha aqui e toma conta de tudo há anos, sabe de todos os livros de cabeça e tem um coração maior que o estoque desse sebo.

Dona Madá dá dois passos para a frente, soltando em cima da mesa o livro que segurava e, em vez de apertar a mão estendida de Velma, a surpreende com um abraço.

– Como você é linda, minha filha. Parece uma modelo! – diz.

Velma agradece.

– O Everton, que está no caixa, também trabalha aqui.

Everton acena de longe, e Velma lhe manda um beijo.

– E essas duas aqui são minha melhor amiga, Valentina, e minha mãe, que, aliás, é sua grande fã – explico, enquanto minha mãe se aproxima e percebo que ela está nervosa. – Ela também é do Maranhão, como seus avós.

– Meu Deus, não diga! Que coincidência gostosa!

Ela dá dois beijinhos em Valentina e na minha mãe.

– Posso fazer uma pergunta para você, moça? – pergunta minha mãe a Velma.

– Claro! – responde ela, sorridente e receptiva.

– É verdade que lá naquele programa vocês não viam ninguém mesmo naquele confessionário? – pergunta ela, fazendo com que Velma solte uma risada.

– É verdade, sim, não tive contato com ninguém, até a final. Foi difícil, viu. Imagine ficar sem livros aquele tempo todinho? – responde em tom de confidência e piscando para ela, o que faz com que minha mãe pareça muito feliz.

– Ah, minha Manu não aguentaria, ia pedir para desistir – responde ela, segurando o braço de Velma, já cheia de intimidade.

Minha mãe está fazendo tudo que fala para eu não fazer com os outros, mas nem vou dizer nada porque ela está muito feliz, assim como eu, com esse momento. Olhando daqui, as duas parecem amigas de longa data.

As duas só param de conversar quando Everton a chama para entregar o livro. Minha mãe solta o braço de Velma e ela segura o livro e o abraça, suas mãos tremem e é impossível não sentir o quanto ela queria ter de volta o livro que pertenceu a sua avó.

É um momento tão dela que os outros clientes, mesmo fãs e doidos para tirar fotos com ela, respeitam aquele instante e seguem acompanhando de longe, sem falar nada. Ela folheia o exemplar e passa o dedo por cima de onde há a letra de seu avô, enxuga as lágrimas como se cuidasse para que nenhuma delas caísse naquelas páginas tão importantes.

Quando fecha o livro e pega o celular para gravar novamente, Velma me olha, olha para seu Lino e para dona Madá, assim como para cada um dos que estavam trabalhando na loja, dizendo:

– Muito, muito obrigada!

Todos retribuímos, sorrindo para ela.

Aproveito para perguntar se podemos tirar fotos com ela, que concorda na mesma hora. Então tiramos fotos dela com seu Lino e dona Madá, assim como dela com o livro para postar no perfil do Instagram. Ela também tira uma para postar no dela.

– Posso tirar uma foto com você para guardar de recordação? – pergunto, e ela não somente aceita como me dá um dos abraços mais gostosos que já recebi na vida, e nos divertirmos muito numa série de selfies.

– Gente, quero agradecer muito o carinho de vocês, vou levar o livro e ler tudo que meu avô escreveu para minha avozinha, e vou sempre me lembrar com muito amor desse lugar, contem comigo para o que precisarem. Vou atender lá fora o pessoal que está querendo fotos para não atrapalhar o trabalho de vocês. Muito, muito obrigada!

O assistente dela já pagou pelo livro, então eles se despedem e saem da loja.

Continuamos atendendo todas as pessoas que ainda estão na fila. Muitas perguntam pelo mesmo título que Velma veio buscar e, quando os exemplares acabam, seu Lino nos surpreende ao indicar com a maior paciência outras obras do mesmo gênero. As vendas tanto físicas quanto on-line seguem ótimas.

O sorriso de seu Lino cresce conforme as horas passam, bem como o de dona Madá e o de todos nós, que acompanhamos cada cliente que entra na loja e sai satisfeito com um ou mais livros do sebo.

Aparecem clientes novos e antigos, que lembraram da loja, e, apesar do cansaço, o clima geral é de muita alegria com o resultado das vendas, até as sacolas pequenas e médias esgotaram e já estamos utilizando as grandes.

Quando o último cliente sai da loja e penduramos a plaquinha de "fechado", seu Lino coloca a mão nas costas e se senta devagar na cadeira. Dona Madá se senta ao lado dele, tentando estalar o pescoço. Minha mãe puxa um banco enquanto eu, Valentina e Everton parecemos ter combinado de nos sentar no chão na mesma hora, suspirando de cansaço.

Por alguns minutos, ninguém diz absolutamente nada. Até que seu Lino se levanta e tira uma folha do bolso. Ele bate forte com a bengala no chão, ajeita os óculos e lê.

– Hoje, depois de mais de quatro anos fechando no vermelho, temos a perspectiva de fechar no azul!

Todos nos entreolhamos e, como se tivéssemos ensaiado, gritamos de felicidade e aplaudimos muito o trabalho em conjunto.

– Nem sei por onde começar a agradecer o esforço de cada um de vocês. Mas uma pessoa aqui me trouxe esperança quando eu já não via mais, e preciso agradecê-la em especial – continua ele.

Todos olhamos para dona Madá. Então seu Lino chega mais perto de onde eu estou.

– Amo minha amiga Madá, agradeço o trabalho do rapaz Everton, a ajuda da Valentina, mas preciso agradecer muito à dona Irani por ter colocado essa menina no mundo. Manuela tem luz própria, ela faz o mundo mudar. Faz até um dia ruim ficar melhor. Obrigado, Manu. Obrigado por sua amizade. Levante-se, por favor, porque esse velho não tem mais coluna para se abaixar.

Todos aplaudem enquanto eu me levanto e nos abraçamos. Pela primeira vez, ele me abraça muito forte, como se tivesse medo de que eu fugisse. Bobo, mal sabe ele que quem me trouxe luz foi este lugar. E que, se depender de mim, ele vai ficar aberto por muitos e muitos anos.

10

Como nasceram as estrelas

Um mês depois...

Observo minha mãe trocar de roupa umas três vezes, sem achar nenhuma boa o suficiente.

– Mãe, ande. Vamos nos atrasar! – digo, depois que ela tira mais um vestido e o joga em cima da cama,

– Calma, menina. Esperei você nove meses e você não pode esperar sua mãe uns minutos? Depois, desde quando você se arruma tão rápido assim? – pergunta, me olhando de cima a baixo e constatando que estou pronta.

Caminho até a porta do quarto e brinco com ela.

– Sempre fui muito rápida me arrumando.

Isso é uma mentira, porque só com o cabelo eu levava horas, passava um longo tempo lutando contra ele. Antes que ela me responda, e sei que o fará porque coloca as mãos na cintura, a madrinha bate à porta e entra no quarto.

– Olá, estão prontas? Acho que estamos em cima do laço! – avisa ela, olhando para o relógio. Como sempre, está arrumadíssima com um salto alto que não me imagino usando, um batom que combina com a presilha do cabelo e com o vestido.

– Pois é, madrinha, mas minha mãe não decide que roupa usar.

Sento-me na cama enquanto reclamo, revirando os olhos e aguardando que ela se decida.

– Não é todo dia que minha filha inicia um clube de leitura, só quero estar vestida à altura. Olhe como dona Carmem está elegante – fala, apontando para o vestido impecável da madrinha, que parece desenhado por um costureiro famoso de filmes da década de 1950.

– Não diga besteira. Você está linda com esse vestido. Deixe-me ajudar a fechá-lo – oferece ela, indo para as costas de minha mãe e começando a mexer nos botões do vestido.

– Podemos ir? – pergunto, ansiosa, aproveitando para pegar minha bolsa e sair do quarto em direção à porta.

– Acho que sim, se sua mãe estiver pronta. Você se arrumou tão rápido, Manu, gostei de ver. Antigamente passava horas no...

Ela não completa a frase, mas sei que estava pensando no tempo que eu perdia arrumando o cabelo.

– Banheiro – completo. – Mas essa fase passou, madrinha. Aprendi a amar meus cachos porque eles dizem quem eu sou, de onde eu vim. E sou eu quem define para onde vou – digo, orgulhosa, mexendo nos cabelos e me sentindo confiante.

Minha mãe acha que não ouço, mas ela fala para minha madrinha, piscando:

– Deus abençoe a Velma, que a mãe aqui falando ela não escutava, mas foi ela ver aquela moça toda linda no sebo e pronto, se identificou. Que Glória! – diz, erguendo as mãos para o céu em sinal de agradecimento.

– O nome disso é representatividade, fico feliz em vê-la tão animada, é visível como toda essa história do sebo fez bem para ela, inclusive na escola, onde as notas não têm mais para onde subir – responde ela, saindo do quarto e encostando no meu ombro.

– Você sabe que estou ouvindo tudo, não sabe? – digo.

– Claro que sei, e era para ouvir mesmo, Manu. Todo mundo aqui em casa se orgulha de você – diz a madrinha, me envolvendo em seus braços e esticando a mão para minha mãe.

Ficamos todas juntas, e dona Irani, para variar, se emociona.

– Tomara que essa maquiagem seja à prova d'água mesmo, porque já comecei a chorar cedo, imagine quando você estiver falando lá na frente? – e isso já basta para que a gente comece a rir do jeito dela de reclamar toda vez que precisa se maquiar e tomar cuidado para não estragar a maquiagem, o que ela não tem a menor paciência de fazer.

O friozinho na barriga vem enquanto andamos na rua. Fico lembrando de tudo que já vivi este ano por causa das aulas de reforço de literatura. A busca por cada livro, conhecer cada um dos autores, entrar no sebo, fazer amizade com seu Lino e dona Madá, planejar a recuperação do sebo e ainda conhecer a Velma, é tanta coisa incrível que nem parece verdade.

E, hoje, me preparo para o primeiro clube de leitura do sebo A Hora da Estela depois de todos esses anos. Os encontros serão feitos mensalmente no sebo – como não poderia deixar de ser –, e pretendo, aos poucos, chamar alguns professores meus para participar.

Quando entramos no sebo, dona Madá e Everton estão ajeitando as cadeiras, e eu e minha mãe nos oferecemos para ajudar.

– Sejam bem-vindas. Não precisam, meninas. Já terminamos. Fiz café quentinho e a mãe da Manu fez a gentileza de trazer o famoso bolo de laranja dela. Sentem-se e fiquem à vontade – diz dona Madá ao nos recepcionar enquanto ajeita o vestido marrom com bolinhas brancas.

Noto que o meio do sebo está totalmente mudado, eles fizeram um círculo de cadeiras que eu nem sabia que existiam e colocaram duas mesas com café e bolo, que parece apetitoso.

Semana passada, a madrinha doou trinta livros para o sebo e veio trazê-los comigo, e aproveitou para conhecer todo mundo ali. Mas agora é emocionante ver que as pessoas mais importantes da minha vida estão aqui, prestes a me ver falando sobre algo que amo tanto: livros.

Minha mãe se serve de café antes de se sentar, a madrinha pega um pedaço do bolo, e elas se sentam lado a lado. Observo o relógio logo acima da estante e vejo que falta meia hora para o início do clube e ninguém chegou ainda, exceto as duas. Começo a ficar nervosa.

Há três clientes na loja, um deles pergunta qual será o evento e, após a explicação do Everton, se interessa e se senta após pagar pelo livro. Não sei se comemoro por ele ter ficado ou se fico ainda mais nervosa. Sinto um misto de alegria ao querer que o lugar se encha de gente para me ouvir falar, mas também fico receosa querendo só ver rostos conhecidos.

A porta do sebo se abre e o barulho do sino me deixa mais nervosa, tenho certeza de que vou gaguejar e não vou conseguir falar nada. Mas decido que não posso me boicotar: eu saí de casa confiante e é assim que ficarei. Acho que, depois das apresentações na escola, me sinto mais segura para falar em público. Se bem que lá as pessoas eram da minha idade, e agora vejo chegarem idosos, dois adolescentes e, finalmente, Valentina. Abro um sorriso ao vê-la. Ela vem na minha direção, estou logo depois do círculo de cadeiras, com as mãos no encosto de uma delas, estalando um por um os dedos. Ela chega perto de mim e me abraça, como se soubesse que tudo de que preciso agora é de um imenso abraço.

– Falta pouco! Pensei em vir mais cedo, mas acabei pegando no sono depois do almoço. Você está maravilhosa, amiga. Vai arrasar, como sempre, tenho certeza!

Ela me sacode e dá aquela piscadela de sempre, depois se senta perto da minha mãe.

No relógio agora faltam quinze minutos e ainda estou com a bolsa trespassada no corpo. Tiro o livro de dentro dela e a entrego para minha mãe. O livro que seguro não poderia ser outro: A *hora da estrela*.

Quando volto para onde estava, me distraio vendo a quantidade de gente que chegou à loja, as cadeiras vão sendo ocupadas uma a uma com rostos conhecidos e outros ainda não. O professor Cadu chega acompanhado das bibliotecárias Viviane e Andrea, que acenam de longe e cumprimentam a madrinha. Eu não esperava que eles viessem. Comentei com todos da escola minha alegria em mediar esse bate-papo com os leitores, mas não esperava que tanta gente viesse. Sinto o suor escorrer pelo meio das minhas costas, mesmo com o ar-condicionado ligado e o dia de temperatura amena.

Estou no meio do círculo segurando o livro e começo a dar alguns passos para trás, a coragem que estava sentindo querendo sumir. Agarro forte o livro como se aquele fosse meu único amigo e, quando vejo que não há mais cadeiras disponíveis, meu coração bate tão forte que parece que vai sair pela boca.

A loja tem um burburinho que já virou habitual desde a visita de Velma, mas agora são várias vozes e não consigo distinguir as conversas, acho que estou prestes a ter o que chamam de crise de ansiedade. Sem que as pessoas percebam e com o relógio andando mais rápido do que eu gostaria, vou dando passos até sair do círculo. Todos parecem entretidos folheando livros e tomando o café saboroso de dona Madá.

Meus passos me levam até o corredor, onde finalmente não vejo ninguém. Respiro fundo, fecho os olhos e reúno forças para não desistir, não agora, não depois de tudo que sonhei até aqui. Sinto uma mão pesada em meu ombro. É seu Lino. Eu facilmente deveria ter ouvido a bengala dele batendo no chão, mas estou tão apavorada que nem sei explicar de onde ele veio, muito menos onde ele estava esse tempo todo desde que entrei no sebo.

– Me acompanhe – diz ele, caminhando em direção ao escritório.

Sigo seu Lino com vontade de querer me esconder lá e pedir para ele me acalmar até a coragem voltar.

– Acho que vou me atrasar. Está lotado lá fora – digo num tom mais baixo do que o habitual, por isso não tenho certeza de que ele me ouviu.

Seu Lino segue compenetrado, mexendo numa das gavetas sem me responder nada. Seguro o livro com força, minhas mãos começam a suar e as enxugo na minha roupa para não estragar o livro.

Estar dentro do escritório onde toda essa história começou é ainda mais significativo. Dessa vez fui convidada a entrar pelo dono, mas sinto a mesma sensação de encanto por cada cantinho deste lugar. Diferentemente da primeira vez, quando o sentimento era de descoberta, agora é o nervosismo que toma conta de mim.

– Eles podem esperar um pouquinho, o que tenho para lhe dizer é importante.

Ele se vira com uma caixinha nas mãos, e seu tom de voz calmo de alguma forma me tranquiliza.

– Sente-se, por favor – diz, apontando para a poltrona florida.

Eu me acomodo devagar e ainda penso no monte de pessoas me aguardando lá fora. Seu Lino puxa um banco e o coloca exatamente na minha frente, ficamos quase da mesma altura.

– Manu, eu e minha saudosa Estela não tivemos filhos, portanto, não temos netos. Este lugar aqui era tudo na vida dela. Ela era tudo na minha vida. E eu sei que, de tudo isso, você já sabe. Só quero que tenha certeza do quanto sua amizade é importante na minha vida, que não tinha mais nenhuma graça ou esperança antes de você entrar neste sebo e convencer este velho turrão que vos fala de que ainda havia mais para ser vivido – fala ele, emocionado, ajeitando os óculos com a mão esquerda e segurando a caixinha com a mão direita.

– Seu Lino, o senhor também é muito importante pra mim! Não ache que fui somente eu que trouxe algo para cá. Você e dona Madá também me deram muitas alegrias, não sei mais ficar sem este sebo, não – digo, segurando as mãos dele e pousando o livro no meu colo.

– Eu quero dar a você uma coisa que, para mim, tem um significado muito grande, porque foi minha Estela que me deu. Ela disse que toda vez que eu estivesse triste ou nervoso, era para usar.

Ele tira uma correntinha dourada da caixinha e me entrega. Nela, há um pingente onde é possível ler "Tenha fé". Devolvo a caixinha para ele.

– Seu Lino, o senhor está sendo muito gentil, mas eu não posso aceitar algo que a sua esposa deu para que o senhor usasse. É lindo, tem muito significado, mas ele é seu – explico, comovida com a atitude dele, mas recusando o presente.

Ele então mexe na gola da camisa e mostra que está usando uma corrente, ele a coloca para fora da gola e pede que eu leia. É exatamente o mesmo pingente.

– Manu, o que ela me deu está aqui no meu pescoço, anda sempre comigo. Eu comprei um igual para você. Este é seu, minha amiga querida, deixe eu colocar em você.

Ele se levanta devagar, apoiando-se na poltrona. Fico em pé e ajeito meu cabelo para que ele possa fechar o cordão no meu pescoço.

– Eu amei, seu Lino, muito obrigada! – agradeço, segurando o pingente.

Ele faz o mesmo com o dele e, em seguida, nos abraçamos forte.

– É hora de fazer o que você faz melhor, minha amiga. Encantar a todos nós. Fale com o coração, não tenha medo, que o resto sai com facilidade, você vai ver.

Seu Lino me acompanha de mãos dadas e seguimos pelo corredor até o meio da loja lotada. Everton atende alguns clientes, dona Madá bate palmas dizendo que vai começar. Ainda sinto um friozinho na barriga. Seu Lino solta minha mão, se acomoda e me deseja boa sorte.

Seguro o livro numa das mãos e, com a outra, seguro o pingente. Penso na conversa que acabei de ter com seu Lino, nas apresentações em que tirei nota máxima nas aulas de literatura e em todas as vezes que falei em público.

Caminho até o meio do círculo. Solto o pingente, agora ambas as mãos estão no livro, retribuo sorrisos de rostos conhecidos e foco o rosto de minha mãe, que espera que eu diga algo. Todos esperam que eu diga algo. De repente, o silêncio. E eu começo.

– Boa tarde a todos. Me chamo Manuela. Este é o meu primeiro clube de leitura do sebo A Hora da Estela. E espero que, assim como eu, vocês tenham entrado por aquela porta para descobrir que este lugar é mágico e que nunca mais queiram parar de frequentá-lo.

"Ele é mágico não somente pelas histórias que descobri, como a deste livro aqui, afinal, como não amar pessoas que incentivaram você a conhecer Clarice Lispector e outros autores nacionais? Mas também porque aqui temos a alegria de encontrar pessoas que amam ler, que querem dividir suas experiências com as leituras que fazem e ainda serem nossos amigos.

"Esse é o intuito do clube. A gente pode escolher livros para discutir todo mês, pode trazer experiências de leituras, ler poemas, se apresentar e até trocar livros. O que não podemos é deixar morrer a paixão que nos faz virar cada página, e assim descobrirmos novas histórias.

"Eu tenho a sorte de poder mediar este clube e conhecer cada um de vocês. E tenho a sorte também de ter feito os melhores amigos literários desta vida. Vocês querem se apresentar?"

Olho para minha mãe e ela está emocionada, assim como a madrinha, dona Madá e seu Lino. E ver as pessoas mais importantes da minha vida reunidas, me ouvindo falar de livros, é como viver um sonho. Na verdade, sei que estou começando a realizar parte dele.

Agora sei que, com os livros, posso muito mais, posso até mesmo escrever minhas próximas histórias.

Uma história por correspondência

Marina Mafra

"Não são os outros que nos afligem as piores decepções, mas, sim, o choque entre a realidade e o entusiasmo da nossa imaginação."

Hélène Grémillon, O *confidente*

Prólogo

Meu futuro já estava planejado desde que terminei o ensino médio. Eu e Cadu nos formaríamos em veterinária e casaríamos logo depois. Uma cerimônia simples, com os poucos que amávamos presentes. E usaríamos as economias de seis anos de namoro para abrir a ONG que tanto sonhávamos para abrigar animais abandonados, prestar serviços e cuidados gratuitos para quem batesse à nossa porta. As despesas desse projeto ficariam por conta dos patrocinadores que conseguiríamos até lá. Um projeto grande, ambicioso, mas totalmente baseado em voluntariado. Teríamos uma equipe grande de revezamento, para conciliar com os trabalhos remunerados que pagariam as nossas despesas pessoais.

Quando criança, meu cachorro foi picado por algum inseto venenoso, não entendi os detalhes na época, só vi Pumba definhar. Ficou fraco e perdeu a visão. Foi desesperador ver meu amigão daquela maneira. Passou dias no veterinário, até que mamãe me contou que Pumba havia *virado estrelinha*. Era a primeira vez que eu enfrentava o luto e não conseguia entender o motivo de o médico não ter curado meu cachorro, se era isso que eles faziam. Senti que, se a médica fosse eu, as coisas teriam sido diferentes, eu saberia o que fazer. Cresci obcecada pela ideia de ajudar todos os animais do mundo.

Conheci Cadu numa ONG de resgate de animais onde comecei a colaborar. Na primeira vez que fomos juntos a um resgate e vi a forma como ele conquistou um gatinho arisco, soube que ele talvez amasse mais os animais do que a mim. Vê-lo sorrindo, com o gatinho no colo, fez meu coração bater num ritmo que eu nunca havia sentido. Naquela mesma semana, Cadu me convidou para tomar um sorvete ao lado da ONG e nunca mais nos separamos.

Eu era muito sortuda.

Nossos planos correram dentro do esperado até o penúltimo ano da faculdade, quando fui escolhida para estagiar numa ONG fora do país. Decidimos que seria uma grande oportunidade. A chance de conquistarmos patrocinadores internacionais. À parte de estar longe de Cadu, não havia motivos para recusar.

Foi o ano mais incrível da minha vida. A ONG era imensa e atendia até salvamento de animais marinhos. O país era lindíssimo. Cheio de praias e paisagens que eu só havia visto em fotos. Não imaginei que teria dificuldade de deixar aquele lugar, apenas a saudade do meu namorado não me deixava dúvidas de que queria ir embora. Voltei com o contato de três patrocinadores e uma bagagem que jamais teria adquirido em outro lugar.

Cheguei cheia de novidades, empolgada. Mas não pude deixar de notar um certo distanciamento de Cadu. Suas frases eram curtas, seu carinho, quase extinto. Depois de um ano distante, eu esperava uma recepção mais calorosa. Tentei ignorar. Queria esclarecer as coisas, mas o medo de me machucar não permitiu. Tínhamos um casamento para planejar e, entre a escolha de orquídeas ou girassóis para a decoração, Cadu soltou que eu ainda era a pessoa que ele mais amava no mundo, mas que não queria mais se casar. O choque foi tão intenso que, por um momento, sugeri que poderíamos apenas morar juntos, sem a cerimônia. Mas o problema não era esse. Ele não me queria mais como parceira, nem realizar os sonhos que planejamos juntos.

Fiz uma análise de tudo que vivemos e tentei entender em que momento as coisas mudaram, mas nenhuma resposta foi suficiente. Eu ligava para ele, chorava, implorava, me humilhava, mas a resposta era sempre a mesma:

– Georgina, vamos guardar as boas memórias e seguir em frente.

Que raios significava seguir em frente sem ele? Como ele podia ter feito isso comigo?

Viver sem Cadu jamais havia sido uma possibilidade para mim, e entender que essa era a minha nova realidade me fez sofrer por anos. Mesmo depois de ter visto um post dele, beijando outra menina pouco menos de dois meses depois.

Não sei se por remorso ou simples desinteresse, ele não quis nem um centavo do dinheiro que guardamos. Transferimos tudo para uma conta registrada apenas no meu nome. Pensei em doar tudo para alguma ONG. Não queria nada que me lembrasse dele, mas meus pais não deixaram. Eu não estava em condição de decidir, então, deixei tudo guardado. Eles ficaram me sustentando um tempo e, para fugir dos meus pensamentos, comecei a ajudar ao máximo as ONGs que encontrava.

Acabei me fechando para as pessoas e tendo dificuldade de confiar nos outros. O cara com quem eu ia me casar, meu melhor amigo, havia me abandonado. O que eu poderia esperar do resto do mundo?

Com o tempo, me afastei dos humanos de uma maneira geral, apenas os animais não me decepcionavam.

1

Cinco anos depois...

Eu estava no escritório, conferindo alguns e-mails e bebendo café num copinho descartável, quando ouvi uma batida na porta.

– Pode entrar – avisei.

Tirei os olhos do notebook para ver Lucia entrando na sala com o carrinho da correspondência.

– Bom dia, dona Georgina – cumprimentou ela, me entregando um bolinho de envelopes.

– Obrigada, Lucia.

Não me importava de ser chamada de "dona". Até gostava, fazia as pessoas ficarem ainda mais distantes.

Coloquei os papéis num canto da mesa e voltei a ler os e-mails. Como fundadora da revista on-line *Patinhas*, passava os dias analisando propostas para patrocinar projetos em defesa dos animais, enquanto uma equipe gigante e qualificada gerava conteúdo para envolver os leitores apaixonados por animais de estimação.

Não havia superado o passado e não sabia como o superaria, já que para isso precisava enfrentá-lo e minha forma de "seguir em frente", como Cadu havia dito, foi evitar pensar no assunto. Quando uma pequena lembrança surgia, eu me jogava no trabalho de encontrar patrocínio. *Patinhas* era um sucesso. Talvez meu emocional também fosse, se tivesse empenhado o mesmo esforço para curá-lo. Passei a descontar minha insegurança em qualquer um. Era tão fria e reservada que as pessoas que se aproximavam demonstravam medo e desconforto. Eu não me importava, preferia assim.

O telefone da minha mesa começou a tocar e, quando estiquei o braço para alcançá-lo, derrubei o copo de café em cima da correspondência.

– Merda!

Peguei uma caixa de lenços na gaveta enquanto atendia o telefone.

– Georgina – atendi, ainda tentando limpar a bagunça.

– *Oi, filha, você vem almoçar no domingo?*

– Oi, mãe, ontem eu já tinha confirmado.

O café deixou a mesa pegajosa.

Bufei enquanto olhava para a poça cor de caramelo.

– *Só queria confirmar, querida. Você está bem?*

– Estou, mas acabei de derrubar café e a mesa está toda melada.

– *Passe um pouco de álcool* – sugeriu ela.

– Verdade, vou pedir aqui. A senhora está bem? E o papai? Só ligou por isso mesmo?

Desisti de tentar limpar e aguardei a resposta dela.

– *Estamos bem. Ele está com medo de você cancelar de novo* – disse minha mãe, num tom de lamento.

Suspirei. Eu não era a melhor filha do mundo. Eles mereciam mais.

– Não vou cancelar, mãe. Estou com saudade.

– *Nós também, querida. Esperamos você, então.*

– Te amo, dê um beijo nele.

– *Amamos você, um beijo.*

– Beijo, tchau.

Desliguei o telefone e liguei para a equipe da limpeza vir me socorrer.

Enquanto esperava, comecei a separar a correspondência que estava suja. Fiquei aliviada ao perceber que a maioria era de convites para eventos e poderia consultar mais detalhes na internet depois.

Um envelope verde chamou a minha atenção, pois estava escrito à mão e endereçado a mim, em vez de à revista. Deixei em cima do teclado e fui ao banheiro lavar as mãos para tirar o café.

Quando voltei, dona Margarida da equipe de limpeza estava cuidando da mesa. Aproveitei para analisar melhor o envelope verde. O remetente era uma caixa postal em nome de *sr. F.* Tirei o papel do envelope e vi uma carta também escrita à mão. Quem ainda fazia isso no século XXI?

2

Minha história com animais começou quando eu era muito jovem. Para contá-la, preciso antes falar sobre as primeiras memórias que tenho da vida. Você se recorda da sua primeira lembrança da infância? Algumas pessoas não se lembram de nada, outras conseguem relembrar algo após verem algumas fotografias. Mas, para mim, essa memória é tão forte que me transporta para o exato momento que vou descrever. Com cinco, quase seis anos de idade, eu amava o meu quarto. Montar Lego era a minha brincadeira favorita. Papai havia me ajudado em algumas construções, então espalhadas pelo quarto: havia uma fazenda, um circo, um castelo e um super-herói pela metade, que ainda estávamos construindo. Uma coleção de bonecos Playmobil vivia nas construções. Era emocionante ser um tipo de prefeito da minha cidade Lego. Morávamos numa capital, e meus pais não ficavam muito confortáveis se eu brincasse na rua. Eles conheciam os vizinhos somente de cumprimentá-los por educação, mesmo já vivendo havia dez anos na mesma casa. Eu não sabia que sentia falta de amigos, até que comecei a frequentar a escolinha. No primeiro dia de aula, vi uma menina e, por algum motivo, não conseguia parar de olhar para ela. Ela percebeu e sorriu para mim. Arregalei os olhos e, com o coração acelerado, olhei para qualquer outro lugar. Percebi pelo canto dos olhos que ela se aproximava. Perguntou meu nome e se eu gostaria de me sentar perto dela. Gostei da ideia e, por um ano inteirinho, foi o que fiz em todas as aulas. Estar com ela era como se todo dia fosse Natal. *Eu amava essas datas mais que tudo na vida.* No Natal, *mamãe cozinhava coisas gostosas durante o dia, que só poderíamos comer à noite com toda a família. Quando todo mundo chegava, eu ficava extremamente feliz por poder brincar com meus primos. Papai* Noel *surgia com presentes e eu só precisava dormir quando estivesse muito cansado.* Mas, *mesmo assim, acordava antes de todos no dia seguinte para aproveitar meus brinquedos novos – geralmente outra família* Playmobil *ou construções de* Lego *– o quanto eu quisesse.* Com *aquela menina, tive um ano de* Natal, *e ainda hoje acho que aquele foi o melhor ano da minha vida.* No *fim daquele ano, meus pais se separaram e aí tudo desandou.* Hoje *compreendo, mas na época a ideia de viver em casas diferentes não fazia o menor sentido.* Mamãe *decidiu se mudar para um bairro distante e me levou com ela.* Sentia *falta do meu pai, mas nada se comparava com o buraco que a ausência da minha amiga deixou.* Nada *mais era igual ou realmente bom, nem o* Natal. Preocupada, *mamãe já havia tentado de tudo.* Cheguei *a conversar com um moço que, hoje sei, era um terapeuta.* Começar *numa nova escola foi legal, mas não o suficiente para preencher aquele vazio.* Até *que um dia, quando voltei da aula com o ônibus escolar, mamãe me recebeu animada e pediu para que fosse correndo ao meu quarto.* Lá, *em cima da minha cama, havia uma pequena bolinha de pelo que respirava.* Meu *primeiro cachorrinho.* Eu *o chamei de* Lego, *por motivos óbvios, e minha vida não foi mais solitária.*

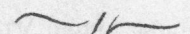

Guardei a carta e fechei o envelope comovida. A história era muito fofa. Mas, com certeza, eu a recebera por engano. Chamei Karen, que escrevia para o blog da revista. Deviam ter criado algum projeto de contar histórias com animais. Eu não estava sabendo, nem tudo que era postado precisava passar por mim. Confiava na equipe que havia contratado. Como ela não atendeu, pedi que alguém da equipe retirasse a carta. Ela saberia o que fazer.

3

Assim que entrei na casa dos meus pais, Penélope, uma pitbull obesa, veio correndo e quase me derrubou, levantando as patas da frente num tipo de abraço que somente ela sabia dar. Eu já estava preparada, era a recepção de sempre. Abaixei-me para beijar seu focinho e recebi uma lambida no nariz. Peguei um biscoito vegano que trazia na bolsa e joguei para ela, que o pegou no ar. Sorri ao ver a cena. Pê era apaixonante.

– Que bom que chegou, filha.

Mamãe surgiu secando as mãos num pano de prato.

– Você está mesmo seguindo a dieta que passei para a Pê? – questionei, já sabendo a resposta.

– Bem, às vezes ela fica por perto quando estamos comendo. Não quero que pense que não queremos dar comida a ela – respondeu minha mãe, enquanto enrolava o pano de prato nas mãos, sem me olhar nos olhos.

– Claro que não, mamãe! Você já faz as refeições corretas para ela, só não pode dar o que vai fazer mal – adverti e vi sua boca se transformar numa linha reta. – Não adianta fazer essa cara. Sem a alimentação certa, o tratamento do coração não faz sentido.

– Vou tomar mais cuidado – garantiu ela, fazendo carinho na cabeça da cachorra.

– Assim espero. Papai já acordou?

– Está no banho... Me ajuda a colocar a mesa?

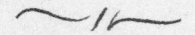

Tivemos uma tarde agradável. Eles não deixavam que eu ajudasse em muita coisa. Ainda me viam como uma criança e eu amava isso, mais do que demonstrava. Estar ali era como recarregar meus níveis de amor, sentimento que eu mantinha apenas por eles e pelos animais. Papai estava com a saúde sensível após se curar de um câncer duas vezes. Era meu exemplo de força. Gostava que eu assistisse a novelas com ele num aplicativo. Um hábito engraçado que adquiriu depois de mais velho. Na minha infância, assistíamos às novelas direto na televisão, de acordo com a programação da emissora, mas com essa tecnologia, ele podia até rever as antigas, suas favoritas, na hora que quisesse.

Consegui que me deixassem ir embora quando já passava da meia-noite. Sabia que Bubu e Rosita estariam me esperando deitados no sofá, encarando a porta. Tinha um sistema de câmeras de segurança instalado em casa, mas nem precisava olhar para saber. Era o que faziam toda vez que eu saía.

Meu casal de yorkshires me recebeu na porta, pulando em minhas pernas e latindo. Nossa rotina era a mesma, quer eu chegasse em casa às oito da noite ou a uma da manhã: íamos juntos até a cozinha, onde eles recebiam um sachê de comida.

Após tomar um banho quente e demorado, deitei com meus filhotes, finalizando mais um domingo.

4

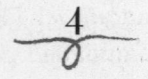

Estava animada para começar a semana, pois uma ONG de Manaus havia pedido uma entrevista e queriam que eu fosse visitá-los. Só precisávamos de alguns detalhes dos donos da ONG, um casal de idosos que não sabia muito bem mexer na internet, para confirmar tudo. Tinham sido os filhos, que assumiram o negócio, que me procuraram. Um dos meus sonhos era conhecer Manaus e o trabalho dessa ONG, que eu acompanhava havia anos.

Lucia bateu à porta, me dando um susto, e entrou com a correspondência.

Bati o olho e vi que havia outro envelope verde. Não conseguiria conferir a pilha naquele momento, então passei tudo para Julieta, minha assistente, e saí da revista para a primeira de muitas reuniões do dia.

Quando retornei, já estava escurecendo e a maioria dos funcionários havia encerrado o expediente. Sabia que Julieta havia deixado os documentos que precisavam ser assinados na minha sala. Resolveria tudo rapidamente e logo estaria em casa. Já tinha visto Bubu e Rosita me esperando pelo aplicativo do sistema de câmeras de segurança.

Entrei e vi o envelope verde na minha mesa. Uma onda de irritação me invadiu, mas logo relaxei. Eu não havia avisado Julieta de que deveria entregá-lo a Karen.

Deixei a bolsa na cadeira de visitantes e dei a volta na mesa para me sentar na minha cadeira. Junto com o envelope verde estavam os documentos.

Terminei de assiná-los em alguns minutos, coloquei o envelope verde na bolsa e corri para casa.

Após aceitar a recepção calorosa dos meus filhotes e servir seus sachês, caminhei até o quarto. Tomei meu merecido banho demorado e fui preparar algo para comer. Na geladeira, havia marmitinhas que mamãe fazia mensalmente e me enviava para que eu congelasse e, nas palavras dela, *não comesse bobagens*. Cada potinho tinha uma etiqueta com o conteúdo e escolhi espaguete com almôndegas.

Gostava de assistir a qualquer coisa na Netflix enquanto fazia as refeições. Tinha vários filmes vistos pela metade. O problema era que, quando a comida acabava, o filme ou a série perdia a graça e eu fechava o aplicativo.

Entrar debaixo das cobertas era a minha parte favorita do dia. Contemplando o silêncio, me ajeitei vendo meus filhotes pularem na cama e se acomodarem encostados em mim. Ainda estava cedo, então resolvi ler um pouco. O livro da vez era sobre um cachorro que transformou a vida de uma família para melhor, enquanto destruía os móveis e o que encontrasse pela frente. Afofei alguns travesseiros atrás de mim e peguei minha bolsa, que sempre deixava em cima de um pequeno gaveteiro ao lado da cama, para pegar meus óculos de leitura. Esse era o preço que eu estava pagando por ficar horas, desde a adolescência, usando o computador no escuro.

Minha mãe quase enlouquecia com isso. Dizia que a bolsa estava suja da rua e não deveria ficar tão perto assim da cama. Mas essa bolsa é quase uma extensão de mim. Nela, guardo tudo de que posso precisar, desde remédios, bloco de notas, meu *Kindle*, estojo de maquiagem, um kit de canetas, carteira – sempre abarrotada de cartões e documentos – guarda-chuva, variedades de pregadores de cabelo, um kit de higiene, perfume, escova de cabelo, uma lanterna, spray de pimenta e até os meus queridos óculos. Essa bolsa era minha vida. Eu estava sempre precisando de algo ali dentro. E, se por algum motivo não encontrasse, colocaria lá para nunca mais faltar.

O envelope verde se destacou entre as minhas coisas, como um intruso, assim que abri a bolsa. Eu ia deixá-lo na mesa da Karen antes de sair da revista, mas, pelo visto, acabei esquecendo.

Ler meu nome como destinatário mais uma vez me fez querer abrir e entender o motivo de mais uma carta. Ele teria outros animais, outras histórias? Eu recebia correspondência uma vez por semana. Como só havia um envelope, imaginei que ele havia enviado as cartas em semanas diferentes.

Estava prestes a tirar minhas dúvidas.

Fechei a bolsa, coloquei-a no seu lugar, puxei as cobertas até a cintura e abri o envelope.

5

A adolescência é um saco quando você não se encaixa no padrão "popular da escola". Eu era péssimo em esportes, não era muito de conversar e ainda gostava de montar Lego. Por sorte conheci Lucas, que começou a gostar de Lego comigo e me apresentou Star Wars. Quando não estávamos na minha casa, montando algum monumento em pecinhas, com certeza estávamos na casa dele revendo os filmes de jedi. Meu cachorro Lego sempre nos acompanhava, independentemente da casa onde estivéssemos.

Quando Lego chegou à idade adulta, eu ainda era adolescente. Mamãe resolveu que estava na hora de ele arranjar uma namorada. Fizemos algumas visitas a uma amiga dela que tinha uma cachorrinha esperta. Ela se chamava Charlote. Algum tempo depois, ganhamos um filhote e o chamamos de Lego Filho. Ele era engraçado. Diferente do pai, não destruía as coisas, mas era atrapalhado. Em tudo que tentava fazer, terminava caindo ou rolando. Como se fazer coisas de cachorro fosse um desafio para ele. Seus dentinhos afiados também eram um diferencial. Eu vivia com as mãos arranhadas.

Uns dois anos depois, Lego Pai pegou uma infecção no estômago. Não deu nem tempo de eu entender do que se tratava, ele se foi e, se não fosse por Lego Filho, não sei se teria conseguido sorrir novamente. Foi como me despedir de um irmão. Hoje sei que vai doer para sempre. Mas nossos bons momentos ainda estão em minha mente. Como um filme antigo que não conseguimos parar de rever.

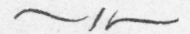

Fechei a carta com lágrimas nos olhos.

Ah, pelo amor de Deus, o sr. F. havia acabado com a minha noite!

A dor de perder Pumba voltou como uma ferida reaberta.

Eu sabia *exatamente* o que ele sentira.

Precisava ver com Karen onde isso estava sendo postado no site. Se tivesse mais histórias assim, devia ser uma matéria muito sensível. Fiquei com vontade de conhecer. No dia seguinte, falaria com ela.

Apaguei a luz do abajur e me acomodei para dormir.

Bubu e Rosita vieram mais para perto de mim. Ela se enfiando por debaixo das cobertas e ele por cima, mas encostado nas minhas costas. Era gostoso observar suas personalidades diferentes. Lembrei-me de Lego Filho e Pai, e uma dor apertou meu peito. Aproveitei o aconchego dos meus filhotes e tentei dormir.

6

Julieta repassava a minha agenda da semana e me dava alguns recados.

– Alguma novidade sobre Manaus?

– Não, mas enviei um e-mail perguntando se tinham resposta.

– Tudo bem. Me avise assim que responderem.

Fechei a pasta com os documentos que ela trouxe para que eu assinasse e a entreguei.

– Precisa de mais alguma coisa?

– Não, obrigada.

Bati o olho na minha bolsa e vi o envelope verde. Julieta já estava na porta para sair.

– Espere! Você pode entregar esse envelope para a Karen, por favor?

Assim que minha assistente saiu, comecei a me preocupar com a questão de Manaus. Precisava me organizar. Seria uma viagem longa. Estava acostumada a fazer tudo sozinha, mas gostava de planejar, organizar. Sem a resposta deles, dificultava bastante.

Atualizei meu e-mail mais uma vez, só para garantir que não havia recebido nada deles no último segundo, e resolvi pensar na próxima reunião.

Uma ONG internacional, parceira daquela em que trabalhei no último ano da faculdade, queria um espaço de divulgação no site da revista. Eu era a única com inglês fluente na equipe. Precisava resolver isso também. Não conseguia trabalhar tranquila sabendo que ninguém poderia me substituir em alguma emergência nesse caso. Anotei na agenda que cobraria do RH assim que tivesse uma pausa. Dei mais uma lida na proposta da ONG, coloquei o notebook na bolsa e corri para a reunião.

Passando pelo corredor, vi a mesa de Karen com o envelope verde em cima do teclado. Pensei que não podia me esquecer de perguntar que projeto estava acontecendo com essas histórias, pois dera uma olhada no site e não tinha conseguido encontrar nada.

7

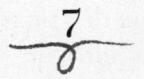

O outono chegou trazendo o clima que eu tanto amava e o aniversário de papai. Meu velho ia fazer setenta anos. Mamãe e eu queríamos planejar algo especial.

Ela preparou um banquete. Tudo de que ele gostava, mesmo que não fizesse sentido. Tinha *paella*, lentilha, picanha, salada de batata com maionese e milho, salpicão de frango, talharim com molho branco e peito de peru, arroz, feijão preto e salada de alface e tomate. De sobremesa, torta de banana com canela e seu bolo preferido: pêssego com ninho. Eu acrescentei alguns brigadeiros, porque não existe festa sem brigadeiro para mim.

Minha mãe ainda convidou todos os nossos parentes, pois diferentemente da filha, ela amava pessoas e a casa cheia. Incrivelmente, todos se davam bem, o que aumentava ainda mais o número de gente nas festas.

Quando cheguei à casa dos meus pais, demorei a encontrar uma vaga para estacionar. Eu me arrependi de não ter pedido um Uber. Sabia que minha família lotava o quarteirão em dia de festa.

Parei um pouco longe e carreguei as bandejas de brigadeiro com dificuldade. Por sorte, mamãe me recebeu assim que passei pela porta.

– Só faltava você. Já vou servir a mesa – disse, me dando um beijo rápido na bochecha enquanto pegava as bandejas e foi andando em direção à cozinha.

Observei a sala cheia de familiares. Era tudo tão barulhento. Alguns passaram por mim, sorrindo, me abraçando. Tentei achar meu pai, mas estava impossível. Ele era mais como eu, deveria estar em algum lugar mais reservado. Estava pensando em ir até o seu quarto quando ouvi:

– Georgina!

– Tia Bete – respondi, com menos entusiasmo que ela, por motivos que em breve ficaram óbvios.

– Tá magrinha, querida. Veio sozinha? Ou vai nos apresentar alguém?

– Não, tia, vim sozinha.

A decepção no olhar dela era quase palpável.

– Poxa, mas está quase passando da idade de casar – disse ela, fazendo uma pausa e olhando para o lado. Quando voltou a falar, foi num sussurro. – Sabe a Maria, minha vizinha? O filho dela mais velho se formou em medicina. Acho que está solteiro, se quiser eu falo com ela e vejo se...

– Prima Gê!

O discurso de tia Bete foi interrompido por uma voz estridente.

Fui atacada por um abraço apertado e senti meu corpo sendo arrastado.

Nem precisei olhar para saber quem era. Embora tivesse muitos primos, só uma me chamava assim. A única pessoa mais ou menos equilibrada da nossa família.

– Prima Lylu!

Foi a minha vez de abraçá-la.

– Caramba, que saudade. Você nunca responde ao seu WhatsApp – reclamou ela.

Observei que tia Bete já havia se envolvido num papo com tia Norma. Não parecia ressentida por ter sido largada no meio da nossa conversa.

– Ai, prima, eu... – comecei, mas não sabia que desculpa dar.

Os dias passavam tão rápido e, quando eu olhava de novo, a mensagem tinha sido enviada havia meses.

– Vou aparecer de surpresa na sua casa qualquer dia.

Rimos, pois ela sabia que eu odiaria isso.

– É difícil amar você, viu? Ainda bem que você nunca esqueceu meu aniversário.

Isso jamais. Eu era uma agenda ambulante e ela era uma das únicas pessoas que eu chegava perto de amar, embora não do mesmo jeito que amava meus pais. Só não era boa em conviver o ano todo.

– Obrigada por me entender – falei e ganhei um sorriso em resposta.

– Quer ir para o nosso esconderijo? – disse ela, piscando para mim.

Uma nostalgia gostosa me inundou, lembrando de todas as vezes que fizemos isso quando crianças.

Sorri e concordei com a cabeça.

8

Na parte de trás da casa de meus pais havia um quintal grande, mas somente uma árvore tinha o caule grosso a ponto de ninguém conseguir nos ver atrás dela. Ali era onde nos refugiávamos de toda a família nas festas.

Quando chegamos lá, Penélope estava deitada, cochilando. Abriu os olhos assim que nos aproximamos e, ainda deitada, abanou o rabinho.

– Garota esperta, descobriu nosso esconderijo – falou Lylu, sentando-se num dos troncos.

Fui até Pê e acariciei seu focinho.

– Nem consegui ver meu pai ainda. Essa família me deixa zonza.

Minha prima pegou um maço de cigarros, tirou um e acendeu.

– Isso ainda vai matar você – falei.

– Sua antipatia também vai matar você.

Ela soltou a fumaça.

– Como anda a vida? – quis saber ela.

– Igual. E como estão o Luan e a Ceci?

Quando perguntei, me dei conta de que não os havia visto na casa.

– Com a mãe dele.

Ela desviou o olhar e senti o estômago embrulhar.

– O que houve?

Seus olhos ficaram marejados, ela piscou e lágrimas rolaram no seu rosto pálido.

– Você vai dizer que me avisou que amor não existe – soltou ela.

Abri minha bolsa e tirei o pacote de lenços umedecidos. Entreguei um para ela.

– Só tenho assim, não usava muito os lenços de papel e os tirei da bolsa.

– Tudo bem.

Observei ela passar o lenço no rosto. Depois me aproximei e a abracei.

– Você sabe que eu jamais jogaria isso na sua cara agora. Talvez mais tarde... – falei, e ela riu. – Pode me contar o que aconteceu, se quiser.

Ela suspirou. Tragou mais uma vez o cigarro e, enquanto o apagava no chão de terra, soltou a fumaça.

– Luan quer sair de casa.

– Arrumou outra?

Lylu revirou os olhos.

– Nem todas as histórias são iguais, Gê.

Balancei a cabeça enquanto abria um sorriso torto. Esse tom sarcástico com a desgraça uma da outra era comum entre nós.

– Acho que começamos cedo demais, e não, não me diga que também me avisou disso.

– Vou me segurar – garanti.

– A rotina se tornou um saco. Mal nos falamos. Todo nosso contato é por causa da Ceci. Não sei o que aconteceu. Somos apenas companheiros de quarto.

Ela fungou, mas não chorava mais. Falar parecia ter servido como desabafo.

– Eu sinto muito pela Ceci. Sou a pior madrinha do mundo. Posso ficar com ela para vocês conseguirem algum tempo – ofereci, mas sem fazer ideia do que faria com uma criança de três anos que eu vi apenas nos poucos aniversários a que fui.

Lylu riu.

– Você a devolveria em algumas horas.

– Ela é tão terrível assim?

– Não, é muito companheira e linda, a cara do pai.

Ela abaixou a cabeça e fitou os pés.

– O que você vai fazer?

– Não faço ideia.

– Prometo não abandonar você de novo, prima. Sinto muito – falei com sinceridade, mas o olhar dela me fez não acreditar em mim.

– Eu já disse antes, mas vou repetir. Sinto muito pelo que aquele babaca do Cadu fez com você. Mas você era tudo que eu tinha. Eu respeitei seu espaço, mesmo morrendo de saudade.

Não esperava por isso e não sabia muito bem o que pensar, mas sabia o que dizer.

– Nada, nunca mais, vai me separar de você. Você é mais que uma irmã pra mim. Vamos enfrentar isso juntas. Igual a antigamente?

Ofereci o dedo mindinho para ela enroscar o dela, como fazíamos quando brigávamos e fazíamos as pazes na infância.

Ela riu, mas aceitou.

Em seguida, me puxou para um abraço.

Senti lágrimas quentes escorrerem pelas minhas bochechas.

– Vamos voltar para aquele circo?

– Precisamos. Ainda não vi meu pai.

– Ele estava no quarto na última vez que o vi.

– Sabia. Ele é tão previsível.

– Não mais que a filha.

Fiz meu melhor olhar zangado para ela.

– Quero ver se vai me aguentar no seu pé pelos próximos anos – soltei.

– Faça isso, por favor.

Gargalhamos enquanto voltávamos para a casa.

Tentei trazer Penélope, mas sem sucesso. Deixei-a lá sossegada. Queria poder trocar de lugar com ela.

9

Almoçamos e cantamos parabéns para meu pai com a casa cheia de familiares. Ele estava feliz. Gostava de silêncio na mesma medida que gostava de que todos estivessem ali por ele.

– Agora está na hora do seu presente, pai.

Ele me olhou com as sobrancelhas levantadas.

– Achou mesmo que eu e mamãe não daríamos algo para você?

– Pensei que fosse essa festa.

Risadas encheram o ambiente.

– Também – falei, me divertindo.

Tio Antony e Luís trouxeram a caixa pesada.

Os olhos de papai brilharam.

– O que é isso? – quis saber ele, enquanto analisava a caixa.

Quando tiraram o embrulho e a caixa de um televisor grande apareceu, todos aplaudiram.

Papai parecia confuso.

– Mas eu já tenho televisão.

Os mais jovens riram ao olhar para o aparelho jurássico ao qual meu pai se referia.

Meu velho era bastante apegado às suas coisas, mas a ideia do presente tinha as melhores intenções.

Enquanto meus tios abriam e instalavam o presente, expliquei para papai que com a nova televisão seria possível assistir às novelas numa tela maior e bastante prática.

Assim que colocamos um capítulo para testar, ele se emocionou.

Todos se comoveram.

Papai não era o mais velho dos irmãos, mas quase perdê-lo duas vezes o tornou o queridinho da família. Não era sem motivo que a casa estava cheia. Celebrar a vida ganhara um novo sentido para todos nós depois de tudo que meu pai passou.

Acabamos assistindo ao capítulo, mesmo não entendendo nada. Papai narrando e explicando cada cena nos entreteve o suficiente.

Comemos bolo de novo e depois tudo voltou a ser barulhento.

10

– Alô.

– *Você vai mesmo poder ficar com a Ceci amanhã pra mim?*

– Claro. Já programei várias atividades – menti.

– *Que bom. Vai ser bom passar algum tempo sozinha com Luan. Mas posso deixá-la com meus pais ou os pais dele...*

– Não – interrompi –, Ceci dorme lá em casa amanhã.

– *Obrigada, prima.*

– Pare com isso.

Ela riu.

– *Beijo* – despediu-se e desliguei o telefone.

Essa aproximação havia aquecido meu coração. Não sabia que sentia tanta falta da família de Lylu. Ainda não fazia ideia do que faria com minha afilhada, mas não podia ser tão difícil cuidar de uma criança.

Estava entrando no escritório com as pastas de alguns relatórios e vi minha assistente acenando da mesa dela. Fiz um movimento com a cabeça, indicando para ela me acompanhar.

Entramos na sala e ela colocou a correspondência em cima da mesa.

– Lucia passou mais cedo hoje com o carrinho da correspondência, peguei a sua.

– Alguma novidade de Manaus?

– Sim, eles confirmaram.

Com o coração acelerado, olhei para ela e sorri.

– Finalmente – foi tudo o que eu disse, mas minha mente estava em festa por poder conhecer a ONG dos meus sonhos.

Compartilhava essa paixão com Cadu. Foi a única coisa que não consegui deixar para trás. Ir até lá e sem ele parecia algum tipo de vingança que criei dentro de mim. Como se, somente depois de conquistar isso, eu pudesse dizer adeus a tudo que ainda guardava sobre meu ex.

Julieta saiu e, assim que coloquei os olhos na correspondência, avistei mais um envelope verde. Dessa vez fui direto nele, abri com certa rapidez. Estava ansiosa, sr. F. precisava ter superado Lego Pai. O que teria acontecido depois?

11

Escolhi estudar engenharia ambiental porque acreditava que podia fazer do mundo um lugar melhor. Como se a vida pudesse ser montada como peças de Lego.

Comecei o estágio logo no primeiro semestre, como o "menino do malote" numa empresa da área. Eu recebia e enviava qualquer coisa que passasse pelo departamento. A maior parte do tempo, eu lia. Não havia problema em levar livros para o trabalho, então eles eram meus novos companheiros.

Nem sempre fui leitor, mas Lucas me fez ler todos os livros de Star Wars. *Uma troca justa pelos anos em que ele me ajudou nas construções das minhas coleções. Até que gostei. Não tanto quanto montar Lego, mas não achei que meu amigo precisasse saber disso.*

Eu ficava sentado numa das bancadas no salão do térreo. A sala do meu chefe ficava num dos cantos desse salão. Arthur, o assistente do meu chefe, me entregava a correspondência e eu a levava aos bancos, aos Correios *e, às vezes, a outras salas do próprio prédio. Achava que, nesse caso, seria mais rápido se* Arthur *a entregasse direto, mas tinha medo de falar isso, acabar perdendo o serviço e, no futuro, meu emprego.*

Um dia, voltando de uma entrega, um cachorro me seguiu. Não sabia desde quando, então foi difícil saber onde perguntar se alguém o conhecia. Parece inacreditável, mas, de alguma forma, ele conseguiu entrar no prédio comigo e, quando meu chefe o viu, foi cena de cinema. Eles se conectaram de uma forma bonita. Ficou decidido que ele ficaria ali. Não entendi muito bem. Mas ele ficou. E todos os dias, enquanto eu estava lá, ele se deitava na minha sala. Acabei comprando uma caminha, potes de água e ração, alguns brinquedos e petiscos. Era meu companheiro nas entregas, sempre me esperando do lado de fora dos locais. Parecia treinado, mas com cara de abandonado. Uma vez por semana, na hora do almoço, eu o levava para tomar banho. Meu chefe quis reembolsar todos os gastos. Deixei, pois o salário dele era bem maior, né? Apelidei-o de Lego do estágio, só para mim mesmo. O nome dele, dado pelo pessoal do departamento, era Malote. Levei dois meses para descobrir que, na verdade, ele não dormia no escritório, meu chefe o levava e trazia todos os dias. Foi a primeira e única vez que vi um cachorro trabalhando.

Acabei usando a ajuda dele para conquistar a Meg. Ele era realmente um cachorro cheio de graça e gostava do carinho dela.

Ah, a Meg!

Ela era deslumbrante. Aparecia para entregar a correspondência do departamento dela. Tinha uma pinta bem pequena perto da sobrancelha. Eu era vidrado nela. Na primeira vez que nos beijamos, não consegui fechar os olhos, só para ficar olhando para aquela pintinha.

Passei a ver Lucas apenas em alguns fins de semana. Não éramos mais dois desocupados. Ele fazia administração e trabalhava em algo parecido com o que eu fazia, do outro lado da cidade, numa empresa financeira. Ele namorava a Luiza e os dois combinavam até demais. Eu não tinha inveja, tinha a Meg. E a Meg gostava deles. Lucas estava feliz, bastava para mim.

Dois anos depois, fui promovido e subi de andar. Virei auxiliar do engenheiro. Fiquei sem Lego do Estágio, mas aprendi muito. Foi quando tive certeza de que estava na profissão certa. Descobri que havia um setor da empresa específico para ajudar ONGs de animais. Eles construíam locais adaptáveis. E isso se tornou o meu foco. Não descansaria até conseguir uma vaga naquele setor.

Mais ou menos nessa época, Meg conseguiu uma vaga numa empresa multinacional... noutra cidade. Ela foi, é claro, mas não sem antes terminar nosso namoro e partir meu coração. Era minha sina mesmo.

12

Senti pena desse sr. F. Em matéria de amor ou animais, estava num círculo vicioso de abandono.

Fechei a carta e a guardei no envelope.

Chamei Julieta para devolver alguns papéis e aproveitei para pedir que levasse o envelope para Karen.

– Veja com ela do que se trata esse projeto e quem é o autor dessas cartas, por favor – pedi, incapaz de conter minha curiosidade. – E, também, cancele a minha agenda de hoje e amanhã, por favor.

– Quer que eu responda ao e-mail de Manaus?

– Sim, por favor, e qualquer dúvida pode me ligar.

Saí da revista e passei no mercado. Tentei comprar o que eu gostava quando criança. Já havia pedido que Rosa, um anjo que me ajudava em casa, limpasse todos os cômodos com bastante cuidado. Queria tudo perfeito para o primeiro momento que teria sozinha com minha afilhada.

Chegando em casa, forrei o chão da sala com o tatame que havia comprado.

– Bubu, por favor, não faça xixi aqui – pedi.

Meu cachorro fez seu olhar de desentendido. Conhecia cada olhar dele. E aquele dizia que não podia prometer o que não cumpriria.

Rosita era um amor nesse quesito, só fazia as necessidades no jornal, mas Bubu era o rebelde da família.

Guardei as compras do mercado.

Observei a excelência do trabalho de Rosa na organização e limpeza de tudo.

Deixei alguns brinquedos aleatórios pela casa, para minha afilhada sempre ter algo para encontrar e brincar.

Olhei o relógio e já estava tarde. Precisava dormir e descansar bem para ser *mãe por um dia.*

Estava tudo pronto para a chegada da Ceci.

13

Acordei cedo e comecei a cortar algumas frutas, adiantar o que dava das refeições que faríamos.

Quando ouvi a campainha, meu coração até acelerou.

– Oieeeee – falei, abrindo a porta empolgada.

– Didiii – disse Ceci, para o meu espanto, pulando para o meu colo.

Ela me chamava assim, era um apelido para dinda. Mas eu teria apostado que ela já não se lembrava mais disso.

Minha ausência nunca interferiu na forma como Ceci me tratava. Compartilhávamos um amor inexplicável. Estar com ela me transformava. O sorriso saía fácil, a vontade de viver se tornava intensa.

Entrei com a pequena no colo e prima Lylu veio atrás com o que parecia ser bagagem suficiente para uma viagem de um mês.

Bubu e Rosita foram receber as visitas, cheirando os pés de minha prima e pulando nas pernas de Ceci.

Sentei-a no sofá e deixei que eles se curtissem. Minha afilhada foi bombardeada por lambidas e gargalhava enquanto tentava fazer carinho nos dois peludos agitados.

– Você fechou a porta? Eu entrei empolgada...

– Fechei. Vá se acostumando, porque a vida das mães é esquecer tudo – brincou Lylu.

– Ela está tão linda!

Não conseguia parar de olhar para eles brincando no sofá.

– E ama você, foi difícil dormir sabendo que vinha pra cá hoje. Da próxima vez, eu só conto na hora.

– Vamos nos curtir bastante.

– Você pode me ligar a qualquer hora. Se precisar, voltamos correndo.

– Jamais. Quero que aproveitem. Trouxe os documentos dela?

– Estão no bolso da bolsa cor-de-rosa.

Avistei a bolsa no meio da bagagem.

– Certo. E já sabe quais são os planos?

– Um hotel fazenda. Tem piscina, cavalos, spa... E, à noite, uma balada muito famosa, dentro do hotel mesmo. Parece incrível, mas estou mais preocupada com a nossa conversa.

Ela se sentou no sofá enquanto passava as mãos pelo rosto. O assunto parecia deixá-la esgotada.

– Vocês se conhecem há tanto tempo, prima. Espero que encontrem um jeito.

– Agora acredita no amor? – quis saber ela, levantando uma sobrancelha.

Eu ri.

– Cale a boca.

Ela se levantou, pegou a filha no colo, abraçou-a e beijou-a enquanto Ceci gargalhava.

– Se comporte ou eu venho buscar você.

– Nãoooo – gritou Ceci, enquanto balançava seus cachos.

– Então obedeça a sua madrinha.

Lylu deixou a menina no chão, e ela logo foi correr atrás dos cachorros. Depois se virou para mim.

– Chego no máximo até meio-dia amanhã.

– Ficaremos bem. Aproveite, descanse e cuide de vocês hoje.

– Amo você – disse, me surpreendendo com um abraço.

Relaxei em seus braços.

– Eu também, prima.

Ficar sozinha com aquela turma bagunceira só me deixou uma alternativa: fazer bagunça junto.

Depois de tomar café, levei os três para o jardim, onde correram ainda mais. Ceci jogava os brinquedos para eles buscarem e dava biscoitos de recompensa. Tinha quase quatro anos, mas seu vocabulário era muito vasto, mesmo com a dicção infantil. Seus gestos e personalidade pareciam de gente grande. Era uma adulta presa naquele corpinho bagunceiro.

À noite assistimos a desenhos e jantamos. O banho de banheira foi um pouco turbulento, pois Bubu pulou lá dentro e molhou o banheiro inteiro. Se não tivesse roubado tantas gargalhadas de Ceci, acho que eu teria ficado brava, mas foi impossível com aquela trilha sonora. Enxuguei os dois, vesti minha afilhada, me sequei às pressas e vesti meu roupão. Fechei a porta do banheiro e deixei a bagunça do jeito que estava.

Ceci quis uma mamadeira e ouvir uma historinha antes de dormir. Estava caçando na minha mente alguma para contar quando ela me avisou que havia um livro na *bagagem* dela.

Acho que foi um dos melhores momentos do dia. Ela pediu que eu me sentasse na cama, se acomodou com um travesseiro no meio das minhas pernas, como se tivéssemos essa intimidade a vida toda. Observei seus olhinhos piscando mais lentamente entre um parágrafo e outro, depois sua respiração ficou mais intensa, seu corpinho mais pesado e, por fim, sua cabeça relaxou para o lado.

Deixei meus filhotes e Ceci dormindo e fui dar uma olhada no banheiro. Trágico! Não mais do que o meu estado quando me olhei no espelho. Peguei um dos meus celulares e fiz uma chamada de vídeo com o outro. Um ficou virado para a cama e o outro levei para o banheiro, para poder observá-los enquanto arrumava o banheiro e tomava banho.

Quando me deitei, percebi que estava sentindo o maior tipo de cansaço que já havia experimentado, mas repleto de uma felicidade tão intensa que me fazia querer senti-lo todos os dias.

Lylu chegou mais cedo do que o esperado, então ainda estávamos dormindo, mas eu já havia deixado tudo pronto. Ela não parecia muito bem e não quis falar no assunto. Respeitei, com profunda tristeza. Torcia para que tudo acabasse bem. Por eles, mas principalmente por Ceci. Depois do dia que passamos juntas, eu nunca mais queria viver sem ela.

14

Havia se passado quase uma semana desde que eu e Ceci tivemos nosso dia juntas quando Lylu me ligou, aos prantos. O veredito deles foi de que eram ótimos amigos e se amavam, mas não como um casal. Prometi dar todo o apoio, torcendo para que essa amizade fosse forte o suficiente para não afetar Ceci.

Estava entrando no escritório quando ouvi meu celular tocar na bolsa.

– Oi, papai. Está tudo bem?

– *A novela apagou, não consigo ver nada.*

Não fazia ideia do que ele estava falando.

– Como assim apagou?

– *Ela estava aqui ontem e hoje não está mais.*

Isso fazia menos sentido ainda.

– Passo aí mais tarde, pode ser? Você consegue assistir no aplicativo até eu voltar?

– *Consigo. Obrigado, filha.*

Meu pai me divertia com essa dificuldade com tecnologia.

Lucia passou ao meu lado com o carrinho de correspondência e, quase que em neon piscante, lá estava mais um envelope verde. Sem pensar muito, peguei-o do carrinho.

– Ah, dona Georgina, bom dia. Já ia deixar esse e mais alguns na sua sala.

– Pode me entregar aqui, obrigada.

Entrei na minha sala e, antes de fazer qualquer coisa, me vi abrindo o envelope. Qual seria a próxima aventura do sr. F.? Pedi um café na copa e abri a carta.

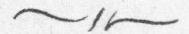

Quando terminei a faculdade, ainda era auxiliar de engenheiro. Crescer na empresa parecia algo lento, mas eu não tinha pressa. Vivia com a minha mãe e Lego Filho. Decidimos que estava na hora de um novo filhote em casa. Não queríamos correr o risco de não dar sequência à linhagem de Lego Pai, mesmo com o filho parecendo esbanjar saúde. Mamãe sempre foi a casamenteira dos cachorros. Logo achou uma namorada para ele. Lego Filho e ela se deram bem e, em poucos meses, chegou o pequeno Lego Neto, bastante bagunceiro para um ser tão pequeno, mas, sempre que eu precisava deixá-lo para ir trabalhar, sentia saudade.

Como uma boa casamenteira, não era somente com a linhagem de Lego que minha mãe estava preocupada, mas com a do filho humano também: estava cada vez mais difícil arrumar pretendentes. Eu tive alguns encontros durante a faculdade, mas nada com futuro. A verdade é que, assim que eu olhava para o rosto de alguém, ficava imaginando as diferentes maneiras como elas poderiam me abandonar e desanimava.

Lucas se casou com Luiza, claro. Tiveram um casal de gêmeos perfeitos como eles. Luke e Leia. Não sei como ele convenceu a esposa a dar nomes de personagens de Star Wars para os filhos, mas não consigo imaginar Luiza negando algo ao meu amigo. Sou padrinho dos dois. Amo demais aquelas crianças, desde quando eram banguelas e sinto que são o mais perto que cheguei de ter filhos (para horror da minha mãe).

Não estou mal com isso. Acredito que algumas pessoas não encontram alguém e podem seguir a vida (no meu caso, aguentando as alfinetadas da senhora que me deu à luz).

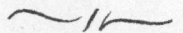

Fechei a carta com a sensação de que, dessa vez, o texto havia sido menor. Logo quando eu começava a me identificar com o sr. F.

Coloquei o papel no envelope e, na primeira oportunidade, o entregaria a Karen.

15

Ceci estava comigo na casa de meus pais naquele fim de semana. Lylu precisava sair com algumas amigas e, como eu não era o tipo de amiga que *saía*, sugeri cuidar da minha afilhada para ela aproveitar.

A pequena brincava com meu pai, montando o *Lego* que eu havia comprado para quando ela viesse.

Arrumei mais uma vez o aplicativo das novelas de papai na televisão. Ele conseguia desconectá-lo toda semana. E fui ajudar a mamãe na cozinha.

Penélope dormia esticada na sala, numa parte onde batia o sol vindo da janela.

Observei minha mãe mexendo algo numa das panelas.

– Por que a senhora nunca tentou me arrumar namorado? – questionei.

Ela me olhou com o cenho franzido.

– Que pergunta é essa?

– Não sei. Me dei conta de que você nunca pergunta se conheci alguém.

– Imaginei que não quisesse falar no assunto.

Ela pegou a bandeja de ovos na geladeira e colocou alguns na pia.

– E eu não quero mesmo.

Recebi outro olhar confuso dela.

– Agora entendi menos ainda. Por que perguntar isso então?

– Não faço ideia.

Dei de ombros.

Ela deu um dos seus sorrisos que transmitiam conforto.

Suspirei.

– Me ajude a arrumar a mesa?

Concordei com a cabeça e fui pegar a toalha de mesa.

Uma das maiores qualidades dela sempre foi respeitar meu espaço. Nem eu entendia por qual motivo aquilo parecia me incomodar naquele momento.

O dia passou arrastado, como todo bom domingo. E eu só conseguia pensar que, no dia seguinte, teria nova correspondência no escritório.

16

Assim que Lucia apareceu com a correspondência, percebi que a segurei com certa ansiedade. Lá estava o envelope verde, como toda semana.

Já começava a abri-lo quando Julieta apareceu na porta da minha sala, que estava aberta.

– Licença, dona Georgina, está ocupada?

– Pode entrar – pedi, fazendo um gesto com a mão.

– Vim saber se precisa de algo antes que eu vá para a reunião no prédio C.

Pensei por um momento. Estava um pouco avoada pela ansiedade de ler a carta.

– Acho que não, só mantenha o celular por perto.

Ela assentiu e, olhando para as minhas mãos, acrescentou.

– Ah, esse é mais um dos envelopes para a Karen? Acabei não entregando o da semana passada que você pediu, passo na mesa dela antes de ir e já deixo os dois.

– Não! – falei, um pouco mais alto do que eu gostaria, e segurei o envelope junto ao peito.

Julieta fez um movimento com o corpo parecido com um soluço, e, pelos olhos arregalados dela, vi que meu tom de voz a assustara.

– Não leve esse ainda – concluí, abaixando um pouco o tom.

– Tudo bem. Vou pra reunião. Qualquer coisa, é só me chamar.

Agradeci, muito contente por ela me deixar sozinha com a carta que, finalmente, abri.

Quase cinco anos depois, consegui uma vaga no departamento que trabalhava com ONGs em prol dos animais. A sensação era de realizar um sonho. Acreditava ser o maior da minha vida.

Ganhando mais, consegui comprar um apartamento com a ajuda de minha mãe. Ela deu a entrada e fiquei pagando as prestações. O apartamento não era muito grande, mas Lego Filho e eu ficamos bem acomodados.

Nessa nova função, eu podia trabalhar de casa e assim, meu cachorro não ficava sozinho. Achei justo deixar Lego Neto com minha mãe. Ela me apoiou e ajudou a organizar a mudança, mas, se tivesse que deixá-la sozinha, não sei se teria coragem de me mudar.

Todos os dias à noite, Lego Filho e eu corremos no parque da cidade, para não acabarmos sedentários.

E toda sexta à noite, Lucas vem aqui em casa para uma noite dos meninos. Pedimos pizza, bebemos cerveja e assistimos a alguns vídeos no YouTube de montagem de Lego, já que estamos velhos e sem paciência para montar. Continua tudo ótimo com a família dele e eu nunca tenho novidades, então nossos encontros são mais para estar presente do que para colocar o papo em dia. Até porque nos falamos sempre.

Minha mãe vem aos domingos com Lego Neto e traz o almoço.

Posso dizer que minha vida é monótona.

Eu não podia imaginar o que estava prestes a acontecer.

Um dos novos projetos da empresa contou com o patrocínio da revista on-line mais famosa do ramo. Eu não a conhecia. Não pela revista ser ruim, mas por ser péssimo com qualquer coisa relacionada à internet. Não tinha redes sociais nem muitos amigos, eu não via necessidade de mudar. Mas o que encontrei fez meu coração bater de um jeito diferente. Para falar a verdade, ele só bateu assim uma vez na vida. Quando ela sorriu para mim naquela sala do jardim de infância. Seu sorriso estava extinto agora, seu semblante mais triste, mas o olhar... aquele olhar, eu reconheceria em qualquer situação. Na minha frente estava uma foto da dona da revista, que também era a minha primeira amiga e maior perda da minha vida.

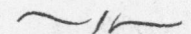

Nem consegui respirar por alguns segundos, até que o ar faltou em meus pulmões e inspirei por puro instinto de sobrevivência.

Tentando assimilar o que acabara de ler, observei a carta por algum tempo, sem realmente a enxergar.

Peguei o telefone um pouco ofegante, interrompi Julieta durante a reunião e pedi a ela que trouxesse Karen imediatamente à minha sala.

Alguns minutos – que pareceram horas – depois, ouvi batidas na porta.

– Dona Georgina...

– Entre, Julieta – falei, interrompendo-a.

Logo percebi que ela estava sozinha.

– Cadê a Karen? – perguntei sem conseguir controlar a impaciência.

– Ela precisou sair mais cedo, tinha médico...

– Mas não é possível! – soltei, me esquecendo de pelo menos tentar ser educada.

– É algo em que eu possa ajudar?

– Quando você entregou os envelopes verdes, ela disse do que se tratava?

Julieta levou alguns segundos pensando enquanto observava o envelope na minha mão. Eu estava prestes a perder a paciência quando ela disse:

– Na verdade, não. Ela não estava na mesa, acabei deixando em cima do teclado.

Bufei.

Karen era algum tipo de fantasma? Não me lembrava da última vez que a vira na empresa.

– Dona Georgina? – ouvi Julieta me chamar.

Em seguida, me levantei numa espécie de ataque de fúria.

Precisava descobrir *agora* quem era esse tal de sr. F.

O que aconteceu em seguida foi muito rápido. Torci o pé, o salto virou quando me levantei. Tentei me segurar na mesa para não cair, mas acabei pegando os fios do telefone e do notebook. Bati as costas na cadeira e levei tudo que estava na mesa comigo para o chão, não sem antes bater a cabeça com força na parede.

Foi um tal de bombeiros me acudindo, o rosto assustado de Julieta e uma das piores dores que já senti na vida bem no meu pé. O som ambiente ficou distante, abafado, com um apito agudo no fundo.

Acordei no hospital horas depois, sem o envelope verde nas mãos.

17

– Onde está a minha bolsa? Como você chegou aqui? – perguntei, vendo Lylu me observar.

Estava na sala de observação do hospital, aguardando o resultado dos exames.

– Prima Gê, se acalme.

– Foi por estar agitada assim que ela caiu – disse Julieta, parecendo não ter amor pelo próprio emprego.

Olhei para Julieta e, de repente, me lembrei de tudo o que tinha acontecido.

– A Karen voltou do médico?

– Me conte o que está acontecendo... prima...

Eu ouvia Lylu falando, mas minha mente estava ansiosa por respostas.

– Georgina! – gritou minha prima, chamando minha atenção.

– Eita! – soltou Julieta, certamente pensando que todo mundo era meio descompensado na nossa família.

Fiz uma nota mental para demiti-la assim que conseguisse achar a minha bolsa. Ligaria para o RH e resolveria tudo num minuto. Mas, naquele momento, estava ocupada olhando para uma Lylu que parecia bastante irritada.

– O que quer que tenha acontecido, vamos resolver. Mas agora preciso que respire fundo, por favor.

Olhei para meu pé com uma bota ortopédica e um grunhido saiu da minha boca.

Julieta observava a cena em silêncio. Olhei para ela e falei pausadamente, para ter certeza de que ela entenderia:

– Encontre... a... Karen.

Ela tirou o celular do bolso e começou a digitar.

Olhei para Lylu e suspirei.

– Existe alguma forma de coçar a sola do meu pé dentro desse treco? – implorei.

Ela tirou uma caneta da bolsa e enfiou no buraco por onde via meus dedos.

O alívio foi instantâneo.

– Obrigada.

– Agora me conte com calma por que está tão nervosa – ordenou ela.

– Há semanas venho recebendo cartas de alguém que assina como sr. F. Achei que recebia por engano. Então eu fui entregando as cartas para a Karen. Ela cuida de tudo que vai para o site.

– O que tinha nas cartas? – quis saber minha prima.

Julieta pediu licença para atender o telefone e saiu da sala.

– A história dele. Desde criança. Como tinha a ver com animais, pensei que era parte de alguma matéria e tinha vindo em meu nome por engano.

– Chegou a perguntar para alguém?

– Não achei que precisasse, até ler a última carta.

– O que dizia?

Passei as mãos pelo rosto.

Nem para mim a história fazia sentido, não sabia muito bem como explicar para Lylu.

– Sei que vai parecer estranho... Eu não consegui entender... Ele dizia ter estudado comigo no jardim de infância.

– Com essas palavras?

– Não, ele... Ai, meu Deus, que difícil... Ele contou de uma forma bem natural, como parte da história. Na primeira carta, ele contou sobre uma amiga da escola de quem se afastou e, na última, que essa amiga era a dona de uma revista famosa sobre animais. Que ele viu a foto dela no site e soube na hora.

– Mas como você sabe que, bem... que é você? – Lylu parecia se esforçar muito para acreditar na história.

– Eu não sei! – gritei.

Escondi o rosto no travesseiro e soltei um berro.

Minha prima me olhava, estupefata.

– O jeito como ele escreveu, o fato de as cartas estarem na *minha* revista...

– Você se lembra de algum amigo daquela época?

– Não. Por isso quero a minha bolsa, vou perguntar pra mamãe.

– Ah, então tudo bem.

Ela me entregou a bolsa.

Peguei o celular e disquei.

– *Oi, filha.*

– Oi, mãe. Me tire uma dúvida...

– *Está tudo bem? Você parece nervosa.*

Ela conhecia todos os meus tons de voz.

– Estou... quer dizer, torci o pé...

– *Como assim? Onde você está?!*

Só consegui pensar que eu não tinha tempo para explicar.

– Eu caí, mas já estou no hospital e está tudo bem. Preciso que me tire uma dúvida e já explico tudo. Pode ser?

O telefone ficou mudo por alguns segundos.

– *Pode... Ué... não entendi.*

– A senhora se lembra de algum amigo meu do jardim de infância que tivesse um nome começando com a letra F?

– *Georgina, que pergunta mais fora de contexto é essa?*

Bufei.

– Só responda, mãe – implorei, com a voz mais parecendo um ranger de dentes.

– *Amigo com a letra F...*

– Isso, eu tinha algum?

– *Ai, querida, eu não consigo me lembrar agora.*

Suspirei. Ela era minha última esperança.

Olhei para Lylu, que estava de olhos arregalados enquanto esperava para saber o que mamãe havia dito.

Neguei com a cabeça e ela suspirou também.

– Obrigada, mãe.

– *Vai me explicar o que está acontecendo?*

Contei todo o dilema para ela, que ouviu atentamente, e depois ficou preocupada com a possibilidade de sr. F. ser um psicopata. Levei bastante tempo tentando acalmá-la, sem sucesso. Tive que prometer dar notícias e não sair de perto da minha prima.

Como se eu pudesse ir muito longe naquele estado.

18

Com muita tristeza, precisei que Luane, meu braço direito na revista, assumisse a viagem para Manaus. Não poderia viajar com o pé engessado.

Canalizei toda a minha raiva em descobrir quem era o sr. F.

De certa forma, nada mais tomava a minha atenção naquele momento.

– Tem certeza de que está no lugar certo?

– *Tenho, prima Gê. É o endereço da caixa postal que está no envelope do sr. F.*

– Descubra tudo que você conseguir.

– *Vou tentar.*

– Consiga!

Ela riu e desligou.

Estava em casa, sentada na cama, com meus filhotes.

Lylu conseguiu duas muletas para que eu pudesse me locomover, mas nem precisava, mamãe e papai acamparam na minha casa.

Naquele momento, vinha um cheiro de arroz sendo preparado da cozinha, onde minha mãe estava, e dava para ouvir a novela a que meu pai assistia na televisão da sala.

O celular tocou de novo. Era minha assistente.

– Oi, Julieta. Novidades?

– *Karen precisou adiantar a licença maternidade.*

– Ela estava grávida?

– *Sim, de sete meses.*

Eu precisava melhorar a qualidade do meu convívio com os funcionários.

– Conseguiu ligar para ela e saber das cartas?

– Ela não sabe de nada. Disse que há semanas não vem conseguindo trabalhar direito. Que ficou tudo com a Paula.

– Você falou com a Paula?

– Falei, e ela disse que não sabia do que se tratava e que ficou de confirmar com a Karen.

Bufei. Só podia ser brincadeira.

– Consiga as outras cartas e me envie da próxima vez que precisar de assinatura nos documentos, por favor.

– Pode deixar. Envio pelo motoboy.

– E fique de olho. Se chegar mais alguma, vou precisar imediatamente. Obrigada.

Encerrei a ligação, desesperada.

Meu lado controlador não estava aceitando perder o controle dessa situação.

Comecei a repassar o que sabia e tentar encontrar algo que fizesse sentido.

O sr. F. não parecia alguém que me faria mal ou que fosse perigoso. Ele apenas contou sua história.

Respirei fundo e deixei o ar sair devagar.

Eu não sabia explicar o motivo de tamanho nervosismo. Por que aquelas cartas mexeram tanto comigo?

O celular tocou mais uma vez. Era Lylu.

– Conseguiu?

– Prima, eles não passam informações sobre os donos das caixas postais. Eu até já esperava isso. Tentei de tudo.

Fiquei em silêncio. Tinha que haver uma forma de me comunicar com ele.

– Gê?

– Oi, desculpe. Estava pensando. Verifique com eles se você pode deixar um bilhete na caixa postal. Se puder, deixe o seguinte...

19

Esperei dois longos dias e, finalmente, um novo envelope verde chegou. Dessa vez na minha casa. Eu não podia esperar Julieta me enviar. Já havia esperado muito.

Mamãe não soube dessa parte da história. Achei melhor não contar que eu havia passado meu endereço para alguém que ela temia ser um psicopata.

Abri o envelope verde com um certo desespero.

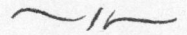

Acho que agora posso começar dizendo:

Querida, Georgina.

Entendo seu nervosismo.

Peço desculpa se causei algum transtorno.

Posso explicar tudo se me encontrar daqui a exatamente um mês no endereço que está no convite que enviei junto com esta carta.

Sei que estará sem a bota até lá.

Coloque uma roupa confortável.

Será aniversário dos gêmeos do Lucas, na casa deles mesmo.

Espero que possa ir.

Um beijo,

Frederico

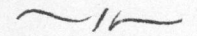

– Frederico! – soltei.

– Quê? – perguntou minha prima.

Ela estava sentada na minha cama, de frente para mim, transbordando de ansiedade no olhar.

Ceci gargalhava na sala, com meus filhotes.

– O nome dele é Frederico – falei, um pouco aérea.

Não parecia familiar. Eu não me lembrava de quase nada antes dos sete anos. Naquele momento, invejava quem conseguia se lembrar.

Talvez ele tivesse se enganado.

Eu não podia ser a menina com quem ele conviveu por um ano no jardim de infância.

– Vocês não tiravam fotos na escola?

– Claro, as fotos de turma! Boa ideia. Ah... essas fotos estão na casa dos meus pais.

Ficamos em silêncio.

Pensava no tamanho da loucura que aquilo parecia.

– O que você vai fazer?

Balancei a cabeça em negação.

– O que eu *não* vou fazer. Imagine! Que loucura. Não vou me despencar até o aniversário de crianças que nunca vi na vida, para ver alguém que nem sei quem é...

– Isso... tecnicamente, não é verdade – interrompeu Lylu, falando lentamente enquanto observava as cartas e os envelopes em cima da minha cama.

– O quê? – quis saber, confusa.

– Ele é o Frederico. E você sabe mais sobre ele do que eu sei sobre seus últimos anos, em que não nos falamos. E... bom, sendo bem sincera, prima... Ele não parece uma ameaça.

Encarei-a por alguns segundos.

– Eu não vou! – gritei, encerrando o assunto.

20

– Não acredito que você me convenceu a fazer isso – resmunguei, sentada no banco do carona do carro de Lylu.

– E deixar você perder a coisa mais romântica que já aconteceu na sua vida?

Olhei para ela, transmitindo todo meu mau humor.

– Nunca! – gritou e bateu no volante.

Revirei os olhos.

– Nem sei o que estou levando de presente.

– No convite dizia que as crianças estão comemorando sete anos. Comprei uma boneca para a menina e... *Lego* para o menino – disse ela, e me olhou, levantando uma sobrancelha ao dizer a última frase.

– Frederico gostava de Lego, Lucas, não. E se o menino puxou ao pai?

– Ai, pare de falar. Já estamos chegando. Essa é a rua. Qual o número da casa mesmo? Está no convite.

– Vinte e dois.

– Ah, nem precisava. Olha aquele palhaço feito de balões na frente daquela casa.

Olhei e era um palhaço gigante.

– Eu odeio balões – soltei.

Mas Lylu não pareceu ouvir.

– Vou só manobrar aqui e... Pronto, chegamos.

– Não quero descer.

Minha prima virou para mim e me sacudiu pelos ombros.

– Sua vida é um tééédio...

– Só se for pra você – me defendi.

– Você precisa parar de ser ranzinza e mal-educada.

Arregalei os olhos e a encarei. Por essa eu não esperava.

– Ninguém tem culpa do que aconteceu, e isso não pode definir você, muito menos assombrar a sua vida para sempre – continuou.

Eu fiquei como uma estátua, olhando para ela.

Lylu sorriu.

– Você merece viver novas experiências, sair desse casulo de mágoas. Agora saia do meu carro e vá conhecer o Frederico! – concluiu ela.

Eu ri.

– Você vai ficar aqui?

– Sim, até que me avise que está segura. Se mudar de ideia sobre chamar um Uber na volta, me ligue.

Concordei com a cabeça.

Virei e observei a casa com o palhaço. Havia um buraco na barriga dele, onde estava a porta de entrada. Achei aquilo bem estranho, mas respirei fundo e caminhei até lá.

Chegando à porta, virei para ver minha prima. Ela já não estava mais lá.

Uma sensação gelada invadiu minha barriga.

Não deixaria aquilo barato. Eu me vingaria de Lylu, mas pensaria em algo depois.

Enchi os pulmões de ar e expirei.

Bati à porta.

– Olá – me atendeu uma moça com um sorriso simpático.

– Eu... – comecei a falar, mas parei.

Como poderia explicar o que estava fazendo ali?

– Georgina?

Relaxei o corpo com um suspiro.

– Isso – falei e tentei sorrir.

– Sou a Luiza. Pode entrar. O Fred está no jardim.

Ela apontou para os fundos da casa.

– Ah... obrigada.

– Preciso pegar alguns doces na cozinha e já encontro vocês lá.

– Está bem.

Quando ela saiu, caminhei até o jardim.

Havia música alta, piscina de bolinhas, pula-pula e muitas crianças correndo.

Um rapaz corria atrás de uma menina vestida de princesa Leia, e um menino de Darth Vader corria atrás deles. Ele alcançou a menina e a abraçou. Quando o menino alcançou os dois, fizeram um tipo de abraço triplo, se desequilibraram e caíram. As gargalhadas eram contagiantes. Sorri observando a cena.

– Francamente, Fred. Vai desarrumá-los antes das fotos como nos outros aniversários? – gritou Luiza, surgindo atrás de mim.

Fred. Ela disse Fred. Era ele!

Quando o rapaz virou em direção à Luiza, pôs os olhos em mim e parou de sorrir.

Levantou-se e ajudou as crianças a se levantarem também. Limpou a grama da roupa e veio em minha direção, passando as mãos pelo cabelo.

Meu coração começou a bater forte no peito, o ar sumiu do universo e, enquanto ele caminhava, eu não conseguia desviar meus olhos dos dele. Como se tivessem algum tipo de magnetismo.

Ele parou na minha frente, a uma distância segura, respeitosa.

– Você veio.

– Você me convidou – tentei brincar, mas minha voz saiu estranha.

Forcei uma tosse para coçar a garganta.

Então, como se saísse de um transe, ele me estendeu a mão e disse:

– Eu sou o Fred.

Aceitei o cumprimento.

Rimos, eu com uma mistura de alívio por quebrar a tensão.

Fred tinha um olhar familiar.

– Eu ia dizer que sou a Georgina, mas acho que você já sabe.

– Ainda não acredito que esteja aqui.

Olhei em volta e vi Luiza ajeitando as roupas dos filhos enquanto eles tentavam fugir dela.

– Meu conhecimento de *Star Wars* é bem pequeno. Mas se seu afilhado se chama Luke, por que está vestido como Darth Vader?

Seguindo meu olhar, ele observou a cena por alguns segundos.

– Se Leia está vestida de princesa Leia, ele não deveria estar de Luke Skywalker? – completei, para o caso de ele não ter entendido.

– Eles são cheios de personalidade. Não me lembro de ser assim na idade deles.

– Eu não lembro de quase nada da minha infância.

Fred me olhou.

– Soube disso recentemente.

Balancei a cabeça, me divertindo. Ele continuou:

– Mas então, quando eles souberam que os nomes vieram dos personagens, quiseram ver os filmes e ficaram viciados. Foi no ano passado. Luke quis saber por que o pai tinha escolhido aquele nome, já que "o Darth Vader era *tão mais legal*", nas palavras dele.

Observá-lo ali, falando de forma tão descontraída, me aquecia o peito. Um sentimento tão bom, puro e viciante.

– Lucas ficou sem argumentos, como você pode imaginar, e ficou decidido que, quando Luke tivesse idade suficiente, poderia mudar o nome – concluiu, dando de ombros.

Foi impossível não rir.

– Vamos torcer para que ele mude de ideia até lá – comentei.

Fred me encarou por um momento.

– Você não se lembra mesmo?

Parecia inconformado.

– Esperava que me ajudasse com isso.

Olhando para os meus braços, ele falou:

– Quer que eu leve os presentes para você não precisar ficar segurando?

– Não, pode ser depois. Gostaria que me desse algumas respostas.

– Certo. Você quer... sentar na grama?

Arregalei os olhos e o encarei. Essa frase, esse tom.

Sentamos, enquanto a minha cabeça não parava de tentar buscar de onde vinha essa memória.

– Eu sinto que conheço você, mas, de verdade, não me lembro de onde.

– Escolinha Santa Bárbara.

Disso eu me lembrava.

– Meu Deus, como você sabe?

– Porque eu também estudei lá.

Ele tirou uma foto do bolso e me entregou.

Parecia um aniversário dele numa escola. Vários alunos em volta, ele na frente do bolo e eu ao seu lado com uns quatro anos.

– Meu Deus! – soltei de novo, e coloquei a mão na boca. – Sou eu! – falei, apontando para a foto.

– Eu sei – disse ele, parecendo se divertir.

– Como isso é possível?

– Eu só consigo culpar o destino.

– Mas como... como você me achou?

– Foi como que eu disse na carta... – ele começou a falar, mas foi atacado por um cachorro que não consegui ver de onde veio. Ele lambia o rosto de Fred freneticamente.

21

– *Lego Filho!* – ouvi alguém gritar de longe.

Uma senhora se aproximou com um cachorro menor ao seu lado.

– Ai, filho, desculpe. Quando ele viu você, não pude segurar.

Fred fazia carinho no cachorro, tentando acalmá-lo.

– Oi, filhão – disse ele.

– Ah, olá – disse a senhora para mim.

– Essa é a minha mãe. Mãe, essa é a Georgina. E esses são Lego Filho e Lego Neto.

Ele nem precisava me dizer. Graças às suas cartas, eu já sabia.

Levantei e abracei a mãe dele.

– Muito prazer – falei.

– Vieram bem, mãe?

– Sim, os dois ficaram bonzinhos no banco de trás. Vou ver se a Luiza precisa de alguma ajuda.

– Tá bom.

Ela saiu com Lego Neto, muito comportado, ao seu lado.

Lego Filho se sentou no meio das pernas de Fred.

– Posso acariciá-lo? – perguntei.

– Claro, é meu camarada.

Acariciei seu pelo macio e ganhei uma lambida na mão.

– Ele é muito fofo.

Compartilhamos um silêncio um pouco constrangedor.

– Ele é mesmo... Bem, quando vi sua foto no site da revista, soube que era *você*. Comecei a pensar num jeito de falar com você, mas, sempre que eu falava com alguém, a resposta era que você era inacessível e também a rainha do gelo.

Eu ri.

– Que exagero – soltei.

– Seria impossível me aproximar ou conseguir algum contato com você. Então me lembrei de um livro da minha mãe, que li uma vez nas férias. Se chama O *confidente*. A personagem recebe cartas e fica todo um suspense para saber quem as envia e por quê.

– Acho que já vi algo parecido em algum lugar – debochei.

– Só queria que você me conhecesse antes de... me dar um fora.

– Isso foi bem dramático. Faz parte de O *confidente*?

– Não, só roubei a ideia das cartas.

– Foi ousado e bem original, confesso.

– Então, o sr. F. tem chances?

– Talvez, vou pensar e escrevo para ele quando decidir.

– Aproveite e conte o que fez da vida desde o jardim de infância.

– Serão muitas cartas.

– Ele tem a vida toda pra você.

Nós nos olhamos, e eu esperava não estar com o mesmo brilho nos olhos e o sorriso bobo dele. Precisava de algum tempo até poder admitir para mim mesma, e em voz alta, que estava caidinha por ele.

– Fred, vamos cantar parabéns! – gritou um rapaz de longe, nos despertando daquele transe.

Ele me ajudou a levantar.

Seguimos lado a lado até a mesa do bolo. No caminho, deixei os presentes numa caixa grande, junto com os outros.

Mesmo que tudo parecesse errado, acabei descobrindo que era exatamente como devia ser.

O amor e o tempo

Desire Oliveira

“Você me amava, Cathy. Que direito tinha de me deixar?”

Emily Brontë, *O morro dos ventos uivantes*

1

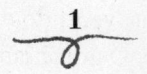

Aquele era o seu momento favorito do dia: quando o marido estava no trabalho e os filhos na escola. O jantar estava quase pronto no forno, bastariam poucos retoques para finalizá-lo e a casa estava limpa e arrumada. Era fim de tarde, mas ainda sobrava um tempinho e aquele era o seu tempo. Seu e dele. Dela e de seu livro favorito.

Amélia abriu o livro com o cuidado de sempre, como se aquele fosse seu bem mais precioso. E na verdade era. Todo o restante era do marido ou dos filhos, a casa, os móveis, o carro novo em folha, os brinquedos que viviam espalhados pelo chão, tudo aquilo eram coisas soltas, peças que completavam um lar, mas aquele era seu tesouro, quase um pedaço de si mesma.

Ela se recordava de quando o pai lhe comprara aquele exemplar e o trouxera numa noite inesperadamente fria, próxima do Natal. Devia ter sido colocado debaixo da árvore, junto aos demais presentes, porém, se havia alguém mais ansioso do que seu pai, certamente ela não conhecia. Logo que ele chegou em casa, ela já correu para abraçá-lo e ganhou ali mesmo o seu presente de Natal antecipado. Era uma jovem de dezesseis ou dezessete anos. Em menos de dois anos estaria casada e deixaria a pequena cidade do interior e a casa de seus pais, levando, contudo, a obra que marcara a transição da sua adolescência para a vida adulta.

As voltas que o tempo dá era o romance de estreia de um autor que nem chegou a ficar famoso. O romance teve pouca repercussão, e mal foram vendidos todos os exemplares da primeira e única tiragem. O autor jamais escreveu outro livro e logo foi esquecido, mas a história dele ficou entranhada na alma de Amélia, e aquelas palavras pareciam brotar das páginas e se arrastar pela sua pele, quase como uma tatuagem invisível a olho nu.

Tratava-se da história de um jovem casal que se apaixonara perdidamente e fora separado pelo pai dela. Ele, pobre e sem recursos, lutou e buscou a vida toda se tornar alguém digno, retornar à cidade e conquistar seu grande amor. E o final era a parte preferida de Amélia.

Quase um mês antes, ela havia terminado mais uma leitura com lágrimas nos olhos e a mesma emoção de quando o lera pela primeira vez. Os dias seguintes foram corridos, com a volta às aulas das crianças, as compras do material escolar, as primeiras tarefas letivas. Seu marido também estava bastante atribulado no trabalho, com a abertura de uma nova loja de calçados, e ela precisara ajudá-lo com uma série de compras, organização do estoque e até com retoques na decoração da loja. Márcio era um homem muito atencioso, mas de péssimo gosto e, felizmente, contava com Amélia e confiava nela para esses pequenos ajustes e detalhes que faziam toda a diferença.

A primeira loja fizera tanto sucesso que o marido conseguiu um novo sócio para abrir uma segunda unidade num bairro próximo. Os sapatos vinham direto da Europa e eram muitos apreciados por aqui. E o sucesso estava na qualidade, mas também no árduo trabalho deles, de forma que ela só conseguiu alguns minutos para si naqueles primeiros dias de março quando pôde, finalmente, retornar ao mundo caótico, porém belo, de seu livro.

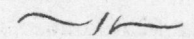

William Shepard tinha um único desejo em sua pobre e miserável vida: conquistar o coração da srta. Elizabeth, filha do sr. Marshall, dono da fábrica de sabão onde ele passava incontáveis horas de seu dia. O maquinário rugia. A fumaça o inebriava, mas qualquer dessabor valia a pena nos dias em que ele podia observar Elizabeth ao longe, ao entardecer, quando a bela garota vinha à fábrica, trazer o chá da tarde para o pai.

Naqueles breves momentos diários, William fazia de tudo para ter uma pausa no trabalho e conseguir chegar o mais próximo possível dela. Observar de perto sua face delicada e muito pálida, os cabelos dourados, a boca fina e rosada e os olhos azuis como uma lagoa profunda. Elizabeth era a mulher mais bonita que ele já vira e sua voz era doce e suave como seu sorriso.

Primeiro ele se aproximou com parcimônia e timidez, entretanto, aos poucos, ofereceu-lhe ajuda com a pesada cesta que ela trazia nas pequenas mãos enluvadas e, dia após dia, eles começaram a trocar palavras soltas, conversas sem propósito, mas que traziam um significado imenso para ele.

– Boa tarde, srta. Marshall – disse, sorrindo brevemente e oferecendo-se para apanhar a cesta das mãos dela, tão logo ela entrou na fábrica. – A senhorita está muito bela hoje neste vestido – acrescentou quase num sussurro.

– Oh, muito obrigada, sr. Shepard – respondeu Elizabeth, não conseguindo evitar o rubor em sua face. – Pensei que a chuva não daria trégua e passaria o dia sem ver o senhor.

Ela fora ousada, sabia disso. Todavia, aqueles breves momentos na fábrica, ao lado do jovem rapaz alto, forte e moreno, empregado de seu pai, e cujos olhos negros pareciam observar sua alma, faziam o seu dia ter um brilho quente e dourado que ela nunca sentira antes. William Shepard era atencioso, gentil, educado e muito, muito bonito. Certamente, poderia ter qualquer mulher que desejasse, e várias trabalhadoras da fábrica faziam de tudo para atrair a sua atenção, mas era a ela que ele recorria dia após dia.

Era março de 1914, os rumores de um conflito armado espalhavam-se pelas ruas escuras de Londres mais rápido do que a fuligem das chaminés das fábricas. A cidade reverberava com o medo de uma guerra iminente, mas nada daquilo importava, se Elizabeth pudesse ver o rapaz de seus sonhos por alguns minutos todos os dias.

Ela sonhava acordada com o momento em que ele pediria sua mão a seu pai, e já tinha até pensado no vestido branco e rendado que usaria no casamento. Se fechasse bem os olhos, conseguiria vê-lo num terno escuro e de corte elegante, sem qualquer traço de sujeira e fuligem nas mãos e no rosto belo e de traços fortes, aguardando por sua entrada na pequena capela perto de sua casa. Seria uma linda manhã de sol, se Londres colaborasse e Deus ouvisse as suas preces.

– Estava chovendo, senhorita? – perguntou ele, prolongando a conversa, mesmo sem qualquer interesse em meteorologia.

– Sim, torrencialmente desde o fim da manhã. Não ouviram a chuva?

– Não conseguimos ouvir nada por cima do barulho das máquinas – disse William, sorrindo com um pouco de amargura na voz. – Aqui nos escritórios, o ruído do maquinário é menor, mas, no meio da fábrica, mal conseguimos ouvir nossos próprios pensamentos.

Elizabeth suspirou de desalento. Sabia das condições precárias dos trabalhadores, já tinha ouvido falar, mas seu pai afirmava que aquilo era tudo bobagem. O povo reclamava porque sempre queria mais e mais. Contudo, William não estava reclamando, nunca lhe pedira nada, nenhum recado a ser levado a seu pai – o que muitos trabalhadores faziam quando a viam por ali. Ele parecia conformado. Como se aquela fosse a sua vida desde sempre e nada pudesse mudá-la.

– Sinto muito, sr. Shepard – sussurrou ela, desejando poder mudar o destino dele e dos outros trabalhadores. – Preciso levar o chá para meu pai.

Em seguida, pegou a cesta de volta dos braços dele. Gostaria de ficar, permanecer o resto da tarde ao lado daquele rapaz que ela sempre observava de longe, mas sabia ser impossível. Era um amor proibido e precisava tirar essa loucura de seu coração.

– Claro... – falou William, seu olhar suplicando que ela não partisse, mas ambos sabiam que o encontro chegara ao fim. – Tenha uma ótima tarde, srta. Marshall.

– Bom trabalho, sr. Shepard.

Enquanto observava sua dama avançar pelo corredor dos escritórios, William se decidiu. Pediria hoje a mão da srta. Elizabeth ao sr. Marshall, tomaria um empréstimo no banco, se necessário, para poder dar entrada numa casa digna da elegância e classe dela. E juntos eles seriam mais felizes do que jamais poderiam sonhar. Mas, antes, ele precisava confirmar que o amor que sentia por ela era definitivamente correspondido.

Tomado por uma coragem súbita, ele aguardou, por longos minutos, próximo à área dos escritórios, fingindo estar verificando as caixas que continham as barras do sabão forte e escuro que produziam. Sabia que, se fosse pego ali por seu supervisor, teria sérios problemas, mas não conseguia controlar a ansiedade em seu coração.

A srta. Elizabeth nunca se demorava muito levando o chá para o sr. Marshall. William duvidava que o dono da fábrica se permitisse uma pausa daquelas em meio ao expediente. Ele comandava a fábrica com punho de ferro e não era de seu feitio tirar os olhos de seus empregados por um minuto sequer.

Quando William estava quase desistindo de esperar, ciente de que o supervisor esquadrinhava a fábrica por entre as máquinas, à sua procura, ele a viu voltando pelo corredor dos escritórios e pôde sentir na pele o calor que o sorriso dela irradiou ao lhe ver.

– Sr. Shepard, ainda por aqui? O que...

Ele a interrompeu, encaminhando-a até a sala dos empregados, no início do longo corredor e que nunca era utilizada por ninguém. William fechou a porta atrás de si e tentou colocar as palavras em ordem em sua mente.

– Srta. Elizabeth, me desculpe por isso, mas gostaria de ficar a sós com a senhorita por um momento.

Ela estava ofegante e sentia uma eletricidade percorrendo seu corpo. Sonhara com aquele momento, uma chance de ficar mais próximo, de realmente se conhecerem. Mesmo sabendo que nada daquilo era minimamente prudente.

– Por favor, me chame apenas de Liz. É como os meus amigos mais próximos me chamam.

– Liz... – ele sentiu aquelas poucas letras dançando pela sua boca, enquanto se aproximava dela. – Me chame, então, de William.

Ela apoiou a cesta vazia sobre a mesa, permitindo que ele segurasse suas mãos. Aquele toque, mesmo que através das luvas finas e rendadas dela, era capaz de produzir faíscas e Elizabeth poderia jurar que seu coração estava pulando uma ou outra batida a cada passo que ele dava em sua direção.

– Liz, por favor, diga que não estou louco.

– O senh... William... – corrigiu-se ela –, você não está louco. Se estivesse, então, estaríamos os dois perdidamente loucos.

Ele a beijou com todo o amor e a paixão que carregara em seu peito por semanas e ela se entregou de corpo e alma àquele beijo, sentindo que seus sonhos estavam finalmente se realizando.

Seria capaz de convencer seu pai de que aquele era seu amor mais verdadeiro?

Para William, não havia mais motivos para que esperassem, nem dúvidas que o deixassem acordado durante a noite. Elizabeth era sua e ele pertencia inteiramente a ela. Só restava, assim, pedir sua mão formalmente ao pai dela. E o sr. Marshall haveria de aceitar, depois que lhe provassem o quanto se amavam.

Após um beijo breve, ouvindo os gritos do supervisor que o procurava, eles se despediram com o coração aos pulos e William retornou ao seu posto. Ele aguardou até o início da noite, quando ocorria a troca de turno dos empregados. O sr. Marshall sempre vigiava a troca, observando atentamente a maré de homens e mulheres exaustos que deixavam seus postos ser substituída por uma nova leva de trabalhadores, apenas ligeiramente mais despertos, que dariam continuidade à produção.

As máquinas não podiam parar. Tempo é dinheiro. E todos ali eram seus fiéis escravos.

– Sr. Marshall, teria um minuto? – perguntou William, esforçando-se para não gaguejar. Deveria soar como um homem forte e decidido.

– Volte ao trabalho, meu rapaz – respondeu o velho senhor, já vestindo o chapéu e preparando-se para deixar o lugar. – Não tenho tempo para mais demandas do sindicato.

– Não, sr. Marshall, não é sobre isso – disse William, seguindo-o pelo corredor apertado e escuro. – É sobre sua filha, a srta. Elizabeth.

O sr. Marshall interrompeu a caminhada com um olhar curioso. Estavam na entrada da fábrica, no saguão que levava ao emaranhado de máquinas e assovios ininterruptos. Operários entravam e saíam pelos portões de ferro fundido, logo à frente, enquanto os últimos raios de sol despontavam no horizonte.

– O que tem minha filha, rapaz?

Com um suspiro decidido, William levantou a cabeça pela primeira vez, olhando nos olhos do temível empregador. Bastaria um sinal ao supervisor para que o sr. Marshall o demitisse, tirasse dele toda a fonte do seu pouco sustento. Ou pior, o forçasse a trabalhar mais turnos dobrados, pagando menos do que deveria, colocando-o na área das caldeiras para alimentar o fogo eterno e cruel que movia as máquinas, onde o calor parecia ser capaz de derreter a pele dos operários.

– Eu gostaria de pedir a mão da srta. Elizabeth em casamento, senhor.

O sr. Marshall permaneceu em silêncio, o bigode espesso e cinzento não se moveu um único milímetro. Parecia que o velho nem mesmo respirava. Porém, seu olhar já denunciava o ultraje que sentia.

– Se-se o senhor me permitir, é claro – continuou William, começando a suar frio. – Nós...

– Nós? Não existe "nós", meu rapaz. Você nunca vai se casar com a minha filha – bufou ele, dando-lhe as costas e seguindo para a saída.

William perdera o ar e a fala, a recusa soando-lhe como um soco na boca do estômago.

– Mas, senhor...

– Quem você pensa que é? – virou-se, fitando-o. – Um pé-rapado, sem dinheiro, sem família, sem bens.

Ele cuspia as palavras com uma voracidade que era dedicada somente aos malditos sindicalistas.

– Você não é ninguém – continuou. – Você nunca será alguém, e minha filha merece um homem de verdade. E não um moleque sem futuro como você. Volte para o trabalho e nunca mais chegue perto de Elizabeth.

"Você não é ninguém."

A voz enérgica e aquelas palavras asquerosas grudaram em sua mente, deixando um gosto rançoso e amargo no fim da boca. William se recordou de todas as vezes em que ouvira aquela frase maldita. Você não é ninguém. Órfão desde pequeno, o rapaz crescera entre os becos sujos de Londres, fugindo de orfanatos tenebrosos e passando o pão que o diabo amassou para conseguir uma refeição por dia.

Sempre observara ao longe os burgueses em seus belos carros, roupas engomadas e muito luxo. Sempre quis ser um deles, sempre quis ser merecedor de todo aquele esplendor. Trabalhou desde criança, estudou pouco, mas buscara aprender tudo o que podia por conta própria. O emprego na fábrica era sua chance de crescer na vida, juntar algum dinheiro, alugar uma casa melhor apenas para si, e não mais viver num buraco imundo com mais quatro colegas solteiros. Porém tudo se esvaneceu quando William encontrou Elizabeth pela primeira vez. Toda a sua força e todo o seu desejo se voltaram para ela. E agora todos os seus sonhos ruíam mais uma vez.

"Você não é ninguém."

William sentiu toda a fúria nascer bem no fundo do seu coração e se irradiar pelas veias, espalhando-se pelo corpo. Podia sentir a adrenalina nublar sua visão, deixando-o surdo e destemido. Aquele velho iria pagar por isso.

Ele avançou pela rua, seguindo-o de perto, pronto para desferir o primeiro golpe, quando um capanga do empregador surgiu ao seu lado, derrubando-o no chão com um soco na altura do pescoço. Sem ar e com uma dor aguda, William sentia os pontapés do agressor quebrando seus ossos, o sangue misturando-se à sujeira da calçada molhada pela chuva.

Ainda enquanto apanhava, ele pôde sentir o velho sr. Marshall olhando-o de cima, de onde sempre esteve, e ouvir, pela última vez, as palavras que mudariam sua vida para sempre.

"Você não é ninguém."

E quando tudo acabou e a noite encheu as ruas de sombras e perigo, William ainda sentia os ossos fora do lugar e o sangue manchando sua pele e grudando nas roupas simples e puídas que vestia. A dor da surra levara a sua coragem, mas jamais derrubaria a sua força. Ele iria se reerguer. E iria se tornar alguém. Na verdade, ele já se tornara um outro homem naquela noite.

Amélia fechou o livro com um suspiro de saudade enquanto ouvia o relógio da sala soar por seis vezes. O marido e os filhos logo estariam em casa. Era o fim da leitura naquele dia.

Ela finalizou o jantar, dourando as batatas que acompanhavam a carne assada, do jeito que Márcio gostava. Deixou o arroz branco bem soltinho e preparou uma salada de folhas e tomates. Os jantares durante a semana eram simples, porém, aos domingos, Amélia colocava todos os ensinamentos de sua mãe em prática e preparava grandes refeições para a família reunida. Havia sempre dois ou três tipos de carne, massas, legumes assados, verduras frescas e um belo bolo ou torta, conforme a vontade dos filhos.

Pensava em qual sobremesa faria no próximo fim de semana quando ouviu o ronco do carro na porta da garagem, em conjunto com a algazarra das crianças que voltavam a pé da escola. Amélia secou as mãos no pano de prato, observando a cena pela janela, um sorriso fino e amável em seu rosto. Pai e filhos chegaram juntos e alegres, falando todos ao mesmo tempo, espalhando casacos, sapatos e mochilas pela sala de estar.

As crianças estavam famintas e Márcio parecia abatido e cansado, porém feliz. Ele lhe deu um suave beijo nos lábios, largando-se em sua pomposa poltrona de couro, à frente da televisão. Amélia o viu ligar o aparelho e logo começou a recolher e organizar os pertences espalhados pelo cômodo.

– Crianças, vão lavar as mãos. E levem suas mochilas para o quarto!

Ela mantinha o mesmo sorriso leve e impassível enquanto ouvia os passos apressados da filha mais nova e dos dois meninos subindo as escadas. Caminhou até o aparador no canto da sala e preparou uma bebida para o marido, como fazia todos os dias.

Às vezes ela gostaria de ter uma folga de todas aquelas tarefas diárias e da rotina extenuante do cuidado com a casa e os filhos, mas Amélia sabia que o marido jamais lhe permitiria isso. Ele sempre reclamava de como as "mulheres de hoje" viviam reclamando de barriga cheia, querendo igualdade e os mesmos direitos, mas sem "pegar no pesado como os homens". Por mais que ela não concordasse com Márcio, sabia que aquela era uma discussão que não os levaria a lugar algum.

Ela pensava, então, que era melhor viver em paz com o marido do que tentar provar a ele que as mulheres estavam certas. Assim, Amélia apenas as observava de longe, satisfeita por saber que havia mulheres corajosas que estavam tentando mudar o mundo. Ela definitivamente torcia por isso silenciosamente.

– Como foi seu dia, querido? – perguntou, entregando-lhe o copo de uísque com gelo.

– Cansativo – respondeu ele, do jeito como sempre fazia. – Mas um bom dia. A loja nova está cada dia com mais clientes. Alfredo já está até pensando em abrirmos mais uma no ano que vem.

– Tudo ao seu tempo, não é mesmo? Vocês também precisam descansar um pouco – respondeu ela suavemente, como sua mãe havia lhe ensinado, pensando que Alfredo, o sócio do marido, nunca parecia satisfeito com o sucesso que eles obtinham. Ele queria sempre mais e mais. Devia ser exaustivo ser esposa de um homem assim.

Depois do jantar, Amélia mandou as crianças para o banho e os ajudou na lição de casa enquanto arrumava a louça e deixava a cozinha em ordem. Arthur era seu filho mais velho, no auge dos seus quinze anos, e não precisava mais de ajuda para nada. Estudava de manhã e trabalhava à tarde com o pai na loja. Aprendia com ele tudo o que precisava para assumir o negócio depois dos estudos, desde como lidar com as movimentações contábeis e negociações com fornecedores até os pormenores da fabricação dos calçados.

Osvaldo, o filho do meio, tinha quase quatorze anos e logo começaria a ajudar na loja. Diferentemente do irmão, ele era muito mais estudioso e a escola recomendara que ele cursasse também as disciplinas especiais do turno da tarde, para insatisfação do marido. Márcio queria todos os homens da casa trabalhando desde cedo, mas Amélia conseguiu convencê-lo a deixar que o filho estudasse por mais aquele ano. Ela torcia para ter a mesma sorte no ano seguinte.

A mais nova se chamava Marcela e, assim como os meninos eram cópias menores do pai, ela puxara todos os belos traços da mãe. Cabelos escuros e olhos castanhos, nariz e boca pequenos e um olhar curioso como de um gato. Bem diferente dos meninos, que tinham os cabelos mais claros, como os do pai, e os olhos verdes e alegres de seus avós.

Amélia já estava pronta para dormir e passava de quarto em quarto, desejando boa-noite a cada um dos filhos. No quarto dos meninos, ela encontrou Arthur exausto, após a dupla jornada do dia, enquanto Osvaldo apertava-se no canto da cama com um livro de ciências, absorvendo a luz dourada do abajur à cabeceira. Do outro lado do corredor, parou à porta do quarto de Marcela, espiando a filha que se arrumava em frente ao espelho.

– O que está fazendo aí? Já está na hora de dormir.

– Noventa e oito, noventa e nove e cem – falou a menina, deixando a escova sobre a penteadeira. – Preciso escovar os cabelos cem vezes antes de dormir, mamãe, já disse.

– E quem disse isso? – perguntou, sorrindo enquanto levava a filha até a cama, ajustando seus cobertores.

– Eu li numa revista – respondeu a menina de maneira muito adulta, apesar dos seus treze anos.

– E onde você conseguiu essa revista?

– A Maria me emprestou. Ela deixa a gente ler durante o recreio. O pai dela compra as revistas no centro e traz para ela. *Toda* semana.

– Uau, *toda semana*. Vocês devem ler *muito*, então.

Amélia não conseguiu evitar o tom jocoso e irônico, mas, felizmente, a filha não percebeu.

– Gostaria de ler mais. Por que você não compra essas revistas para mim?

Amélia se sentou na beira da cama, olhando com carinho para a filha.

– Porque essas revistas são fúteis e bobas. Você não precisa disso.

– Mas eu quero ler! – choramingou a garota.

– Se quer ler, leia um livro.

– Mas eu já li todos por aqui. E estou cansada dos livros da biblioteca da escola.

– Podemos ir a uma livraria nesse final de semana ou à biblioteca municipal, que tal?

Os olhos da menina brilharam de um jeito muito suspeito.

– Eu quero ler o livro que você lê.

– O meu livro? Ah, não, querida, você não tem idade para ler esse livro ainda.

A menina murchou como uma flor sem sol.

– Mas prometo que, quando ficar mais velha, poderá lê-lo quantas vezes quiser – continuou a mãe.

– Você promete?

A súplica no olhar de Marcela era evidente.

Tudo o que ela sempre quis foi conhecer a história que sua mãe tanto amava, cujas páginas possuíam marcas de anos de leituras e releituras. Sentir a emoção que Amélia sentia, suspirar como ela fazia ao final de cada capítulo e derramar as lágrimas de dor e saudade ao chegar ao fim da história. Era o maior sonho que uma menina de treze anos poderia ter.

– Eu prometo.

2

Quarenta anos depois...

Marcela se afastou um pouco da tela do computador, sentindo as costas doloridas pela tensão. Estava trabalhando naquele projeto havia semanas, e tudo estava quase finalizado. A planta de um novo hospital pediátrico no coração da cidade. Mal pudera acreditar quando seu escritório de arquitetura vencera a licitação da prefeitura e ganhara o contrato. Aquele era o maior projeto em que eles já tinham trabalhado. Ela e seu marido, ambos sócios e arquitetos.

Conheceram-se na faculdade e tinham tantas coisas em comum quanto divergências, mas o amor supera tudo, certo? Afinal, já diziam todos: os opostos se atraem. E isso funcionou muito bem no começo. Viam graça e leveza nas diferenças, nos gostos, nos prazeres.

Ele sonhava em se tornar o novo Oscar Niemeyer, enquanto ela queria desenhar belos projetos e viver confortavelmente e feliz. Dinheiro e fama nunca tinham sido seus objetivos, mas o marido era ganancioso. Não, ela estava sendo injusta, ele era apenas um homem ambicioso, dedicando-se com todo o afinco ao trabalho. E com isso eles cresceram.

Tiveram dois filhos, uma menina e um menino, com quinze e dezessete anos, respectivamente. Cleo e Jonas eram sua maior felicidade na vida e um dos grandes motivos pelo qual ela continuava casada. Uma constatação cruel e triste, porém verdadeira, que ela apenas recentemente tivera coragem de assumir para si mesma.

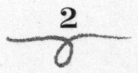

O tempo é o herói e o vilão de tudo, dizia sua mãe. E ela estava certa. O tempo cura, apaga os detalhes, mas também realça as diferenças. Coisas pequenas tomam grandes proporções com a passagem dos meses e anos, acumulando-se como poeira entre os vãos de um relacionamento. Até que não há mais nada para manter o alicerce de pé. Apenas pó e vento. Dor e desilusão.

– Acabei por aqui hoje e você?

Ela girou a cadeira até a bancada ao lado, observando Fabrício debruçar-se sobre o esboço. A luz amarela e quente sobre a mesa dava aos cabelos negros e impecáveis dele um halo dourado, quase como o de um anjo.

Havia olheiras profundas e escuras sob os olhos azuis dele, mas o olhar estava vivo e injetado, quase feroz, como sempre ficava cada vez que ele se dedicava a um novo projeto. Havia paixão ali, uma força pulsante e magnética, algo quase mágico, que transbordava dele para o papel à sua frente. Ele era um homem apaixonado. Apenas não mais pela sua esposa.

– Isso aqui ainda vai longe, querida. Quero terminar mais alguns detalhes do térreo.

Ela assentiu, levantando-se e recolhendo suas coisas. O relógio caro e moderno na parede que ele escolhera marcava 19h30 e ela sentia falta dos filhos e do conforto do seu sofá.

– Vejo você em casa, então – disse, pegando a bolsa e o celular e se encaminhando para a porta.

– Ok – respondeu ele, já concentrado no objeto à sua frente. – Mas não me espere. Não sei que horas vou sair daqui.

Marcela suspirou enquanto despedia-se da secretária e deixava o escritório. Não sabia por que se importava tanto. Seria mais fácil se simplesmente não o amasse. Seria libertador. Quase uma redenção.

Pela primeira vez em anos, ela se lembrou de um velho livro da sua mãe, que lera quando já estava na faculdade. Sua mãe nunca deixara que ela o lesse quando era criança, e, depois da puberdade, os garotos e os problemas da adolescência a fizeram se esquecer daquele desejo infantil. Até que, já mais velha, a mãe lhe presenteou com uma edição e ela o leu por inteiro quase no mesmo dia.

Sabia que era o livro favorito de sua mãe e a história, sem dúvida, era bela e intensa, contudo, não se recordava de ter sentido o mesmo entusiasmo e emoção de dona Amélia durante a leitura. Mas estava em outra fase da vida, muito jovem na época e cheia de sonhos para o futuro, a carreira e o amor.

Não sabia explicar, mas sentiu vontade de ler aquele livro de novo. Acreditava que iria encontrar um novo sentido para o amor de William por Elizabeth. Uma nova chance de mergulhar naquela história e, quem sabe, se apaixonar como sua mãe fizera.

Uma boa leitura, era disso que precisava. Procuraria o livro mais tarde, depois do jantar com as crianças, pensou enquanto estacionava o carro na garagem do condomínio.

– Boa noite, tudo bem por aqui? – perguntou Marcela, entrando pela porta da frente do apartamento, procurando pelos dois filhos.

Apesar de não os ver por ali, o apartamento estava barulhento e aconchegante como sempre. As luzes quentes da sala e dos corredores estavam acesas – seus filhos nunca se lembravam de apagá-las quando deixavam um cômodo –, a televisão reverberava até a sala de estar e as vozes deles eram ouvidas da cozinha, à direita.

Marcela colocou a bolsa no suporte à esquerda da porta, sentindo-se em casa. Aquele era o seu lar. Podia não ser a casa dos seus sonhos, que um dia seria projetada por ela e pelo marido, como eles tanto sonhavam, mas era um ótimo apartamento, num bom bairro, comprado com muito suor, numa época mais tranquila, ainda no início do casamento. Cada detalhe da decoração fora discutido e planejado por eles, e modificado pouco ao pouco ao longo dos anos. Era uma pena que mal ficassem por ali para usufruir do belo resultado que conquistaram.

– Estamos aqui na cozinha, mãe! – ouviu Cleo berrar por cima do noticiário na televisão.

Eles estavam sentados nos bancos altos diante da bancada americana no centro da cozinha, onde os móveis e eletrodomésticos brilhavam em branco e inox. Deu um beijo e um abraço em cada um, como sempre fazia, desejando que parassem de crescer. Parecia que cresciam meses a cada dia. Claro que não estava pensando apenas na altura deles, mas Jonas estava mais alto do que ela e o marido, e Cleo já estava da sua altura e tinha apenas quinze anos. Em breve, eles precisariam de novas camas, novos quartos, novas casas. Seriam adultos quando ela menos esperasse.

– Tudo certo no trabalho? – perguntou Jonas, deixando o celular de lado.

Ele era igualzinho ao pai, quase uma cópia perfeita. Os mesmos cabelos escuros, mas desgrenhados no filho, os olhos azuis, os traços fortes, desde o nariz até o queixo. Cleo, por outro lado, era mais parecida com ela, apesar dos olhos claros do pai. A garota tinha a mesma pele pálida e o nariz fino e delicado da mãe. E os cabelos outrora castanhos já tinham sido tingidos de tantas cores que Marcela quase não se lembrava do tom original deles. Nesse mês estavam num intenso e colorido rosa-chiclete, cortados na altura do queixo.

– Sim, tudo ótimo. E na escola?

– Tudo bem.

– Papai vai demorar? – emendou Cleo, enquanto digitava no celular.

Eles pareciam ser incapazes de passar segundos longe daqueles aparelhos.

– Sim, vai demorar – respondeu Marcela, tirando um copo do armário, servindo-se de um pouco de água. – Como sempre... – emendou num sussurro antes de beber.

Pelo canto do olho, pôde ver Jonas dar um leve empurrão na irmã. Sabia que os filhos tinham percebido que o relacionamento dos pais estava indo aos trancos e barrancos, mas ficou surpresa e chateada com a constatação tão evidente. A última coisa que ela queria era colocá-los em meio a um divórcio.

– Pedimos comida chinesa, tudo bem? – disse o filho, mudando de assunto, checando o celular. – Vai chegar daqui a pouco.

– Pediram biscoitos extras? – perguntou a mãe, sorrindo levemente, colocando o copo vazio na pia.

– Sim! – responderam eles, juntos, e Cleo completou: – Biscoitos da sorte extras! Não sei por que a gente continua insistindo nisso se os biscoitos da mamãe são sempre os melhores.

– Os meus são bons também! – defendeu-se Jonas.

– Mas nunca são tão bons quanto as mensagens que a mamãe tira nos biscoitos dela.

– Parem com isso. – Marcela ria baixinho, ajeitando os pratos na mesa da sala ao lado. – A sorte é de todos.

– O Sol nasce para todos, mãe, mas a sua sorte é a melhor do que a de todo mundo – respondeu Cleo, tentando animar a mãe que parecia abatida.

– Hã-hã, sei... – zombou ela – Terminem de arrumar a mesa, por favor – pediu ela, ainda sorrindo para os filhos. – Vou me trocar.

Sorte no jogo, azar no amor?, se perguntou Marcela enquanto ia para o quarto. O armário de madeira tomava toda a parede à esquerda, com a cama ampla e arrumada de frente para a porta, uma mesa de cabeceira em cada lado. A janela à direita estava fechada, mas o sol brilhava por ali pela manhã, acordando-a lentamente, antes mesmo de o despertador tocar.

Ela vestiu o pijama, sentindo-se confortável e aquecida. Ouviu Jonas informar que a comida chegara e já podia sentir o aroma do macarrão e dos legumes fritos alcançando aquela parte do apartamento. Estava com mais fome do que imaginava. E, pela primeira vez ela não se perguntou se o marido estaria com fome trabalhando até tarde no escritório.

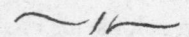

– Já decidiram o que vamos ver? – perguntou Jonas, enquanto secava os pratos após o jantar.

Eles costumavam assistir a um filme juntos uma vez por semana, caso os pais voltassem cedo do trabalho e Cleo e Jonas já tivessem terminado seus deveres de casa. Ultimamente, essas noites juntas em família estavam cada vez mais raras, com o pai passando altas horas no escritório e a mãe indo dormir cada vez mais cedo.

Mas como tiveram um ótimo começo de noite, saciados com a comida chinesa que tanto adoravam, contando as novidades do dia e as aulas que tiveram na escola, os filhos acharam que um filme seria uma ótima distração para a mãe deles.

– Não quero assistir a nada hoje, tudo bem? – respondeu, lavando o último prato e entregando-o ao filho. – Estou cansada e amanhã tenho uma reunião bem cedo. Vou sair antes de vocês.

– Mas já vai dormir, mãe? – perguntou Cleo, um pouco triste, guardando os pratos e talheres que o irmão secava. Eram uma verdadeira linha de produção.

– Ainda não, quero ler um pouco.

Os filhos pareciam chateados, mas ela não estava com cabeça para assistir a nada na televisão. Mal podia esperar para encontrar seu livro.

– Mas vocês devem assistir à alguma coisa! Qualquer coisa, menos terror.

– Ah, mãe, a gente não é mais criança... – disse o garoto, revirando os olhos.

– Eu não sou criança e tenho medo. Vocês também.

– Não temos medo – respondeu Cleo com certa superioridade.

– Não aposte nisso... – disse Marcela, sorrindo para os dois, antes de dar um beijo de boa-noite em cada um. – Não durmam muito tarde, ok?

– Pode deixar, mãe. Boa noite.

Eles a abraçaram.

Marcela deixou a cozinha ouvindo os sussurros dos filhos. Poderia ficar ali com eles, relembrando aquele dia, tudo o que ele representava e como não significava mais nada. Afinal, nenhum deles se lembrou da data, muito menos seu próprio marido. Porém, ela não queria se amargurar mais com aquilo. Já conhecia o fim, antes mesmo do amanhecer. Ela queria mesmo era encontrar William Shepard mais uma vez.

Achou o livro no escritório vizinho à sua suíte, dentre as centenas de livros da estante. Fabrício não era um leitor ávido como ela, mas entendia sua paixão e desenhara um belo escritório-biblioteca para ambos, todo em tons de madeira escura, com estantes nas paredes laterais e uma bela mesa de mogno ao fundo, próxima da janela.

Deitada em sua cama, Marcela se aconchegou nas cobertas e abriu o livro, pronta para esquecer seus problemas, mesmo que somente por alguns minutos.

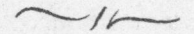

A guerra não é tão terrível quanto a descrevem nos livros. É ainda pior. Ver o companheiro ao seu lado sucumbir, vê-lo sangrar aos seus pés, sentir o cheiro de cobre do sangue corroer suas narinas, adentrar seus pulmões junto com a pólvora e a fumaça das explosões era pior do que a fuligem das máquinas da fábrica. Pior do que trabalhar nas caldeiras. Pior do que o inferno poderia vir a ser um dia.

Entretanto, William seguia determinado. Depois da noite em que fora deixado na sarjeta, espancado e sujo, como um rato moribundo, ele decidira que seria alguém na vida. Alistara-se no exército e começara o treinamento. A guerra teve início meses depois, e ele logo foi enviado para a frente de batalha. Sua força de vontade e inteligência não passaram despercebidas pelos oficiais e, em pouco tempo, ele começou a se destacar, assumindo postos mais estratégicos, alcançando patentes quase inalcançáveis para alguém de sua classe e com seu passado.

Ele fez de tudo para ser promovido no exército, passando por cima de colegas e superiores, se necessário, delatando traidores, comprando patentes. Sua primeira jogada de mestre havia ocorrido quando percebera que o capitão Stevens revelava informações táticas para o inimigo. Aquilo era grave e, todavia, a oportunidade perfeita. Então ele se aproximara do capitão, ganhando sua confiança. O traidor jamais lhe revelara nada, ele era esperto demais para se deixar enganar facilmente, mas também não fora necessário.

William informou ao major de sua base que havia suspeitas em relação ao capitão. O golpe quase saíra pela culatra, afinal, o capitão Stevens era bem-visto pelos oficiais e estava em forte ascensão no exército. William, entretanto, conseguiu plantar a dúvida na mente estreita do major e prometeu que lhe traria uma prova.

Com a cabeça a prêmio, William seguia o capitão dia e noite entre as batalhas e, quando a chance surgiu, conseguiu avistar o traidor, se comunicando com o informante inimigo num beco fora da base. Aguardou o fim da breve conversa e, antes que o inimigo partisse, encurralou-o na esquina seguinte.

– Essas informações são sigilosas.

William apontou para o bolso do casaco do inimigo, recheado com mapas e a carta que o capitão Steven acabara de entregar a ele.

– Não sei do que está falando.

O inimigo tentou fugir, mas William o agarrou pelo casaco e o pressionou contra a parede de tijolos de uma velha fábrica em destroços.

– Você não vai levar essas informações para o outro lado – disse, arrancando-lhe os papéis do bolso e os guardando em sua própria farda.

– Eu já ouvi falar de você, Shepard – falou o homem.

A ascensão meteórica de William o precedia, alcançando até as forças inimigas.

– Jamais imaginei que seria tão patriota.

– E não sou – respondeu, a contragosto, sua voz se tornando mais sombria enquanto mantinha firme a pressão sobre o pescoço do inimigo. – Você não pode levar essas informações, porque estão... incompletas.

O inimigo olhava para ele incrédulo, e William diminuiu levemente o aperto.

– Eu tenho informações melhores e vou entregá-las com uma condição.

O inimigo aguardava ansioso.

– Você levará minhas coordenadas e mapas ao seu superior e, quando tiverem certeza de que os dados estão corretos, não entrarão mais em contato com Stevens – continuou William.

– E, supondo que suas informações sejam mais precisas – disse o homem, com um fiapo de voz, tamanha era a força com que William o segurava –, se cortarmos a comunicação com Stevens, quem será nosso informante?

William soltou o inimigo, que ofegava e tossia, respirando com dificuldade. Ele buscou uma carta selada no bolso interno de sua farda e a estendeu ao seu mais novo amigo.

– Eu serei seu novo informante.

A partir desse momento, o plano se desenrolou rapidamente. As forças inimigas avançaram e venceram uma importante batalha com base na informação de William, e ele logo caiu nas graças dos austríacos. O caminho estava aberto e, em questão de meses, o major e ele conseguiram, além de desmascarar o traidor, criar uma emboscada para os superiores austríacos com uma série de informações falsas, que levou a uma grande vitória de seu país.

Agora, William era herói de guerra, aclamado e condecorado, e se tornara capitão. Mas sua sede de poder só aumentava, cegando-o.

Quando avançavam sobre uma cidade, ele era o primeiro a procurar por espólios de guerra nas casas abandonadas. Certa vez, entrou na casa de um nobre francês durante uma batalha contra os alemães. Estava numa pequena cidade rural da França, e aquela casa poderia lhe render algum tesouro escondido, mesmo depois de meses sob as mãos dos inimigos.

Ordenou que os homens de seu pelotão seguissem em frente e adentrou sozinho na extensa e decadente residência. Os móveis estavam destruídos, desordenados. Cortinas haviam sido rasgadas ou queimadas. Poeira e sujeira impregnavam todo o ambiente, sala após sala, cozinha, escadaria, quartos, corredores.

Num escritório no andar superior, os armários e estantes estavam destruídos, já sem relíquias, com livros queimados. O cofre na parede atrás da mesa de mogno estava escancarado, como uma boca em choque, com papéis caindo dele e escorrendo pela parede alvejada de balas.

William não pôde deixar de sentir certa tristeza pelas vidas destruídas, mas, mesmo assim, investigou canto a canto da mansão, assim como fizera com tantas outras. Era na bagunça e na desordem que ele encontrava tesouros que os outros haviam deixado para trás. Pesados demais para serem levados numa fuga. Escondidos demais para serem encontrados por soldados distraídos.

Quando estava quase desistindo e partindo para outro cômodo, ele avistou uma marca no chão que não fazia sentido. Um arranhado na madeira do piso, como o rastro de um móvel empurrado dezenas de vezes. Aproximando-se da estante, percebeu que sua parte inferior, um nicho composto por duas prateleiras agora vazias, poderia ser facilmente empurrada para a direita, descolando-se do móvel e dando espaço a um segundo cofre, embutido na parede.

Colocado num local secreto, o cofre não possuía uma fechadura tão trabalhada quanto seu irmão na parede atrás da mesa e visível a todos. Aquele era um gabinete pessoal, provavelmente, conhecido apenas pelo dono da casa. Com duas batidas fortes do coldre de sua arma, William conseguiu romper a fechadura e abrir caminho para uma nova fortuna.

Joias e barras de ouro, dezenas e dezenas delas reluzindo e iluminando a sala escura e poeirenta. Uma aura mística se formou, quase como um portal mágico, uma nova vida estava ali, bem ali, ao alcance de suas mãos. Era mais dinheiro do que ele jamais poderia imaginar. Acabara de conquistar a patente de capitão, mas com essa fortuna poderia ser major, ou melhor, tenente-coronel. Atuar fora dos combates, deixar o sangue e a podridão de lado, sem, contudo, perder a oportunidade de receber espólios e altas somas por batalhas vencidas.

Seria a sua chance de finalmente se tornar um homem digno do amor de Elizabeth.

Não, ele jamais a esquecera. Quase três anos haviam se passado, mas ele sonhava com sua amada todos os dias, relembrava seus olhos, seu doce sorriso. Tudo isso na esperança de manter intacta a lembrança de seu rosto, sua voz, seu perfume. Estava na hora de retornar para casa, para Londres, pedir uma licença temporária, tomá-la em seus braços, recuperar o que era seu.

William aproveitou muito bem a nova fortuna, adquirindo a patente de major, algumas terras produtivas na Irlanda e uma fábrica de pólvora, o maior combustível da guerra. Com os rendimentos das terras e da fábrica, talvez nunca mais precisasse trabalhar novamente, se mantivesse uma boa, porém modesta vida, mas ainda sentia que era pouco. Precisava de mais. Elizabeth merecia mais do que aquilo. Ela merecia o mundo.

Por ora, entretanto, teria de bastar. Conseguiu uma licença provisória, retornando a Londres para fechar a compra da fábrica e conquistar a mulher de sua vida. Alugou uma casa pequena, porém digna e agradável, nos arredores da cidade. Não queria que o velho Marshall soubesse de sua chegada.

Finalizou a negociação da fábrica sem permitir que seu nome fosse divulgado, organizou algumas finanças no banco e preparou-se para o grande momento. Dirigia-se à casa dos Marshall, uma das maiores mansões da cidade, conhecida por muitos moradores de Londres.

Todavia, o que encontrou no seu destino fez seu coração se partir em mil pedaços. Estava num pesadelo, longo e sombrio. Só poderia ser. Aquela era a única explicação possível.

Elizabeth estava ali, linda como sempre, mais madura, em trajes coloridos, bem diferente da moça ingênua de outrora. Ria amplamente, sentada graciosa entre as flores do jardim em frente à casa, a saia rodada do vestido carmim espalhada ao seu redor, enfeitada por rendas pretas e com botões de pérolas em seu corpete.

Ao seu lado encontrava-se um homem sisudo, alguns bons anos mais velho do que ela, grisalho e sem atrativos, mas William se lembrava bem dele. Era Filipe Winston, sócio do velho Marshall, e tão terrível com os empregados quanto o antigo patrão. Eram os maiores inimigos do sindicato e responsáveis por anos de atraso na luta dos trabalhadores.

À frente deles estava um lindo e gorducho bebê fazendo gracinhas para a mãe, que ria como a criatura mais feliz deste mundo. Os olhos dela brilhavam, apaixonados pela criança, enquanto o marido parecia não notar a presença deles.

Como ela pôde fazer isso com ele? Como pôde abandoná-lo? Sem dúvida, aquele casamento deveria ter sido fruto dos negócios do pai com Winston, mas Elizabeth parecia... feliz. Winston estava distante e lia o jornal com bastante concentração, mas ela estava radiante com o bebê ao colo, ambos rindo alegremente.

William sentia que o destino lhe dera uma surra outra vez. Ele lutou por anos para conquistar recursos, bens, um nome para si próprio. Agora, era dono de uma fábrica, de terras, de uma pequena fortuna. Por que ela não pudera esperá-lo? Por que o tempo era seu inimigo mais cruel?

Uma raiva escura e quente se originou no centro de seu peito, espalhando-se como fogo por uma trilha de pólvora e dominando sua mente e corpo. Suas mãos tremiam e seus pensamentos se tornaram sombras de um futuro que ele jamais teve. Eles iriam pagar. Todos eles.

William partiu, sem que soubessem de sua presença. Chegara tarde, mas ainda havia um fio de esperança. Ele sempre teria a esperança de conquistar seu verdadeiro amor. Só precisava, agora, usar o tempo como seu aliado.

3

– Você acha que eles vão se separar? – perguntou Cleo mais tarde ao irmão, quando estavam no sofá, cada um entretido com o próprio celular. – Papai e mamãe?

– Acho que é só questão de tempo – resmungou Jonas, sem tirar os olhos da tela em suas mãos. – Ele não liga mais para ela faz tempo. Nem para ela, nem para nós. Para ninguém.

– Ele está trabalhando...

– Ele só trabalha!

Suas vozes tornaram-se sussurros.

– Será que ele tem uma amante?

– Tem sim, claro que tem. Chama-se "arquitetura" – disse Jonas, revirando os olhos e fazendo um muxoxo para a irmã. – Ele só pensa no trabalho. Você sabe disso...

– Achei que a mamãe estava mais triste hoje do que o normal... Ela nem abriu o biscoito da sorte.

Cleo suspirou pesadamente, voltando a atenção para o celular. Abriu o Facebook para se distrair e poder apagar as cinco notificações que estavam marcadas ali. Aqueles numerozinhos lhe davam nos nervos. Ela mal usava esse aplicativo – era coisa de gente velha –, mas toda a sua família estava ali, então, era bom para manter contato com tias e parentes mais distantes. Quando passou os olhos pelos lembretes do dia e finalmente entendeu o significado da data, podia jurar que seu coração perdera uma batida.

– Ah, não! – exclamou, virando o celular para o irmão. – Será que ele esqueceu?

– Droga! – disse Jonas, abrindo o próprio Facebook, sem acreditar no que via ali. – Se nós esquecemos, ele com certeza também esqueceu. Eu falei para você colocar um alerta para a gente.

– Eu achei que *você* tivesse feito um!

Era o aniversário de casamento dos pais deles. Por isso a mãe estava mais chateada do que de costume. Por isso, seu sorriso parecia mais pesado, seus movimentos mais letárgicos, sem disposição nem para um filme bobo na televisão. Ela estava chateada por todos terem esquecido, mas, principalmente, pelo esquecimento do marido, que preferira permanecer até tarde no trabalho. De novo.

Cleo checou a hora no celular. Eram 22h. Ainda estava cedo para a mãe ter adormecido. Se corressem, ainda poderiam lhe fazer uma surpresa.

– Ligue para o papai. Veja se ele consegue trazer algo para ela. Um chocolate. Uma flor. Ele! Sei lá, qualquer coisa.

A menina se levantou abruptamente do sofá, seus cabelos rosa-chiclete balançando nervosamente sobre os olhos.

– Eu vou ver se ela ainda está acordada.

Jonas assentiu, já procurando o contato de seu pai no celular.

Cleo diminuiu o passo quando chegou ao corredor que levava ao escritório e aos quartos. Não queria parecer esbaforida e com cara de culpada pelo esquecimento do aniversário. Agora, restava fingir que tudo aquilo não passara de uma grande surpresa. Sabia que sua mãe jamais acreditaria nisso, mas a esperança e o desejo de manter os pais unidos eram mais fortes do que tudo.

Ela bateu de leve na porta entreaberta do quarto dos pais, por onde uma réstia de luz do abajur escapava pelo corredor. A mãe estava acomodada entre as cobertas, com um leve sorriso, lendo um livro. Uma cena bastante comum, mas mesmo assim curiosa. Nos últimos meses, sua mãe estava tão atarefada com o trabalho e a rotina que mal conseguira pegar num livro. Agora ela parecia distante, perdida entre as palavras, vivenciando um mundo completamente diferente do seu cotidiano vazio.

Cleo sentia falta daqueles doces momentos da infância, quando a mãe lia histórias de princesas e de guerreiras para ela. Contos de fada sobre mulheres fortes que derrotavam os inimigos e salvavam a si mesmas. E, sim, sempre havia um belo príncipe no fim do dia, é claro.

Ultimamente, Cleo se perguntava por que não poderia haver uma bela princesa no final dessas histórias também.

– Mãe, o que você está lendo? – sussurrou ela, entrando de fininho no quarto.

A mãe sorriu e bateu de leve ao seu lado na cama, chamando-a. Cleo caminhou até lá, ajeitando-se sob os cobertores e sentindo o calor reconfortante da mãe.

– É o livro favorito da sua avó.

Marcela recolocou o marcador de página, fechando o livro e mostrando a capa à filha.

– *As voltas que o tempo dá* – falou a filha, lendo o título, curiosa e admirada com a imagem da capa. Nela, havia uma bela foto de um relógio de bolso antigo, dourado e reluzente, entreaberto e marcando exatamente nove horas. – É sobre o quê?

– Um homem capaz de tudo pelo amor da sua vida.

A mãe acariciava o livro como se fosse um pequeno filho. Apesar da cena, Cleo não sentiu ciúmes. Ela sabia da paixão que sua mãe tinha por aquelas histórias e a compreendia totalmente. Só não conseguia entender aquela fixação por ler livros físicos, colecioná-los em estantes enormes e cheias de poeira. Preferia o conforto e a praticidade do seu leitor digital, no qual mantinha milhares de livros ao alcance de um simples toque.

– Parece interessante... – instigou ela. – Mas pelo visto não é seu livro favorito.

– Não, não – disse a mãe, sorrindo, então ajeitou-se na cama e abraçou a filha. – Sua avó amava esse livro, lia e relia mil vezes por ano. Tenho certeza de que ela sabe trechos de cor até hoje. Mas eu não gostei tanto assim. Achei meio melodramático demais quando o li pela primeira vez.

– E vai reler mesmo assim?

– Sim, fiquei com vontade de ler hoje quando estava voltando para casa. Quero ver se ainda tenho a mesma percepção dele.

– Mas você já leu o livro! – falou a garota indignada. – Já sabe a história, então, para que ler de novo?

– Porque os livros mudam de leitor para leitor, e eu não sou mais a mesma pessoa que era quando o li pela primeira vez. Acho que vou encontrar uma história completamente diferente agora. Já estou encontrando, na verdade.

– O livro é um só! Se as pessoas entendem coisas diferentes, é porque não entenderam o livro!

A mãe riu, divertindo-se com a angústia da filha.

– Imagine o livro como um amigo seu da escola. A Rebeca, por exemplo, é sua melhor amiga, certo? Mas tenho certeza de que a Amanda e a turminha dela acham vocês umas chatas.

– Mãe! – exclamou Cleo. Parecia que havia tomado uma bofetada, o que fez a mãe achar ainda mais graça.

– É verdade! Se vocês acham que elas são umas chatas, elas devem achar isso de vocês também.

– Mas elas são insuportáveis, mãe.

A garota revirou os olhos, entendendo aonde a mãe queria chegar com aquilo.

– São insuportáveis para vocês, mas não para todo mundo. Os livros são iguais às pessoas. Você se lembra da *Bela e a Fera*? É meu conto de fadas favorito, mas você acha *péssimo*! – disse, imitando o jeito resmungão da filha.

– É uma história sobre Síndrome de Estocolmo,* mãe. É péssimo!

A mãe riu abertamente, achando graça na indignação da filha. Já havia discutido aquela história vezes sem conta.

– Quando abrimos um livro, encontramos um mundo novo e cheio de oportunidades. E cada pessoa lê uma história de maneira diferente das outras pessoas. E também pode encontrar uma nova história cada vez que relê um velho livro.

– Duvido que você tenha mudado tanto assim...

– Você mudou muitas vezes em quinze anos, mocinha! Gostava de azul, agora prefere cor-de-rosa. Escutava minhas músicas e agora detesta todas. Você muda todos os dias, Cleo, e isso é maravilhoso – falou, puxando a filha ainda mais para perto, quase como se quisesse mantê-la sob suas asas para sempre. – Acredite, eu mudei também.

– Tá... – resmungou Cleo, quase se esquecendo do que tinha ido fazer ali.

Sorrateiramente, olhou o celular, escondendo a tela da mãe, que parecia perdida em seus próprios pensamentos. Finalmente! Jonas mandara uma mensagem falando que o pai estava a caminho e pedira para colocar o vinho tinto favorito de sua mãe na geladeira. Esperava que aquilo fosse o

---

* Síndrome de Estocolmo é o nome dado a um estado psicológico particular desenvolvido por uma vítima de sequestro submetida a um prolongado tempo de intimidação. Nessas situações, o sequestrado pode desenvolver empatia, amizade e até amor por seus sequestradores. Mais ou menos o que acontece com a Bela, não é mesmo? Afinal, ela se apaixonou pela Fera, que a sequestrou. E, claro, pela sua enorme biblioteca dos sonhos.

suficiente para deixar a mãe menos aérea e mais aqui, presente no planeta Terra junto com eles.

– Acho que vou ler esse livro, então – comentou a filha, já buscando o livro numa livraria on-line.

– Claro, eu empresto para você assim que terminar.

– Não, vou ler em e-book mesmo – disse a menina, mostrando a tela do celular, com o livro já emprestado em sua biblioteca eletrônica. – Muito melhor do que ficar espirrando com esses livros velhos de vocês.

– Meus livros não são velhos! São clássicos – respondeu a mãe, com um incômodo leve e divertido.

– Clássicos, né? – provocou Cleo e, antes que pudesse continuar, elas ouviram a porta da frente se abrindo.

Seu pai, enfim, havia chegado. Antes tarde do que nunca.

O pai logo apareceu à porta do quarto com olhar cansado e culpado. A camisa branca estava amassada, e as mangas haviam sido dobradas até os cotovelos. Jonas vinha atrás dele com duas taças e a garrafa de vinho recém-aberta. Era a deixa para ela sair de fininho e deixar os dois conversarem em paz.

– Boa noite, amor – disse o pai, aproximando-se da cama, dando um beijo rápido na esposa – Feliz aniversário.

Marcela suspirou num misto de alívio e pesar. Cleo e Jonas sorriram para os dois enquanto fechavam a porta do quarto, garantindo-lhes um pouco de privacidade. Com muita sorte, sua mãe poderia perdoá-lo. E, com um milagre, eles poderiam continuar se amando. Então nada precisaria mudar.

– Ele não encontrou nenhuma loja aberta a essa hora, mas disse que vai comprar um presente para ela depois – contou o garoto, enquanto voltavam para a sala. A curiosidade era grande, mas deviam a eles aquele momento a sós e não tinham coragem de ficar escutando atrás da porta.

– O presente não é o mais importante.

– Eu sei... Mas pelo menos seria alguma coisa, né?

Cleo concordou com um aceno, sentindo o peso da última hora castigar seus ombros. Ela estava exausta, mas, ao mesmo tempo, ansiosa e elétrica. Seria incapaz de dormir, mesmo se sua vida dependesse disso.

– Acho que vou ler um pouco antes de dormir, ok? – comunicou ela, enquanto o irmão já se sentava novamente diante da televisão.

– Ok, vou jogar alguma coisa, então, antes de ir para a cama.

Ele se largou no sofá, já com o controle do videogame na mão.

– Boa noite.

Cleo se despediu e seguiu para o quarto, a segunda porta à esquerda no corredor. O quarto colorido em vários tons de azul criava um contraste curioso com seus cabelos cor-de-rosa e suas roupas escuras, variando entre o preto, o roxo e o lilás. Sua mãe estava certa, ela amava azul no ano anterior, mas agora aquela já não parecia mais a sua cor. Estava mudando constantemente, e talvez um livro pudesse ser completamente diferente a cada nova leitura.

Ela vestiu um velho pijama, também azul – relíquia de sua antiga vida, pensou – e se deitou sob as cobertas com seu leitor digital, seu companheiro favorito antes de dormir. Queria começar a ler o livro que sua mãe lhe indicara e, se possível, chegar ao mesmo trecho em que a mãe parara. Assim, poderiam ler juntas. Cleo sabia que, se sua avó amava aquele livro, ela iria amar também. Com certeza!

E com as expectativas lá nas nuvens, a garota iniciou a leitura.

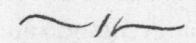

Quando a guerra chegara ao fim, William gostaria de ter sentido um imenso alívio, mas tudo o que sentiu foi que seus dias se tornaram mais longos e sua raiva pelo velho Marshall ainda mais latente.

A fábrica de pólvora não produzia mais como outrora, sem o impulso das batalhas, os estrondos das armas e o ritmo violento das mortes. Apesar de extensos, seus recursos poderiam um dia vir a minguar, e isso era inaceitável. Ele precisava de mais dinheiro, mas, principalmente, precisava de status e de poder.

William precisava de um bom casamento.

A guerra lhe ensinara diversas coisas, e uma delas foi que a França poderia ser um ótimo lugar para se viver. Cultura, elegância e viúvas ricas eram os recursos mais abundantes dos franceses e, apesar da destruição de Paris e seus arredores, o país se recompunha pouco a pouco e a alta sociedade retornava com seus eventos e festividades.

Eram tempos de paz, de celebração, de vitória. Tempo de encontrar um novo rumo para a vida. E, em seu destino, William se encontrou com a sra. Josephine Benedit. Viúva de um militar de alta patente e proveniente de uma antiga família da nobreza inglesa, a sra. Benedit poderia já não possuir a mesma maciez e doçura da juventude, mas certamente carregava consigo uma maturidade e uma porção de terras e recursos que deixariam qualquer pretendente estarrecido.

Quando a conheceu, a sra. Benedit já passeava pela cidade levando a tiracolo o seu mais novo futuro marido, um jovem rapazote de poucos bens, mas muito charme. Um galã, porém desprovido de qualquer sinal de inteligência.

Tirá-lo da jogada fora mais fácil do que William poderia imaginar. Com a mesma facilidade com que adentrou na alta sociedade francesa, ele se aproximou do jovem sr. Fitzgerald, e os dois logo se tornaram bons companheiros de taças em salões escuros e abafados. Bastaram algumas garrafas a mais de champanhe e belas mulheres de reputação duvidosa e, pronto, um escândalo, um coração partido e um inimigo a menos em seu caminho.

Certamente a sra. Benedit ficou arrasada com a traição nada discreta de seu jovem noivo, porém William surgiu como uma ótima companhia. Ele fora muito respeitoso e atencioso, desde as primeiras semanas, acompanhando-a em festas e demais eventos, sempre à sua disposição.

Encheu-a de belos e caros presentes e, mais do que isso, apresentou-se como um cavalheiro inteligente e gentil, e as conversas entre os dois sobre os mais diversos assuntos corriam soltas e leves.

Willian era um homem muito bonito, apesar dos modos sisudos e quase rudes, que ela imaginava que deviam ser resultado dos anos de batalha. Alto e com um porte atlético, ele era capaz de derreter corações com aqueles olhos negros e observadores.

A sra. Benedit pensava em como seria bom ter um marido como o sr. Shepard, bonito, educado e atencioso, enquanto tomavam um chá da tarde em sua bela residência, nos arredores de Paris.

A sala de estar da sra. Benedit era tão elegante e bela quanto a dona. Cercada por grandes vidraças e pesadas cortinas carmim, a luz da manhã banhava os sofás claros e delicados e a mesinha de centro dourada, já tomada pelo conjunto de chá inglês. Ao redor, estantes repletas de livros e um quadro aqui e acolá mostravam paisagens bucólicas e serenas, garantindo ao cômodo uma sensação de tranquilidade.

William poderia facilmente imaginar Elizabeth lendo seus romances por ali, virando as páginas com a ponta dos dedos, uma fina ruga de concentração na testa, o olhar vidrado nas palavras à sua frente. Era um sonho que, em breve, poderia ser realizado.

– Vocês se tornaram bastante próximos, não é mesmo? Fitz e o senhor?

– Pode-se dizer que sim, sra. Benedit. Apesar de que jamais compartilhei daquele tipo de comportamento – falou, fazendo uma pausa em seguida para bebericar o chá. – Se eu estivesse no lugar dele, sem dúvida, não trocaria a senhora por nenhuma outra moça ou mulher de Paris.

A sra. Benedit sorriu, pousando a xícara na mesa de centro entre eles. Ela estava belíssima num vestido azul-marinho com detalhes brancos e o corte reto da época.

Ela entendeu exatamente onde o sr. Shepard queria chegar. Já não era mais uma jovem mocinha ingênua e a vida lhe ensinara que dinheiro e bens atraíam os homens mais do que abelhas ao redor de uma flor. Ele era um major e herói de guerra, vencera inúmeras batalhas e conquistara certa riqueza, mas nada comparado aos bens que ela e seu nome poderiam lhe dar.

Porém, o sr. William Shepard poderia lhe oferecer um sólido e encantador casamento. Afinal, amor e casamento eram conceitos distintos, que quase nunca andavam juntos. Mas a ambição e o dinheiro, esses sim, eram os melhores amigos do homem.

O casamento ocorreu pouco tempo depois. A dor da traição de Fitz foi logo superada e ele nunca mais foi mencionado e nem sequer encontrado nos círculos de amigos deles. William se mostrou um noivo amoroso e carinhoso, sempre presente na organização do casamento, atento a cada detalhe e pedido de sua noiva, até o dia da troca das alianças. Consumado o casamento, finalmente pôde deixar a farsa de lado e mostrar quem realmente era. Um homem perdidamente apaixonado. Por outra mulher.

Rumou para Londres com o pretexto de realizar alguns negócios, deixando a esposa sozinha por meses, em terras francesas. Precisava garantir que os bens dela seriam suficientes para adquirir novas fábricas, expandir suas terras e, quem sabe, o nome dela pudesse lhe permitir a entrada em círculos restritos de sua cidade natal.

Aproveitou a viagem para checar sua bela amada, ainda que à distância. Elizabeth continuava belíssima. E, inexplicavelmente, continuava... feliz. Feliz sem ele. Feliz com os três filhos que puxavam a barra de suas saias enquanto caminhavam por um parque de Londres. Feliz enquanto tomava um chá no fim da tarde com algumas amigas. Feliz até quando retornava para casa e para o marido arranjado pelo pai.

Não havia amor e paixão em seus olhos quando olhava para o marido. Isso, William podia jurar pela sua própria vida. Mas, mesmo sem amor e paixão, Elizabeth parecia satisfeita e conformada com o rumo que sua vida levara. E aquilo era demais para ele suportar.

– Vai viajar de novo? – perguntou Josephine durante o jantar, alguns dias depois do retorno do marido. – Tão cedo?

– Tenho negócios que requerem cuidados.

Estava sem paciência alguma para a carência da mulher com quem se casara. As lembranças de sua recente visita a Londres ainda o deixavam sem conseguir pensar em mais nada.

– Eu também preciso de cuidados. Sou sua esposa.

– Eu sei, querida, você vive me lembrando disso.

Ele tomou um longo gole de vinho, tentando fazer com que a amargura enervante descesse junto com o cordeiro.

– Eu já fui solteira, fui casada e fui viúva. E agora que estou casada de novo, mais parece que estou viúva novamente. Mal vejo o meu próprio marido!

William deu um pesado soco na mesa, fazendo as taças saltarem sobre a toalha de linho.

– Se continuar reclamando como uma velha louca, quem se tornará viúvo sou eu!

Josephine se calou, assustada. Ela sabia que aquilo não passava de uma ameaça vazia, porém sentia que seu destino estava selado. O casamento, que poderia lhe trazer algum alento e felicidade depois da viuvez, transformara-se em pura solidão. E ela poderia jurar que, a qualquer momento, esses raros instantes ao lado de William também deixariam de existir.

Alguns poucos anos depois, quando as negociações que o fariam definitivamente se tornar um homem rico se encerraram e os bens de Josephine foram transferidos para o seu nome, e novas terras foram adquiridas, e novos relacionamentos por interesse foram forjados através de sua aliança com os Benedits, sua bela Josephine acabou deixada de lado, esquecida entre os móveis e a prataria. E William pôde, mais uma vez, seguir com seus planos.

O ano era 1929 e William Shepard era dono de mais posses do que jamais poderia sonhar. E uma reviravolta nos negócios e investimentos na bolsa de Nova York, nos Estados Unidos, abalariam toda a Londres, a um oceano de distância. Aquela seria a sua grande chance de conquistar tudo o que era seu por direito.

4

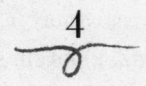

Amélia costumava deixar seu livro favorito no centro da estante da sala, acima da televisão e rodeado pelos inúmeros porta-retratos dos filhos e netos. Mesmo que não o lesse havia anos, ela gostava de saber que aquela grande história estava a poucos passos, bem ali, ao alcance de suas mãos enrugadas.

Quando Marcela telefonou naquela manhã de sábado e lhe contou que estava relendo o livro – e em companhia de Cleo! –, Amélia não pôde deixar de sentir saudades do sr. Shepard e do seu amor inabalável por Elizabeth Marshall. Ela também retornaria àquela encantadora Londres e reviveria aquele grande amor mais uma vez. Seria ótimo poder compartilhar seu carinho por aquela história com a filha e a neta.

Sempre que faltava algo em sua vida ou em seu casamento, Amélia buscava naquelas páginas o conforto e o amor que não encontrava no dia a dia. Fosse quando as conversas com o marido rareavam, durante os anos de longos expedientes nas lojas de sapatos, ou quando os filhos começaram a partir de casa rumo às próprias vidas adultas, ou, por fim, quando Márcio deixou este mundo, restando-lhe apenas o badalar das horas no relógio de cuco da sala de estar para lhe lembrar de que ainda estava viva; ela retomava a sua eterna leitura.

Os últimos anos tinham sido tão solitários que Amélia nem ao menos desejara revisitar seus velhos amigos literários. Ela quase nunca estava sozinha, isso Amélia não poderia negar, seus filhos e netos constantemente lhe faziam visitas, trazendo luz e companhia, sem mencionar os colegas da missa, os quais ela encontrava todos os domingos. Mas, ainda assim, ela sentia que lhe faltava algo mais. Um vazio, que antes era precariamente preenchido por Márcio e que agora lhe afundava o peito.

Jamais imaginara que, no fim da vida, sentiria saudades de seu marido.

Seu casamento não fora perfeito, porém havia atenção, carinho e respeito entre eles. E um companheirismo que Amélia sentia falta no decorrer do dia. Com quem ela iria se preocupar agora? Para quem iria preparar as refeições? Deixar a casa em ordem, as roupas engomadas, a bebida sempre pronta ao fim do dia? Parecia que nenhuma de suas tarefas de outrora eram dedicadas a ela mesma e, ao ficar sozinha, se tornara também desnecessária e inútil. E esse era um vazio mais aterrador do que qualquer outro.

Contudo, aqueles eram os pensamentos sombrios da viuvez, coisas tolas em que ela não pensava havia anos. Sabia que estava remoendo suas velhas feridas e angústias por conta da conversa que tivera com a filha. O casamento de Marcela estava em crise, e aqueles eram novos tempos. Tempos em que as mulheres podiam fazer coisas como se divorciar, trabalhar, cuidar de si mesmas, sem que nada e nem ninguém lhes dissesse o contrário.

Amélia jamais cogitara se separar do marido, mesmo que as separações e divórcios se tornassem mais comuns a cada década. O casamento era uma aliança para a vida toda, mas ela compreendia que aquilo era um conceito do passado. Agora as coisas eram mais efêmeras e mudavam com o sopro dos ventos. Desejava que a filha fosse feliz, porém sabia o quanto a solidão podia ser mais sufocante do que algumas brigas bobas e sem sentido.

– Esquecer um aniversário não é o fim do mundo, minha filha. Ele tem outras preocupações, tenho certeza de que não teve a intenção...

– Eu sei disso, mãe. Não estou chateada por esse deslize bobo...

As reticências e os silêncios entre as falas de mãe e filha tornavam a ligação telefônica ainda mais distante, quase como se estivessem a continentes de distância.

– Estou cansada de tentar fazer tudo isso funcionar – continuou Marcela.

– Mas o casamento é uma tarefa constante – falou Amélia, tentando soar menos incisiva. – Não se pode desistir facilmente. Problemas vêm e vão.

– Mãe, estamos juntos há mais de trinta anos e os problemas que temos são os mesmos de sempre. Eu preciso de mais.

– Mais o quê, minha querida?

– Mais amor, mais paixão, mais carinho, mais... – e suspirou pesadamente. – Sei lá, preciso ser mais do que apenas uma nota de rodapé na vida dele.

– Ah, minha filha. Você é muito mais do que isso! É a esposa, sócia e mãe dos filhos dele. O seu problema é que você quer ser o centro de tudo. Desde pequenininha.

Amélia conhecia aquela velha reclamação. Desde o namoro deles, Marcela se sentia preterida por tudo, pela família dele, pela faculdade, depois disso pelo trabalho. Parecia que o amor de Fabrício nunca era suficiente.

– As pessoas precisam do seu próprio espaço – completou a mãe.

Marcela suspirou e Amélia sentiu seu coração apertado com o choro que vinha do outro lado da linha. Não queria ser dura com a filha, mas ela precisava entender que a vida poderia ser pior sem a companhia do marido. E ela sabia o quanto a filha amava Fabrício e como as crianças iriam sofrer com uma separação repentina. Marcela tinha momentos dramáticos e, às vezes, Amélia sabia que seu papel de mãe era trazer um pouco de luz e razão à vida de sua – não mais – pequena menina.

– Eu sei que vocês têm tentado. Eu sei que você tem tentado mais do que ele – corrigiu-se Amélia. – Mas não acho que seja o momento de tomar uma decisão precipitada. Seja qual for a sua decisão, tome-a com muita calma e após muita reflexão.

Marcela pigarreou baixinho, tentando recuperar o fôlego e impedir as lágrimas de correrem livremente.

– Vou pensar com bastante calma, sim.

– E converse com ele. Não deixe toda essa angústia e dor ficarem presas em você. Diga a ele como está se sentindo.

Elas encerraram a conversa pouco tempo depois, e Amélia sentiu que as duas saíram dali com o coração ainda mais apertado do que antes. Às vezes dizer o que a outra pessoa precisa ouvir, e não o que ela deseja, dói mais no interlocutor do que no ouvinte. E ferir seus próprios filhos, mesmo que agindo com a melhor das intenções, é uma dor que toda mãe deseja evitar a qualquer custo.

Amélia sentou-se na velha poltrona que outrora fora de seu marido, ainda refletindo sobre o futuro da filha. Ela acariciou seu livro favorito, ao seu colo, esperando, apenas, que aquela releitura pudesse trazer conforto tanto para ela quanto para a filha, servindo-lhe de alicerce para os dias que viriam.

Londres ainda parecia a mesma cidade suja, decadente e de extremos. Nada mudara em todos aqueles anos. Na verdade, para William, a cidade parecia ainda mais fatigada e arrasada do que antes. Porém, dessa vez, ele era um homem completamente diferente.

A crise norte-americana de 1929 trouxe fome, falências e desemprego, entretanto, sua fortuna só cresceu. Longe dos negócios que ocorriam do outro lado do oceano, William viu sua riqueza permanecer quase intacta, enquanto empresários locais perdiam tudo de um dia para o outro. A bolha, enfim, estourara na Bolsa de Nova York, comprovando que todo aquele dinheiro negociado não passava de uma ilusão e, como pó, tinha se desvanecido no ar. Mas suas fábricas, suas terras, seu patrimônio, bens materiais, reais e sólidos, ganharam ainda mais valor.

O que era uma crise para alguns mostrou-se uma verdadeira prosperidade para outros.

William finalmente reunira todo o patrimônio que tanto almejara e agora a oportunidade perfeita finalmente surgira. O velho Marshall estava falido. A queda dos negócios afetara seus empréstimos e parcos investimentos. Ele se via perdido em dívidas e com uma fábrica que já não tinha a mesma glória de antes.

Fora mais fácil do que imaginara tomar tudo o que uma vez pertencera àquele velho. William fez uma oferta anônima pela dívida, garantindo ao credor um ágio acima do esperado. Agora ele mantinha todo o poder sobre o velho que o humilhara e lhe tirara toda a esperança com que um dia se permitira sonhar. Era só uma questão de tempo.

Enviara uma cobrança final ao devedor, informando-lhe sobre a existência de um novo credor detentor de sua dívida. Uma reunião foi agendada às pressas, num escritório de advocacia no centro de Londres. William preferiu manter o suspense e a revelação de sua participação até o último momento.

Marshall vinha como um homem desesperado, preparado para implorar uma renegociação, um alívio nas parcelas, um adiamento do pagamento ou qualquer coisa que o permitisse se reerguer. Caminhava a passos trêmulos pelo amplo corredor, em suas melhores vestes, acompanhando a jovem secretária dos advogados até a sala em que encontraria seu novo credor. E o homem que viu ali parecia ter surgido de seus piores pesadelos.

– O que faz aqui? – perguntou Marshall, cuspindo as palavras assim que adentrou a extensa sala de reuniões.

Dois advogados acompanhavam o homem que ele esperava não ver nunca mais. O salafrário que ousara um dia pedir a mão de sua doce filha em casamento.

– É um prazer revê-lo, velho Marshall – disse William, permanecendo sentado enquanto os advogados se levantavam por respeito ao convidado. – Não vou tomar muito do seu tempo. Sou seu novo credor e espero o pagamento da dívida, com seus respectivos juros, quitados até o final desta semana.

– Mas isso é um ultraje! Vo-você é um zé-ninguém! Um trabalhador baixo e ineficiente, como pode dizer que comprou a minha dívida?

William podia sentir a tensão percorrer a sala, abalando os jovens advogados, dura e sólida como grãos de sal perfurando o ar entre eles.

– Não sou mais aquele jovem rapaz que você largou surrado e imundo na sarjeta. Eu me levantei, cresci e hoje quero tudo o que você tem.

– Ou o quê?

– Ou eu simplesmente tomarei – respondeu William, soltando uma breve risada de escárnio. – Sua fábrica e sua casa são garantias da dívida. Dívida essa que você não tem condição alguma de pagar. Você perdeu tudo, mas ainda tem a chance de manter parte de seus bens até o fim de sua vida.

Marshall expirou, sentindo a bile lhe subir pelo esôfago. Negociar com aquele verme não estava em seus planos, nem se o inferno viesse à Terra. Ao longo dos anos, ele ouvira falar de um jovem herói de guerra que conquistara uma fortuna, com investimentos e jogadas certas. Muitos diziam que esse jovem era o rapaz franzino que trabalhara em sua fábrica, o mesmo que tivera a audácia de fazer aquele pedido descabido. Porém, Marshall jamais acreditara naqueles boatos tolos. Ele não podia estar mais errado a respeito de sua sina.

– O que você quer, então?

A voz do velho era um fio sem forças, vencido e derrotado. Ele nem se dera o trabalho de se sentar à mesa junto aos demais. Permanecia de pé, chapéu nas mãos, próximo à porta, quase como se pudesse correr de seus problemas e nunca mais olhar para trás.

– O que eu sempre quis. Quero Elizabeth para mim.

Era certo que o velho Marshall jamais aceitaria aquele acordo vil. William nunca esperara por uma resposta positiva. Ele queria apenas observar enquanto o rosto avermelhado do velho tornava-se ainda mais ultrajado. O sofrimento do velho era hilário e estava apenas começando.

Ao fim da semana, William tomou-lhe a fábrica. Três dias depois, mandou um ultimato ao velho Marshall. A família precisava desocupar a mansão, pois o novo proprietário já acionara a força policial e eles estariam a postos para retirá-los da propriedade no prazo final de uma semana.

Entretanto, não foi necessário esperar tanto, pois o coração do velho não aguentou todos aqueles dias de angústia. Não, não fora um ataque súbito que o levara, mas sua própria desonra. O velho Marshall se suicidou, pulando da sacada do último andar de sua residência. Sua morte poderia ter sido mais, digamos, honorável, porém até nisso parecia que a vingança de William impusera suas garras. O velho não morrera de imediato, mas sucumbira lentamente por dois dias e três noites, até que seu decrépito corpo, enfim, foi vencido.

William não poderia ter imaginado um final mais digno para seu maior inimigo.

Agora, seus planos estavam quase concluídos, bastava apenas recuperar a peça final. O motivo de toda aquela odisseia. Em breve, Elizabeth seria dele. No momento, ela ainda era uma senhora casada, contudo, seria por pouco tempo...

Cleo ainda não conseguia acreditar no que lera naquele livro. Parecia que aquelas palavras a estavam enganando. Não seria possível, seria? Aquela era, de longe, a pior história que tinha lido em TODA a sua vida! Como sua avó e sua mãe podiam ler uma coisa daquelas? E GOSTAR?!

O mundo estava mesmo perdido...

A garota ficara acordada até de madrugada, ainda nervosa com a situação dos pais, e mais irritada do que antes ao conhecer a jornada de William Shepard, o pior ser humano já criado pela mente de alguém. Ele era arrogante, mau caráter, cruel e extremamente egoísta! Como alguém poderia gostar de acompanhar sua história e torcer por ele?

A manhã de sábado já estava quase indo embora quando Cleo acordou, ainda relembrando a terrível história que lera na noite anterior, e ouviu uma movimentação pelo apartamento. Ela pulou para fora da cama silenciosamente e permaneceu quieta, atrás da porta entreaberta do seu quarto, ouvindo os sussurros dos pais na sala. Seu pai parecia ter que ir ao escritório "resolver umas pendências". Em pleno sábado. E depois da noite desastrosa da véspera.

Qual era o problema dos adultos?

– Volto logo, ok? – Cleo ouviu seu pai sussurrando num tom de lamento e receio.

Um longo silêncio pareceu varrer a casa e gelar o estômago da menina, até que a porta do quarto dos pais se fechou, sem qualquer resposta de sua mãe.

Da porta do quarto entreaberta, Cleo viu o pai passar, abatido e com olheiras escuras. Alguém também não havia dormido muito naquela noite. Depois ouviu quando ele pegou a carteira e o celular do aparador próximo à porta da sala e saiu de casa.

Cleo queria conversar com sua mãe, mas sabia que era melhor deixá-la com seus próprios pensamentos. Seu irmão tinha treino de futebol nas manhãs de sábado, logo, ela teria a casa toda para si, pelo menos até sua mãe decidir sair do quarto. A menina aproveitou – a contragosto – para arrumar toda a bagunça de pratos e copos do café da manhã na cozinha. Queria deixar sua mãe "feliz", mesmo que fosse com algo simples como aquilo. Ela não entendia por que as tarefas domésticas ainda ficavam quase sempre a cargo de sua mãe. E sua mãe também parecia não entender. Desde pequenos, ela ensinou Cleo e Jonas a dividirem as tarefas de casa, como limpeza e organização. Mas parecia que certos hábitos levavam gerações para surtirem efeito.

Depois de tudo limpo, Cleo preparou umas torradas e um enorme copo de achocolatado e foi para a sala assistir a alguma série na televisão. Sem a presença do irmão, a escolha era simples e óbvia, e a garota mergulhou rapidamente na sua série médica favorita. Dois episódios já tinham se passado quando sua mãe, enfim, apareceu na sala, ainda de pijama, carregando aquele livro horroroso com ela.

– Bom dia, dorminhoca – brincou Cleo, vingando-se da mãe, que sempre acordava mais cedo nos finais de semana.

– Até parece! Já estou acordada desde cedo. Inclusive tomei café com Jonas antes dele sair – explicou Marcela, sentando-se no sofá e apontando para os restos do café da manhã da menina, sem se abalar com a brincadeira. – Liguei para a vovó hoje cedo e contei que estamos lendo o livro dela. Ela ficou muito feliz!

Cleo inspirou profundamente. Aquele era o momento. Ela precisava falar tudo o que estava entalado, liberar suas angústias e dores. Era agora ou nunca.

– Mãe, precisamos falar sobre uma coisa muito séria.

A mãe se empertigou no sofá, ao lado da filha, receando discutir sobre o assunto que parecia pairar sobre a cabeça de todos. O elefante na sala, finalmente, seria revelado.

– Claro, meu amor. O que foi? – perguntou, deixando o livro entre elas, Marcela segurou as mãos da filha, sentindo a tensão da menina.

Cleo expirou, tomando coragem.

– Mãe, você...

– Sim?

– Você gostou mesmo desse livro? – perguntou, fazendo uma careta e pegando o exemplar do sofá. – A história é horrível!

Marcela expirou aliviada, divertindo-se com a raiva que emanava como uma ventania de sua filha.

– Confesso que não gostei muito da primeira vez que li, mas agora estou gostando bem mais da leitura. Até onde você chegou?

– Não importa! O livro é inteiro ruim. William é um cara machista, ciumento, egoísta e quer tirar tudo de todo mundo!

– Ah, você chegou até aí.

Marcela riu, pegando o livro de volta. No fundo, tinha receio de a filha arremessá-lo em fúria pela janela da sala.

– Mãe, ele roubou várias casas e pessoas durante a guerra, fez um monte de coisas ruins e *agora* armou para um cara não se casar com uma viúva rica. E ele nem gosta dela!

– Mas ele está fazendo tudo isso para conseguir ficar com Elizabeth no final.

– E ele perguntou para ela se ela quer ficar com ele? Em algum momento, ele se importou com a opinião dela?

– Ele perguntou, sim, bem no começo da história.

– Mas aquilo foi anos atrás! Agora Elizabeth está casada, com filhos, ela está...feliz! E ele nem se importa!

Marcela riu, levantando-se do sofá. Sabia que precisaria de um café para terminar aquela conversa. Criara Cleo para ser uma mulher forte e independente e adorava quando a filha mostrava exatamente que aprendera todas as lições. Às vezes, até melhor que a própria mãe.

– Você precisa partir da premissa de que eles se amavam e que o amor dela era tão forte quanto o dele – disse a mãe, seguindo para a cozinha com a filha em seu encalço. – Apesar de feliz pelos filhos, nunca fica realmente claro se ela estava feliz em seu casamento. E se ela quisesse ser salva? Eles se amaram muito quando jovens, mas foram impedidos de ficar juntos.

– Isso aparece no final? Porque até agora eu só vi um doido fazendo várias maldades para ficar com uma mulher casada, mãe e que não está nem aí para ele.

– Não vou dar spoilers! – disse a mãe, se divertindo. – Leia você até o final.

– Mas se ela está casada, tem filhos que ama e está feliz, por que ele simplesmente não desiste?

– Mas e se ela merecesse mais do que isso? – questionou Marcela num tom profundo, quase como se a pergunta tivesse mais de um sentido.

– Mais do que isso o quê? – perguntou a garota, sem entender.

– Mais do que uma família, filhos e segurança financeira. E se Elizabeth desejasse ser amada de verdade?

Os dilemas da vida adulta e, principalmente, as dúvidas que corroíam o coração de Marcela pareciam enigmas indecifráveis para a menina. Marcela se sentia uma esfinge, cuspindo questões sem respostas. Para Cleo, as coisas eram definitivas, preto no branco, oito ou oitenta. Não havia penumbra, nem meios-termos ou receios. A mãe quase podia ouvir o cérebro da menina trabalhando para chegar à resposta correta.

– Mãe, você acha que o papai não ama você? Porque ele ama você, sim!

Marcela parecia ter levado um tapa estalado e, num pulo, abraçou a filha, que retribuiu fortemente o abraço. A caixa de pandora estava aberta e os males da sua alma foram, enfim, libertados.

– Eu sei que ele me ama, meu amor. Do jeito dele, mas ele ama a todos nós.

– E você?

– Eu o amo muito. Mais do que você imagina.

– Então não se separem – implorou Cleo, quase sem voz e sentindo as lágrimas beirarem seus olhos. – Por favor.

Marcela se calou por meio segundo, colocando em ordem as angústias e buscando uma forma de acalmar as aflições da filha. Quando estava prestes a responder, a porta da sala se abriu e um baque pesado foi ouvido assim que Jonas derrubou a mochila do treino na entrada da casa.

– Digam boa tarde para o craque do jogo! – falou o garoto, sorrindo e ainda vestindo o uniforme preto e branco do time. Seu sorriso se perdeu quando avistou a mãe e a irmã abraçadas na cozinha, num momento seguramente muito íntimo. Ambas pareciam quase à beira das lágrimas. – Está tudo bem?

– Claro, meu amor.

Passado o choque, Marcela tentou sorrir, afastando-se levemente de Cleo. Ela deu um beijo na cabeça da filha e completou:

– Está tudo ótimo.

A menina sorriu sem muita confiança, sentindo as palavras não ditas queimarem em sua língua. A mãe se virou para a cafeteira, salva pelo bipe da máquina, indicando que a bebida estava pronta.

O momento havia passado e Cleo não sabia ao certo se estava arrependida pelo que dissera ou por tudo o que gostaria de ter dito. Jonas a interrogava com o olhar, mas a garota não conseguia dizer sequer mais uma palavra.

– Uau! Craque do jogo, é? – falou Marcela, virando-se para o filho com um sorriso mecânico. – Conte-me tudo e não me esconda nada!

Sem vontade de ouvir sobre o jogo idiota e sem sentido do irmão, Cleo foi para o quarto, deixando as lágrimas lavarem seu rosto.

5

Marcela sabia que sua dor estava fazendo a filha sofrer, contudo, não conseguia se convencer a entrar no quarto da menina e confortá-la. Afinal, seria injusto mentir para a filha e prometer que o casamento dos pais não chegaria ao fim. Aquela era uma resposta que a esfinge do seu coração ainda não havia lhe dado. Melhor seria não dizer nada a contar mentiras.

Jonas continuou preocupado, mas Marcela afastou seus receios e focou a conversa no treino dele. O garoto logo se animou de novo, contando cada detalhe da partida e como seu time saíra vitorioso, com três gols marcados por ele. É claro que Marcela estava feliz e orgulhosa pelo filho, afinal ele amava futebol desde pequeno, porém, por mais que se esforçasse, não conseguia prestar atenção ao que ele dizia. Não naquela manhã.

Jonas, felizmente, pareceu não perceber e logo foi para o banho, tão merecido. Marcela fez um novo café, já que o anterior esfriara e apenas amargara sua língua. Com a caneca fumegante, ela retornou ao quarto e buscou conforto na única companhia que lhe parecia viável. Seu bom e velho livro.

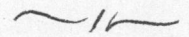

O funeral do velho Marshall foi sombrio e vazio naquela manhã fria, como era de se esperar. No fim da vida, o falecido possuía poucos bens e um número ainda menor de amigos. Os

credores e inimigos, por outro lado, poderiam lotar facilmente a mansão da família.

William se manteve afastado durante o enterro, regozijando-se ao ver o caixão descer aqueles sete e tão sonhados palmos. Elizabeth chorava silenciosamente, ao lado de um marido insensível e disperso, abraçando os filhos que, mesmo crescidos, ainda teimavam em não desgrudar da mãe.

O mais velho chegava aos quatorze anos, possuía os olhos azuis e profundos da mãe, os cabelos escuros e uma tristeza genuína pela partida do avô. Estava prostrado ao lado de Elizabeth, quase alcançando sua altura, enquanto os irmãos mais novos, um menino e uma menina, em torno dos dez e sete anos, respectivamente, choravam abertamente, enxugando as lágrimas inúteis na barra das vestes escuras da mãe.

William só queria confortá-la. Caminhar pela grama rala do cemitério até sua amada. Prometer-lhe que tudo ficaria bem. Afinal, ela devia estar apavorada. A essa altura, já saberia da ordem de despejo, mas seu velho pai teria lhe contado a verdade sobre o novo credor? Elizabeth já saberia de seu retorno a Londres? E se soubesse, por que não o procurara?

Não, certamente o pai não havia contado a ela. Não passaria por essa última vergonha antes de se atirar daquela altura ridícula. Até nestes simples cálculos o velho errara, como em tudo na vida.

Ele esperara o entardecer, após a saída dos últimos e escassos parentes e amigos que estavam ali mais para confortar Elizabeth do que para honrar o falecido. Entrou sorrateiramente pela porta dos fundos, adentrando uma cozinha vazia e suja, enquanto as duas criadas, as últimas que os recursos da família ainda conseguiam manter, arrumavam a bagunça de louças e talheres na sala de visitas.

William avançou a passos lentos e silenciosos pela casa que sempre desejara ter como sua, decepcionado pela podridão dos móveis e as más condições de tapetes e cortinas. A casa ainda guardava a beleza e riqueza de outrora. No entanto, a poeira e a decadência eram tudo o que ele conseguia ver. Em breve, faria uma reforma total, dando a Elizabeth o lar que ela realmente merecia.

Verificando que Elizabeth não se encontrava no andar inferior, ele subiu sorrateiramente a escadaria principal, chegando ao segundo andar, à procura do quarto dela. Deu um suspiro de alívio ao perceber que ela e o marido dormiam em quartos separados. Não havia qualquer resquício de amor e paixão naquele matrimônio arranjado, como ele sempre suspeitara.

O esposo velho e gorducho já roncava num quarto pequeno e mal arejado, provavelmente bêbado depois de um evento regado a tristeza e uísque. William soltou um muxoxo baixo e fechou a porta, antes entreaberta. Os ruídos que saíam daquele homem o estavam enervando e ele não poderia perder a razão agora.

No fim do corredor, diametralmente oposto ao quarto do beberrão, William parou à porta, encostando a orelha. Antes mesmo que a ouvisse, ele já sabia. Conseguia sentir a presença dela naquele quarto, a uma pequena barreira de madeira de distância. Inspirou e expirou profundamente, ajustando o paletó e recuperando o controle. Finalmente, chegara o grande dia. Ele, enfim, voltaria para a sua Elizabeth.

William deu duas batidas secas na porta e aguardou. Ela perguntou quem estava ali, mas ele não lhe daria essa resposta tão facilmente. Ela precisaria conquistá-lo, assim como ele conquistara tudo por ela. Ouviu passos abafados do sapato de salto batendo no carpete puído e sentiu o coração quase explodir.

A expressão de espanto e incredulidade nos olhos dela não era exatamente o que ele esperava, contudo, William deixou aquilo de lado. Anos haviam se passado, ela estava fragilizada pelo funeral de seu pai, aquilo tudo deveria ser bastante confuso para ela.

– Senhor... Shepard?

– Pode me chamar de William.

– O que faz aqui, na minha casa? Ninguém anunciou o senhor.

– Posso entrar?

Ele avançou meio passo, porém a porta era mantida firmemente entreaberta por ela.

– No meu quarto? Certamente que não. O que... Desculpe, mas o senhor precisa ir embora.

Dessa vez, o espantado era ele.

– Embora? Não, eu lutei muito para chegar até aqui. Deixe-me explicar – disse, avançando sobre a porta e forçando a entrada.

O cômodo era quase como o imaginara. Uma cama larga e de dossel à direta, iluminada pelo sol do entardecer. Um extenso armário de mogno escuro à esquerda, ao lado de uma elegante penteadeira. Na lareira na parede oposta à cama, ardia um fogo baixo, provavelmente aceso por ela, que não tinha prática.

– A senhorita vai congelar neste quarto – falou William, indo em direção à lareira, para alimentar o fogo e assoprar as chamas.

– Senhora Winston – corrigiu-o, ainda sem entender o que estava acontecendo.

– Não por muito tempo – murmurou ele, ainda virado para a lareira.

– O que disse?

William se levantou, finalmente, permitindo-se olhá-la com o cuidado que ela merecia. Estava mais bela a cada dia, ainda mais agora de tão perto, a pouco passos dele, encostada no dossel da cama. O coque baixo que vira mais cedo estava desfeito, de forma que seus cabelos loiros caíam em cascata sobre os ombros estreitos. A pele continuava lisa e pálida, apenas um pouco menos firme do que outrora. Os olhos azuis estavam escuros e apáticos, porém o acompanhavam de perto.

E, em breve, eles resplandeceriam novamente.

– Podemos *ficar juntos,* Elizabeth.

– *Juntos?* O *que está dizendo?*

– *Seu pai jamais permitiu isso.* Eu *a pedi em casamento, sabia?* No *último dia em que nos vimos.*

– *Casamento? – perguntou, e a confusão tomava conta de seu semblante.* – Não, *eu não sabia.* Nunca *soube o que havia acontecido com o senhor, quando perguntei a meu pai ele apenas me disse que o senhor havia pedido demissão.*

– Você *chorou pela minha perda?*

– O *quê?!* – "Que *diabos está acontecendo?", pensava ela.* – *Sim, devo ter chorado, fiquei triste por alguns dias.* Nós *nos beijamos e, de repente, o senhor sumiu.* Esperava, *ao menos, que se despedisse, mas... tudo isso foi há tanto tempo.*

– Eu *nunca me esqueci da senhorita.*

Havia amor e carinho em suas palavras, algo que ela parecia retribuir com receio e confusão.

– Não *sou mais senhorita, sou casada há mais de dez anos, tenho três filhos – exclamou exasperada, expirando profundamente para tentar retomar o controle da situação.* – Agradeço *seu carinho, mas não há nada que eu possa fazer.* Agora, *se o senhor puder ir embora e voltar em outro momento...*

– Não *vou sair da minha casa.*

A *voz grave dele ressoou pelo cômodo e pareceu acender uma chama no peito dela.*

– *Sua casa?* Então *o senhor é o novo credor misterioso?* O *credor que está nos expulsando?* É *por sua culpa que meu pai...*

A revelação morreu em seus lábios, escondidos por trás de sua mão. Ela mal podia acreditar no que estava acontecendo.

– Seu pai era um velho fraco, tentei chegar a um acordo com ele, mas não fui ouvido.

– O senhor quer esta casa, é isso? Soube que ficou bastante rico na guerra, para que precisaria de uma mansão decadente como esta? O que o senhor ganha nos roubando nossa casa?

Elizabeth buscava em vão segurar as lágrimas, porém suas forças haviam se esgotado. Tudo aquilo era demais para ela. Tinha observado, impotente, o pai se esvair aos poucos durante dias, em meio à dor e ao sofrimento, e agora sentia o peso das dívidas recair sobre seus ombros, sabendo que, em pouco tempo, precisaria deixar sua casa, a única que conhecera por toda a vida.

Não sabia como iria sustentar os filhos, seu marido perdera a fortuna que tinha ao longo da vida, com uma gestão ruim e má sorte no jogo. Por fim, suas últimas economias desapareceram com a crise. Agora, ela estava receosa de conhecer o conteúdo do testamento de seu pai. Não sabia se haveria algo a ser herdado por ela. Sem qualquer recurso, onde conseguiria um teto, comida e educação para os filhos?

E agora recebia a notícia de que estava sendo despejada diretamente pelo próprio credor. Pelo homem que um dia sonhou amar. Aquele que lhe dera um beijo e sumira no segundo seguinte. Seu primeiro amor, uma paixão juvenil e inocente e que acabara da mesma forma efêmera como começara. Aquilo só poderia ser um pesadelo.

– Mas é isso que você não está entendendo – falou, exibindo um olhar quase doentio. – Esta casa será sempre sua, Elizabeth. Ela pode ser nossa, como sempre deveria ter sido.

– Nossa? Do que está falando?

– Podemos ficar juntos agora, construir uma vida.

Ele parecia implorar e ela quase sentia pena daquele homem.

– Eu já tenho uma vida, um marido, uma família.

– Você pode ter um novo marido.

– Mas eu não quero um novo marido!

Aquela revelação doeu mais do que qualquer ferimento que William tivesse sofrido na guerra. Nem quando tomara um tiro no ombro direito numa batalha, a dor o invadira como agora. Havia uma cicatriz no lugar em que recebera a bala, porém ele suspeitava de que as cicatrizes desse dia seriam ainda mais profundas.

– Eu fiz tudo pela senhorita – sussurrou William com pesar. – Tudo! Fui para a guerra, venci batalhas, juntei uma fortuna. Tudo para poder lhe dar a vida que você merecia. A vida que nós merecíamos. Juntos.

Elizabeth pareceu finalmente entender a dor e o amor que emanavam dele. O pedido de casamento frustrado, a partida repentina, os anos fora da cidade, lutando por algo mais do que a própria vida. Ele a amava. Finalmente, alguém a amava. Porém, ela poderia largar tudo por um antigo amor?

– E eu agradeço por tudo – respondeu ela num tom baixo, aproximando-se dele. Por trás daquela ferocidade havia ainda um resquício do jovem rapaz que todos os dias vinha à entrada da fábrica saber do seu dia. – De verdade. Eu... eu amei o senhor. Com todo o amor que eu conhecia naquela época, mas isso, isso foi há muito tempo. Somos outras pessoas agora.

– Mas podemos ficar juntos.

– Eu não posso – disse ela resoluta – Tenho meus filhos, meu marido. Posso não ter uma vida perfeita, mas já estou nela. Tenho responsabilidades.

– Esqueça seu marido, mande-o embora daqui. Criaremos seus filhos juntos!

– Não posso fazer isso com o pai dos meus filhos, não posso fingir que ainda sou uma jovem sem preocupações. Sr. Shepard, por favor, entenda.

– Então você não me ama?

Elizabeth não tinha uma resposta para aquilo. Ela realmente conhecera o amor? "Amor" era aquela paixão, aquele frio na barriga toda vez que via William nos fins de tarde? Seria "amor" o sentimento de carinho que desenvolvera ao longo dos anos com Filipe? O único amor que ela conhecia era por seus filhos, mas certamente não era a esse amor que William se referia.

Havia vários tipos de amor e Elizabeth sabia que não conhecera todos. Ela gostaria de ter amado o marido, vivido um casamento desejado, sentido a plenitude da conexão com um homem que a completasse. Ela gostaria de se sentir inteira e completa ao lado dele, mas não havia mais tempo para o amor em sua vida.

– Não, sr. Shepard, eu não amo mais o senhor.

William se empertigou, afastando a tristeza e deixando a raiva tomar conta de seu olhar. O olhar dela o seguiu até a porta do quarto, decidido a colocar mais uma etapa do seu plano em prática.

– Mas há de me amar novamente, um dia.

E, batendo a porta, deixou o cômodo e se dirigiu à saída daquela maldita casa.

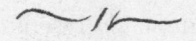

A tensão entre mãe e filha ainda estava ali, abrigada entre sorrisos fracos e conversas banais do dia a dia. Fabrício retornara por volta do jantar e todos comeram juntos, como uma família nada feliz. O marido tentava tirar algumas poucas palavras da esposa e da filha, mas eram ele e Jonas que manobravam os assuntos à mesa.

Marcela foi para o quarto depois de arrumar a cozinha com a ajuda dos filhos. Fabrício organizou algumas coisas no escritório e sugeriu que assistissem a um filme juntos, mas o convite foi rejeitado por todos. Jonas estava exausto depois do treino e, assim como a irmã, tinha diversas tarefas da escola para fazer.

– Podíamos sair hoje à noite, o que acha? Dar uma volta, ver um filme no cinema ou uma peça no teatro? Todo mundo ou só a gente, o que você preferir... – insistiu ele, deitando-se na cama ao lado de Marcela, que agora parecia viver agarrada naquele livro velho.

– Não estou muito a fim de sair, mas pode ir com as crianças.

– Eu quero ficar com você, amor.

– Mas hoje eu não quero ficar com ninguém, Fabrício.

Havia uma tristeza profunda em seu olhar, misturada com uma raiva que ele jamais vira.

– Só quero ficar com o meu livro – completou.

O domingo levou uma eternidade para chegar, mas, enfim, se iniciara uma nova semana. A família sempre almoçava com a mãe de Marcela e as famílias de seus irmãos naqueles dias. Fabrício estava confiante de que um almoço em família, com as crianças reunidas e a mãe e os irmãos da esposa, poderia trazer um pouco de conforto e alegria para todos. E quem sabe, assim, ele conseguiria conversar seriamente com Marcela e resolver toda aquela bobagem.

Amélia não cozinhava mais nos almoços de domingo, mas sempre preparava uma sobremesa caprichada, mesmo que os filhos lhe pedissem para não fazer nada. Aquelas funções não eram mais dela, mas da filha, das cunhadas e, algumas vezes, de seus maridos – Fabrício e Osvaldo eram ótimos cozinheiros! Amélia, porém, não conseguia ficar parada, sem contribuir. Era uma de suas poucas alegrias preparar, ao menos, a sobremesa daqueles almoços tão aguardados.

Ela percebeu de imediato o distanciamento entre Fabrício e Marcela, e isso estava evidente para os filhos deles também. Havia algo de mecânico e forçado entre os quatro, como se os sentimentos conflituosos deles colidissem em pleno ar. E a tristeza no olhar da filha fez o coração de Amélia doer mais uma vez.

Osvaldo estava alegre como sempre e falava animado de seu novo projeto no trabalho. Ele se tornara um "gênio da informática", como Alessandra, sua esposa, o chamava carinhosamente, e agora trabalhava numa grande empresa de software. Arthur cuidava da loja de sapatos, como sempre fora o seu destino. Ampliara os negócios do pai e agora possuía uma fábrica própria e mais de dez lojas espalhadas pela cidade. Lola, sua esposa, dividia a gestão dos negócios com o marido e era uma excelente contadora.

Amélia se alegrava por saber que todos os seus filhos se ajeitaram na vida. Tinham altos e baixos, como qualquer um, mas viviam felizes e tinham famílias que amavam e de que cuidavam, assim como ela sempre cuidou deles e os amou o melhor que pôde. Marcela era sua única preocupação no momento.

O almoço transcorreu bem, com Osvaldo e sua nora falando alegremente sobre os eventos da última semana. Arthur sempre fora mais sisudo, porém o silêncio de Fabrício e Marcela era quase palpável e amargava o café servido após o mousse de chocolate e as frutas de sobremesa.

– Você e sua mãe estão lendo o meu livro favorito, não é? – Amélia se dirigiu a Cleo enquanto alguns deles lavavam a louça e arrumavam as sobras de comida na geladeira.

– Sim, já estou quase terminando – respondeu a menina a mil pensamentos de distância.

– E está gostando?

Cleo pareceu retornar à realidade da sala de jantar e olhou receosa para a avó. Não queria decepcioná-la, mas sentia que precisava ser sincera.

– Não muito, na verdade...

– Eu imaginei – riu a avó de leve, passando a mão pelos cabelos cor de chiclete da neta. – Peça para a sua mãe vir ao meu quarto, por favor, quero conversar com vocês sobre essa leitura.

Cleo chamou a mãe, que acabava de organizar a louça nos armários, e as duas foram para o quarto de Amélia, no segundo andar da casa. Para Marcela, o cômodo ainda tinha a mesma aura de antes, com a penteadeira de metal dourada ao lado da cama, as cortinas brancas e rendadas na janela, que muito se pareciam com as de sua infância, a colcha vermelha e bem dobrada sobre a cama. Tudo parecia igual, com exceção das cartelas dos remédios diários da mãe, que se multiplicavam a cada ano.

Amélia se sentou lentamente na cama, enquanto Marcela se aconchegava ao seu lado e a neta se esparramava pela velha poltrona de leitura de Márcio, uma relíquia de que Amélia jamais poderia se desfazer.

– Então, o que achou da releitura do livro? – perguntou Amélia à Marcela, virando-se depois para Cleo com um sorriso divertido. – Já estou sabendo que minha netinha não gostou...

– Eu não tinha gostado muito da primeira vez, lembra? – respondeu Marcela com certo entusiasmo, como se estivesse presente na casa pela primeira vez naquele domingo. – Mas, agora que reli, pude perceber várias coisas que antes passaram batido por mim.

– Como o quê? – instigou a mãe.

– William não é perfeito, mas ele realmente amava Elizabeth. Com todas as suas forças. Foi a rejeição do pai dela, a pobreza na infância e juventude, os horrores da guerra que o transformaram no homem que ele se tornou.

– Um homem horrível – resmungou Cleo.

– Um homem que sabia que precisava lutar para conquistar as coisas na vida. Ele lutou para sobreviver nas ruas, nas longas jornadas da fábrica, nas trincheiras da guerra. Não recebeu nada de graça, tudo precisou de muito esforço e luta. E ele entendia que com o amor seria da mesma forma.

– Mas ele fez coisas horríveis!

– Sim, às vezes fazemos coisas impossíveis por amor.

– O amor não justifica tudo, mãe! – disse Cleo, sentando-se mais ereta na poltrona, com uma indignação que pulsava em suas veias. – Ele nem se importou com o que Elizabeth queria. Ele fez da vida de todos um grande pesadelo!

– Ele imaginou que ela sentiria por ele o mesmo amor que ele sentia – respondeu Marcela, mantendo o tom brando. – Você já parou para pensar em como *ele* se sentiu ao saber que o amor da sua vida não o amava mais?

– Eu sempre achei que Elizabeth não estava preparada para a intensidade daquele amor – interrompeu Amélia, chamando a atenção das duas. – Sempre li esse livro pensando que, se Elizabeth tivesse se permitido viver um grande amor, a vida dos dois poderia finalmente fazer sentido. Ela vivia num casamento arranjado, sem felicidade, mas amava os filhos e eles eram tudo para ela. Porém Elizabeth poderia ter tido seu sonho realizado se William tivesse retornado mais cedo, deixado de lado a vingança e demonstrado a ela todo o seu amor. Foram a vingança de William e o medo de Elizabeth que os separaram.

– Mas é claro! Ele matou o pai dela! – exclamou a neta, inconsolável.

– O pai dela se suicidou – rebateu Marcela. – Se os dois fossem menos teimosos, tudo poderia ter se resolvido. Romeu e Julieta também tiveram famílias inimigas, mas permitiram que o amor deles fosse maior do que tudo.

– E os dois morreram por isso – debochou a menina, lembrando-se da peça que lera na escola no ano anterior.

– Para mim – retomou a avó –, William foi um homem apaixonado que se perdeu ao longo da jornada. Mas foi um grande homem e seria capaz de dar o mundo para Elizabeth, porém ela não conseguiu lidar com todo esse amor.

– Na minha leitura – continuou Marcela –, William foi um homem que levou o amor até as últimas consequências, o que não está certo, obviamente, mas demonstra o tamanho do amor e admiração que ele possuía por ela. Um amor assim, na minha opinião, merece ser vivido.

Cleo expirou impaciente, sem acreditar nas maluquices que ouvia das duas mulheres que mais amava neste mundo.

– Bom, *para mim*, William foi um machista, misógino, criminoso que só pensava nele mesmo e tratou Elizabeth como mais um bem a ser conquistado, como uma casa ou um espólio de guerra. Ele nunca se importou com o que ela realmente sentia e teve o fim que mereceu!

Marcela ficou alguns segundos em silêncio, observando as três gerações de mulheres naquele quarto. Cada uma tinha uma leitura completamente diferente do mesmo livro. E não se tratava de um ensaio ou de uma grande obra complexa, e sim de um romance antigo que falava de um amor impossível. Era curioso como uma mesma história podia mexer de forma tão diferente com as pessoas. Mãe, filha e neta, mulheres tão próximas, mas com visões de mundo tão distintas.

Ela se perguntou se acreditava que o amor de William era algo inestimável justamente porque desejava viver algo assim em sua vida. E se esse fosse o caso, teria a mãe vivido um casamento feliz? Marcela se lembrava do jeito quieto e reflexivo do pai, muito parecido com o que Arthur se tornara. Sabia que os pais se respeitavam e tiveram um casamento tranquilo e uma vida sem grandes perturbações. Contudo, teria havido amor naquele relacionamento? Amor de verdade? Teria sua mãe vivido a mesma desilusão em que ela se encontrava agora? Só de pensar nisso, um arrepio gelado percorreu sua espinha e fez com que Marcela segurasse a mão da mãe com força.

– Mas todas concordam – disse Amélia, buscando um consenso – que William fez tudo o que fez porque era a única forma de amor que ele conhecia? Foi a infância pobre e difícil nos orfanatos, os maus-tratos na fábrica, a rejeição do velho Marshall que levaram William a tomar decisões erradas em nome do amor.

– Sim, ele foi uma vítima da sociedade, sem dúvida – disse Cleo, concordando com aquilo em parte. – Se tivesse tido uma vida melhor, talvez pudesse ter se tornado um homem menos horroroso.

– Concordo que ele era o resultado de uma vida difícil e lutar por aquele amor tornou-se a grande meta de sua vida – concluiu Marcela, sentindo-se mais leve pela primeira vez em dias. E, por fim, retrucou com um sorriso e um olhar debochado para a menina: – E, não, ele merecia um final bem melhor.

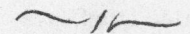

Aquele fora um golpe inesperado do destino, mas seu plano se mantinha de pé. Era certo que Elizabeth não o amava da

forma como amava antes. Muitos anos haviam se passado e ela estava confusa com a morte recente de seu pai e as dívidas pesando sobre seu futuro. Aquela reação fora totalmente razoável. Elizabeth precisava de tempo, e logo tudo se resolveria e ela o veria com amor e carinho mais uma vez.

Mas, antes de tudo, William precisava se livrar daquele inútil do marido dela. Winston era um apostador e um bêbado inveterado e não fora nem um pouco difícil tirá-lo do tabuleiro. Bastaram alguns milhares de libras e uma ou outra ameaça e pronto, Winston era carta fora do baralho. Em questão de dias, ele abandonara a esposa e os filhos – com quem parecia pouco se importar, de qualquer maneira – e seguiu para a Espanha, para viver em terras mais quentes e agradáveis.

Elizabeth estava em frangalhos, abandonada pelo marido e a poucos dias de perder a casa, quando William chegou à decadente mansão com uma oferta irrecusável. Assumiria o lugar de seu marido, prometendo cuidar dela e de seus filhos. Ela se viu sem qualquer alternativa. Aquele havia sido o "sim" mais difícil de dizer em toda a sua vida, porém era a única forma de manter comida no prato dos filhos e um teto sólido sobre suas cabeças.

Seu pai lhe deixara apenas dívidas e o marido levara os poucos bens de valor que ainda possuíam. O maldito pegara até as joias que dera a ela durante o casamento! Suas próprias joias! Elizabeth sabia que Filipe podia ser insensível, porém imaginava que tamanha crueldade tivera a influência de um certo admirador não mais tão secreto. William estaria por trás de tudo aquilo também? Se sim, como ele podia fazer isso com ela?

Os dias se passavam, mas Elizabeth mal podia olhar nos olhos daquele homem que mudara a sua vida da noite para o dia. Queria poder amá-lo, todavia, naquele momento ela só possuía uma confusão de sentimentos em seu coração.

Sentia raiva porque seu pai a abandonara quando ela mais precisava, raiva por ter sido obrigada a se casar com Filipe, que nunca a amara, raiva por nunca ter lhe contado que William a pedira em casamento. Seu futuro fora impedido por um capricho de seu pai e agora ela sofria todas as consequências.

Ao mesmo tempo, sentia algo por Filipe pela primeira vez em todo o seu casamento. Uma profunda decepção pelo marido fraco e esbanjador que seu pai escolhera. Que fora incapaz de compartilhar sentimentos, confidências e qualquer sentimento puro com ela. Que deixara seus sonhos de um casamento cheio de amor morrerem logo na primeira semana.

E, por fim, sentia-se em conflito em relação ao seu algoz. Sentia ódio e, de certa maneira, amor pelo homem que lhe tirara tudo, prometendo, no entanto, que lhe daria a vida que sempre sonhara. Era tarde demais para tudo aquilo. Elizabeth não era mais uma jovem tola e apaixonada. Não havia tempo para o amor voltar ao seu coração.

Os dias no novo "casamento" a estavam deixando sem forças. Queria ser forte e presente para os filhos, mas sentia sua alma se esvair a cada novo pôr do sol emoldurado pela janela de seu antigo quarto. Logo que se mudara, William começara uma reforma na mansão e a forçara a dividirem o antigo quarto de seus pais, no terceiro andar. Contudo, Elizabeth ainda descia até seu antigo refúgio, todo fim de tarde, para lamentar o final de mais um dia. Ela estava sentada à janela, sentindo os últimos raios alaranjados do Sol, quando ouviu a porta se abrir com certa afronta.

– O que está fazendo aqui a essa hora? – perguntou William, adentrando o quarto com passos firmes. – E por que passou o dia em vestes de dormir? – perguntou novamente, apontando para o robe de seda branco que ela vestia sobre a camisola. – Parece um fantasma caminhando assim pela casa a essa hora!

– Mas eu me sinto um fantasma. Morta. *Abandonada – resmungou ela, sem nem ao menos tirar os olhos da vista da janela.*

– Abandonada?! – exclamou ele, segurando seus braços com força e forçando-a a se virar para ele. – Eu fiz tudo por você, Elizabeth! Tudo! Estou reformando esta mansão em pedaços, a sua casa, para que você viva como uma princesa! Estou cuidando dos seus filhos, seus filhos e não meus! Quitando as dívidas do seu pai, reerguendo a fábrica de sua família! Quero que você tenha dias de glória, dias de amor.

– Não consigo sentir amor por você, William – sussurrou ela, quase sem forças.

– Pois tente com mais afinco!

Ele a largou e se pôs a pensar, andando a esmo pelo quarto: ela estava inerte, estática, apática. Precisava de um impulso, de uma guinada, algo que a tirasse daquele marasmo. Se ela queria uma vida de sofrimento, pois bem, teria uma vida de sofrimento. Ao seu lado.

– Vá se despedir de seus filhos.

– Me despedir?

Ela pareceu despertar pela primeira vez em dias.

– Sim – disse William, já se encaminhando para a porta, resoluto. – Vou enviá-los a um internato no interior.

– Você não pode me afastar dos meus filhos!

– Você pertence a mim, Elizabeth, e a mais ninguém. Se isso é o que precisa ser feito para que você entenda, então, assim eu o farei.

Elizabeth chorou por dias. A despedida fora terrível. Os filhos mais novos choravam e imploravam à mãe para permanecerem com ela, abraçavam-na com toda a força de seus pequenos braços, como trepadeiras se enroscando e enrolando seus galhos, buscando sobreviver. Por outro lado, o filho mais velho entrara numa luta física com seu novo padrasto, acusando-o de coisas monstruosas e levando a pior contra o homem que tirara tudo de sua família, até sua própria dignidade. Fora tudo um grande caos. Vencidos e desolados, mãe e filhos se despediram entre lágrimas, gritos e sangue. Ela ainda conseguia ouvir o lamento de seus filhos em seus pesadelos.

William, contudo, parecia cada vez mais obstinado. Estava decidido a fazê-la enxergar o amor verdadeiro que nutria por ela. Comprava-lhe roupas, joias, perfumes, mas nada era capaz de trazer nem um pequeno sorriso a seus belos lábios. Ele estava desesperado. Passava os dias injuriado, furioso, buscando alternativas, e à noite ficava ao lado de uma esposa que chorava ao seu toque e parecia abandonar o próprio corpo quando ele adentrava o recinto.

Ele estava chegando ao limite, mas jamais imaginara que Elizabeth poderia lhe dar aquele golpe final. William estava se aproximando dela, ele podia sentir uma conexão se formando. Ela se mostrava mais receptiva, trocando breves palavras na mesa do café da manhã, vestindo os novos e caros vestidos que ele lhe comprava. Naquela noite, até usou o perfume francês que ele lhe dera de presente. Tudo parecia quase certo. Quase perfeito. Perfeito até demais.

E quando ele se retirou para a sala de estar para apreciar uma taça de Bourbon após o jantar, Elizabeth lhe disse que iria mais cedo para a cama para estar pronta quando ele decidisse se deitar. William estava em completo deleite. Ele saboreou a bebida como se fosse um troféu, sabendo que tomaria seu maior prêmio em poucos minutos. Enfim conquistara o afeto dela. Em breve teria seu amor de volta.

William subiu as escadas com uma lentidão e paciência que lhe eram desconhecidas. Quase como se uma parte dele já soubesse que o destino lhe pregara uma peça. Um truque final.

Ao abrir a porta do quarto, o olhar dela foi a primeira coisa que viu e um berro medonho foi ouvido por toda a mansão.

Vidrados, estáticos, sem vida. Era assim que aqueles olhos azuis o fitavam da cama. Elizabeth abrira um corte profundo na veia da coxa direita, exposta pela camisola branca que agora estava completamente embebida em sangue. Como se não bastasse, ela ainda tentara cortar os pulsos, contudo, apenas um deles trazia um ferimento. O pulso direito, deixado por último, estava marcado apenas com um leve arranhão da navalha. A morte a levara antes mesmo que pudesse completar o cenário macabro que criara ali.

William gritou e chorou por dias. Lamentou a desgraça em sua vida, em seu destino, sentindo o coração se despedaçar em mais de mil pedaços. Nada mais fazia sentido agora. Ele se sentia vazio, oco, sem alma. Elizabeth era tudo e, com a sua morte, a vida de William também se fora, mas não literalmente.

No sétimo dia, ele correu ao escritório, bêbado e tomado pela dor. Buscou a pistola que o acompanhara na guerra e a carregou. Por um breve momento, ficou em dúvida se daria o tiro final em sua cabeça ou em seu coração. Por fim, decidiu-se pelo coração. Se fosse para morrer, que sentisse o maior sofrimento possível.

Segurou a pistola com as mãos trêmulas e contou os segundos finais. Recontou. Rezou, mas não foi capaz de dar cabo da própria vida. Ele lutara muito para chegar até ali. Saíra do lixo das ruas, da podridão das fábricas, vira sua mãe falecer de cólera, nunca conhecera o pai. Tudo o que conquistara havia sido com as próprias mãos, com sua força, com sua garra.

E sua maior perda era a única que importava.

Desolado, William passou anos e anos vagando pela mansão. Interrompera a reforma, pois queria guardar na memória cada detalhe do lugar em que sua amada vivera e morrera.

Tapumes, paredes rachadas, vigas soltas, a mansão virou um cenário tenebroso e, aos poucos, William foi incapaz de manter mais do que dois criados na propriedade. Abandonou a fábrica e os negócios e viu seus bens e recursos ruírem sem uma gestão apropriada. Porém, não se importou. Dinheiro, bens e luxo não faziam mais sentido para ele, somente sua solidão o alimentava, corroendo suas entranhas e o fazendo sofrer. Dia após dia.

O destino, seu mais cruel inimigo, o manteve vivo até completar os oitenta e três anos, quando, ainda vagando pela casa assombrada pelo passado, seu coração despedaçado finalmente pôde descansar.

A história da mansão abandonada era contada e recontada pelas ruas de Londres e, aos poucos, o conto de amor foi se tornando uma lenda urbana macabra e sombria sobre dois fantasmas, um homem e uma mulher, que rondavam a casa. O homem passaria toda a eternidade vagando atrás de sua amada, que se escondia e chorava entre os cômodos corroídos pelo tempo.

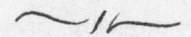

– Podemos conversar?

O domingo se esvaía entre os últimos raios de Sol, inundando o quarto deles com sua luz alaranjada. Marcela arrumava algumas roupas limpas no armário quando Fabrício entrou com papéis e plantas de imóveis nas mãos, fechando a porta atrás de si. Aquela era uma conversa que eles precisavam ter a sós.

– Não podemos adiar essa conversa por mais tempo. Precisamos esclarecer tudo.

Ele deixou os materiais sobre a cama e caminhou até ela. Retirou as roupas de suas mãos e a puxou delicadamente para a cama, ambos sentando-se frente a frente.

– O que é tudo isso? – perguntou Marcela, apontando para os desenhos espalhados pelo lençol entre eles.

– Vou explicar num minuto.

Fabrício inspirou profundamente, tomando coragem para ingressar naquelas águas escuras. Estava na hora de trazer tudo à tona.

– Eu sei que não dei muita atenção a você, ao nosso casamento e aos nossos filhos nos últimos dias...

– Dias? – resmungou ela, interrompendo-o. – Que tal semanas, meses, anos?

– Ok, alguns meses – retrucou ele.

– Fabrício, você nunca teve tempo para nós e, ultimamente, tem tido menos ainda...

– Eu sei, eu sei – concordou ansioso. – Eu sempre coloquei o trabalho em primeiro lugar, mas sei que estava errado. Admito isso. Perdi muitas lembranças da infância das crianças, passando tempo demais no escritório. Há anos falamos que vamos diminuir o ritmo.

– Sim, mas parece que você se esqueceu do nosso combinado!

– E é sobre isso que eu queria falar – declarou, e fez uma breve pausa. – Eu queria fazer uma surpresa, mas entendo que, a essa altura, a surpresa pode fazer mais mal do que bem a nós. Além disso, não é justo com você. Cheguei a uma fase em que a sua opinião é essencial.

– Do que você está falando?

– Lembra-se de quando eu disse que precisava retirar um dinheiro das nossas economias para reformar a antiga casa dos meus pais antes da venda?

Aquele pedido viera havia quase um ano, de forma que Marcela nem se lembrava mais daquilo. Filho único, o marido recebera uma soma baixa em dinheiro e uma casa precisando urgentemente de uma reforma como herança. Após a reforma, que Marcela mal acompanhou, ela soube que a casa havia sido vendida, e o dinheiro fora devolvido à conta conjunta do casal.

– O que tem?

– A casa não precisava de reforma alguma, na verdade, e eu a vendi em pouco tempo. Mas eu precisava do dinheiro naquela época, para comprar outra coisa. Para completar o dinheiro necessário para conquistarmos aquilo que sempre sonhamos.

– Que sonho, Fabrício? Do que você está falando?

Marcela sentia-se esgotada e agora receosa de estarem sem dinheiro, embarcando num "sonho" que ela nem podia imaginar. Fabrício sentia a paciência da esposa escorrer pelas suas mãos como grãos de areia e precisava fazê-la entender que aquilo era uma coisa boa.

Ele abriu as plantas que trouxera, esticando o desenho entre os dois, esperando que as formas geométricas, as linhas e curvas no papel, tão conhecidas de Marcela, pudessem amansar o coração dela.

– Lembra-se da nossa casa dos sonhos? – perguntou e Marcela voltou a atenção à planta à sua frente e, pela primeira vez, ele podia jurar que a reação dela não havia sido negativa. – Sempre desenhamos esboços e brincamos que um dia iríamos para um lugar tranquilo no interior. Teríamos uma varanda, um jardim, uma biblioteca no térreo... Você sabe do que estou falando.

Ela assentiu, percorrendo com os dedos o desenho da casa que tanto sonhara no início do casamento. Aquela era uma brincadeira entre eles, um sonho de uma aposentadoria calma e distante da correria da cidade, depois que os filhos estivessem mais velhos e prontos para caminhar com seus próprios pés.

– O terreno que sempre gostamos, lembra-se de quantas vezes passamos por aquela rua e torcemos para ver uma placa de "Vende-se"? Então, o terreno foi colocado à venda, um corretor me ligou na hora. Fiz uma oferta e, depois de umas negociações, o terreno era meu. Eu já tinha umas economias de antes do casamento, mas precisava de um montante final e, por isso, inventei a história da reforma na casa dos meus pais. Depois que a casa foi vendida, devolvi o nosso dinheiro e comecei a planejar a construção.

– Por que você não me contou nada disso?

– Eu achei que seria romântico fazer uma surpresa para você, mas as coisas... as coisas saíram um pouco do controle – explicou.

O olhar dele era verdadeiro e só Marcela sabia o quanto era difícil para Fabrício assumir que seus planos deram errado.

– Eu precisei trabalhar em alguns projetos extras para arcar com as despesas da compra, cartório, enfim, e, além disso, quis começar o mais breve possível o esboço da nossa casa. E eu só podia fazer isso quando você não estava no escritório. Não podia estragar a surpresa!

Marcela estava sem ar, seus olhos passeando dos esboços para o marido, sem saber se o que sentia era raiva ou pura felicidade.

– Você não sabe como era angustiante deixar você sair sem mim do escritório, saber que você viria para casa preocupada ou chateada, mas eu fiquei muito focado nisso e... eu não percebi que minha ausência estava fazendo você sofrer tanto. Me desculpe, amor. De verdade, eu sei que não acerto sempre e sei que quero coisas para o escritório que você não deseja, mas isso – falou, apontando para a planta –, isso foi por você. Esse era um sonho mais seu do que meu e eu estava pronto para realizar tudo.

Marcela admirou o marido, quase sentindo o desespero dele batendo forte como ondas na maré alta, enquanto algumas lágrimas podiam ser vistas nos cantos dos olhos dele.

Fabrício a amava, mesmo que não conseguisse demonstrar no dia a dia todo aquele amor da forma como ela desejava. Ele a amava de uma maneira mais profunda, longe da superfície do cotidiano. Podia não se lembrar de todas as datas, ou de quando precisava buscar as roupas na lavanderia, e certamente se esquecia de alguns – vários – eventos dos filhos na escola, mas ele amava a todos como Marcela jamais havia percebido antes.

– Mas não podemos deixar tudo para trás! As crianças ainda estão na escola.

– Por pouco tempo, amor. Jonas vai para a faculdade ano que vem e Cleo já está no ensino médio. Em breve, eles estarão na faculdade e quem sabe eles não acabam numa faculdade do interior, não é mesmo? Além disso, precisamos construir a casa do zero e isso leva tempo. E nós temos muito, muito tempo juntos, amor – e ele fez uma pausa, antes de fazer a pergunta, torcendo pela resposta. – Não é?

Marcela apertou as mãos dele contra as suas, sentindo-se tola. Como pudera imaginar que o marido não a amava? Que o amor dele não era forte o bastante ou belo o suficiente? Como pudera esperar que a vida deles fosse sempre colorida e poética como nas páginas dos livros?

– É claro, meu amor. Temos todo o tempo do mundo.

Fabrício a beijou como se ambos fossem adolescentes novamente e tivessem o mundo a seus pés. Ele a beijou como se aquela fosse a última vez, apressado e intenso, trazendo-a para perto de si, com medo de ela escapar por entre seus dedos. Contudo, aquele não seria o último beijo, na verdade, ele mais se parecia com o primeiro, o primeiro do resto de suas vidas.

Tique-taque. Tique-taque. Tique-taque.

E assim o amor se renova e se refaz. Outra e outra vez.

Agradecimentos

Raffa Fustagno agradece a Deus e a São Judas Tadeu sempre, e aos pais, irmão e marido, por todo o apoio.

Agradece também às agentes Alba e Grazi, por mais uma vez a acompanharem num projeto, a Leila Name, por ter acreditado neste, e às amigas blogueiras e escritoras Marina Mafra e Desire Oliveira, pela troca de mensagens durante a escrita deste livro.

Agradece ainda a todos os professores que passaram por sua vida, que dividiram seu conhecimento com ela e que fazem a diferença na vida de todas as pessoas.

Ela gostaria de agradecer ainda à eterna Clarice Lispector, *in memoriam*, que segue tocando gerações com suas palavras.

Marina Mafra agradece a Leila Name, por topar esta aventura e confiar no trabalho das três autoras deste livro, e também a João Veiga, por apresentá-las à editora.

Agradece ainda às parceiras Raffa Fustagno e Desire Oliveira, por todo o apoio no processo, e a Izabel Aleixo e a toda a equipe de produção da editora, por ajudá-las na finalização deste projeto.

E também a Deus, por colocar em seu caminho pessoas tão incríveis.

Desire Oliveira agradece a Leila Name, pelo convite e por acreditar que esse projeto seria possível, e a Izabel Aleixo, por toda a orientação ao longo do trabalho. Agradece ainda às colegas Marina Mafra e Raffa Fustagno, por todo o apoio e parceria. E, por fim, agradece a seus pais e a sua irmã, que sempre a incentivaram a correr atrás de seus sonhos, e a sua amiga Adriana Zaorob, que acreditou que este sonho era possível.

Sobre as autoras

Raffa Fustagno

RAFFA FUSTAGNO é jornalista, pós-graduada em marketing, e também fez cursos de roteiro e escrita. Desde 2010, fala de livros e filmes em seu blog "A menina que comprava livros". Hoje, suas redes sociais, incluindo o YouTube, já contam com mais de dez milhões de visualizações. Em 2011, passou a organizar eventos literários no Rio de Janeiro e a mediar bate-papos com autores nacionais e estrangeiros, e isso fez com que sua coleção de livros autografados aumentasse muito.

Em 2016, começou a escrever e, de lá para cá, já publicou seis contos em coletâneas e sete romances.

Raffa é carioca e mora no Rio de Janeiro com seu marido Gabriel e sua filha canina Zeynep, rodeada de livros e DVDs.

Marina Mafra

Marina Mafra, depois do diagnóstico de esclerose múltipla em 2012, acabou se tornando uma leitora mais constante e criou o blog "Resenhando por Marina". Com isso, surgiu a vontade de escrever um romance que também ajudasse na conscientização sobre sua doença.

Em 2018, publicou, de forma independente, *De repente, esclerosei: um faz de conta de verdade*, que, em 2021, foi publicado pela editora Martin Claret. Em 2020, publicou um conto na antologia *Plurais*, que reúne histórias de protagonistas deficientes.

Marina vive com o marido e os filhos de quatro patas na capital de São Paulo. É apaixonada por tulipas e viciada em Coca-Cola. Gosta de estudar canto e teoria musical, mas isso acabou se tornando apenas um hobby. Gosta dos Beatles e de Elvis Presley, de Dire Straits, Alabama e Roupa Nova.

Desire Oliveira

Desire Oliveira é paulistana, advogada e amante de livros. Tem dois medos na vida: de altura e de ficar sem livros novos para ler. Administradora do blog "Up Literário" (@UpLiterário), ela encontrou nesse projeto uma forma de poder falar do que mais ama. E busca retribuir um pouquinho desse amor criando histórias como "O amor e o tempo", que você acabou de ler.

Desire nasceu em 10 de novembro de 1989, é mestre em direito pelo Largo São Francisco (Universidade de São Paulo) e vencedora de alguns concursos literários. Atualmente, se divide entre o trabalho, os livros e seu blog.

Em www.leyabrasil.com.br você tem acesso a novidades e conteúdo exclusivo. Visite o site e faça seu cadastro!

A LeYa Brasil também está presente em:

facebook.com/leyabrasil

@leyabrasil

instagram.com/editoraleyabrasil

LeYa Brasil

Este livro foi composto nas
tipografias Elsie e Lora, corpo 9,5 pt,
para a editora LeYa Brasil.